世界文學
經典名作

魯賓遜漂流記

ROBINSON CRUSOE
DANIEL DEFOE

丹尼爾・笛福 著

關於本書

《魯賓遜漂流記》（Robinson Crusoe，直譯作魯賓遜．克魯索）是一本由丹尼爾．笛福五十九歲時所著的第一部小說，首次出版於一七一九年四月二十五日。這本小說被認爲是第一本用英文以日記形式寫成的小說，享有英國第一部現實主義長篇小說的頭銜。

小說講述了一位海難的倖存者魯賓遜在一個偏僻荒涼的熱帶小島——特立尼達拉島上度過二十八年的故事，而其夥伴是主人公從食人族手中救下的一個被俘虜的土著人。

這個故事的創作一般認爲是由蘇格蘭人亞歷山大．塞爾科克的親身經歷所啓發，亞歷山大．塞爾科克曾流落於智利南太平洋島的一個叫做 Más a Tierra 的小島四年之久（該島於一九六六更名爲魯賓遜．克魯索島），是智利胡安．費爾南德斯群島中的第二大島。

一般認爲，小說《魯賓遜漂流記》是笛福受蘇格蘭水手亞歷山大．塞爾科克的經歷所啓發而寫成。塞爾科克在一次遠航獵鯨航中，被抛棄在荒島上生活了四年零四個多月，於一七〇九年被救返回英國。而笛福在一次朋友的聚會上遇到塞爾科克，以其經歷爲主線寫就《魯賓遜漂流記》。

英國歷史作家提姆．謝韋侖在其著作《尋找魯賓遜》中提出另一說，認爲《魯賓遜漂流記》是基於亨利．比特曼（Henry Pitman）的經歷，因笛福曾與比特曼住在同一區，有可能得知他的經歷，不過，這種說法始終未得到證實……

小說在一七一九年四月二十五日出版，並在當年年末之前四次再版。該作品後被翻譯成爲英、法、德、意、荷、漢等各種語言版本。

在十九世紀末，西方文學中還沒有哪部書比《魯賓遜漂流記》有更多的版本、衍生品、譯文，後者甚至有七百多種改編，包括無文字的小兒圖書。

笛福早年的曾爲政府撰寫過大量的政論文，因此其作品有明顯的自我思考與政治映射，這其中包括了對社會、人性以及宗教等的思考，同時也反映了當時的社會價值觀和道德標準。同時，由於魯賓遜的形象富有與十八世紀的英國資本主義資產階級類似的奮鬥進取與開拓征服的精神，作品亦被認爲是歌頌資本主義的敘事，當然不管怎樣穿鑿附會，魯賓遜總是代表不屈不撓於命運，同時也是代表人類如何對抗人生逆境的典範！

關於作者

丹尼爾・笛福（Daniel Defoe，一六六〇年九月十三日－一七三一年四月二十四日），英國小說家、新聞記者、小冊子作者、政治間諜。其作品主要敘述個人通過努力，靠自己的智慧和勇敢戰勝困難。情節曲折，採用自述方式，可讀性強。並表現了當時追求冒險，倡導個人奮鬥的社會風氣。其新聞寫作《風暴》是現代新聞業的先驅作品之一。其代表作《魯賓遜漂流記》聞名於世，魯賓遜成為與困難抗爭的典型，因此他被視作英國小說的開創者之一。

笛福的父親詹姆斯・福從事屠宰業，雙親都是長老會教徒，不信仰英國國教。笛福生於英國倫敦，具體的出生日期和地點還有爭議。他本姓福（foe），後來在自己的姓前面加上聽起來如同貴族的「笛」（de）的前綴，形成笛福（defoe）此名。笛福幼時就有了災難的經歷，一六六五年倫敦發生瘟疫，一六六六年倫敦大火燒毀了鄰居的房子。他大約十歲時，母親去世。笛福在Newington Green的長老會的學校裡接受中等教育，畢業後到教堂任職，沒有上過大學。

笛福二十歲後開始從商，但是屢遭失敗。一六八四年他結婚，一六八五年參加了試圖推翻詹姆斯二世的蒙默斯起義，僥倖逃過了起義後的殘酷鎮壓。一六八八年威廉三世加冕後，他迅速成了政府的情報人員。一六九二年笛福經商破產被捕。一六九五年他回到英國，成為政府的稅務代表，一六九六年他成為了一家倫敦磚瓦廠的經理。

笛福最早的創作是一六九七年出版的《關於一些問題的觀點》，提出了一些社會改革的建議。一六九八年他維護威廉三世對常備軍的權力。一七〇一年他發表詩歌《地道的英國人》繼續擁護信仰新教的威廉三世。一七〇二年威廉三世去世，安妮女王登基。笛福發表了一本小冊子《消滅不同教派的捷徑》，用反諷手法猛烈抨擊托利黨當局迫害不同教派，被判入獄六個月，並從一七〇三年七月三十一日起帶枷遊行三天。按照傳說，笛福在獄中針鋒相對寫了詩歌《枷刑頌》。這使得在他遊行過程中，民衆將其當英雄看待，向他投來的不是石塊而是鮮花，並且爲他的健康乾杯。

一七一九年笛福根據水手亞歷山大·塞爾柯克的一部分經歷和自己構思，完成了自己最著名的作品《魯賓遜·克魯索》（Robinson Crusoe），中文翻譯爲《魯賓遜漂流記》。小說講述一個在海難中逃生的水手在一個荒島上通過自己智慧與勇氣，戰勝險惡的自然環境，終於獲救回到英國的故事。小說大受歡迎，一年之內竟然印行了四刷。至今仍在被世界各國的讀者所喜愛。

笛福的其他主要小說作品有一七二〇年完成的《辛格爾頓船長》和一七二二年的《摩爾·弗蘭德斯》。笛福還寫了大量小冊子與新聞報導，一七二二年法國馬賽發生瘟疫，笛福出版以一六六五年倫敦大瘟疫爲內容的《大疫年日記》，迎合了當時市民的關注，頗受歡迎。一九三一年，丹尼爾·笛福在他七十歲那年的春天，逝世於當時仍是英格蘭王國的倫敦市。

引言

如果世界上眞有什麼普通人的冒險經歷值得公諸於世，並在發表後會受到公衆歡迎的話，那麼，編者認爲，這部自述便是這樣的一部歷險記。

編者認爲此人一生的離奇遭遇，是前所未聞的；他那變化萬端的生活，也是絕無僅有的。

故事主人翁以樸實嚴肅的態度，敘述自己的親身經歷，並像所有明智的人一樣，把其遭遇的每件事情都與宗教信仰聯繫起來，用現身說法的方式教導別人，讓我們在任何境遇下都要相信和尊重造物主的智慧，一切聽其自然。

編者相信本書所記述的一切都是事實，沒有任何虛構的痕跡。讀者閱讀這類故事，一般也只是瀏覽一下而已，因而編者認爲無需對原作加以潤色，因爲這樣做對讀者在教育和消遣方面都毫無二致。正因爲如此，編者認爲，出版這部自述本身就是對讀者的一大貢獻，因而也不必多說什麼客套話了。

魯賓遜漂流記

一六三二年，我生在約克市❶一個上流社會的家庭。我們不是本地人。父親是德國不來梅市❷人。他移居英國後，先住在赫爾市❸，經商致富後就收了生意，最後搬到約克市定居，並在那兒娶了我母親。母親娘家姓魯賓遜，是當地的一家名門望族，因而給我取名叫魯賓遜．克羅伊茨內（Robinson kreutznaer）。由於英國人一讀「克羅伊茨內」這個德國姓，發音就走樣，結果大家就叫我們「克羅索」（Crusoe），以致連我們自己也都這麼叫、這麼寫了。所以，我的朋友們大家也都叫我克羅索。

我有兩個哥哥。大哥是駐佛蘭德❹的英國步兵團中校。著名的洛克哈特上校❺曾帶領過這支部隊。大哥是在敦克爾克❻附近與西班牙人作戰時陣亡的。至於二哥的下落，我至今一無所知，就像我父親對我後來的境況也全然不知一樣。

我是家裡的小兒子，父母親沒讓我學謀生的手藝，因此從小只是喜歡胡思亂想，一心想出洋

❶ 約克市，英格蘭北部一大城市。
❷ 不來梅市，德國北部港口城市。
❸ 赫爾市，英格蘭東部港口城市。
❹ 佛蘭德，歐洲舊地名，包括現在比利時北部和荷蘭西南部。
❺ 威廉．洛克哈特爵士（一六二二—一六七六）於一六五八年率軍在敦克爾克大敗西班牙人，並占領該市。
❻ 敦克爾克，法國北端一靠海城市，古時屬佛蘭德。

遠遊。當時，我父親年事已高，但他還是讓我受了相當不錯的教育。他曾送我去寄宿學校就讀，還讓我上免費學校接受鄉村義務教育，一心一意想要我將來學法律。但我對一切都沒有興趣，只是想航海。我完全不顧父願，甚至違抗父命，也全然不聽母親的懇求和朋友們的勸告。我的這種天性，似乎注定了我未來不幸的命運。

我父親頭腦聰明，爲人愼重。他預見到我的意圖必然會給我帶來不幸，就時常嚴肅地開導我，並給了我不少有益的忠告。一天早晨，他把我叫進他的臥室；那時他正好痛風發作，行動不便。他十分懇切地對我規勸了一番。他問我，除了爲滿足我自己漫遊四海的癖好外，究竟有什麼理由要離棄父母、背井離鄉呢？在家鄉，我可以經人引薦，在社會上立身。如果我自己勤奮努力，將來完全可以發財致富，過著安逸快活的日子。

他對我說，一般出洋冒險的人，不是窮得身無分文，就是妄想暴富；他們野心勃勃，想以非凡的事業揚名於世。但對我來說，這樣做既不値得，也無必要。就我的社會地位而言，正好介於兩者之間，即一般所說的中產階級。從他長期的經驗判斷，這是世界上最好的階層，這種中間地位也最能使人幸福。他們既不必像下層大衆從事艱苦的體力勞動而生活依舊無著；也不會像那些上層人物因驕奢淫逸、野心勃勃和相互傾軋而弄得心力交瘁。他說，我可以從下面的事實中認識到，中產階級的生活確實幸福無比；這就是，人人羨慕這種地位，許多帝王都感嘆其高貴的出身給他們帶來的不幸後果，恨不得自己出生於貧賤與高貴之間的中間階層。明智的人也證明中產階級約人能獲得眞正的幸福。《聖經》中的智者也曾祈禱：「使我既不貧窮，也不富裕」。

他提醒我，只要用心觀察，就會發現上層社會和下層社會的人都多災多禍，唯中間發展災禍最少。中產階級的生活，不會像上層社會和下層社會的人那樣盛衰榮辱，瞬息萬變。而且，中產階級不會像闊佬那樣因揮霍無度、腐化墮落而弄得身心俱病；也不會像窮人那樣因終日操勞、缺吃少穿而搞得憔悴不堪。唯有中產階級的人可享盡人間的幸福和安樂。中等人常年過著安定富足的生活。適可而止，中庸克己，健康安寧，交友娛樂，以及生活中的種種樂趣，都是中等人的福分。這種生活方式，使人平靜安樂，悠然自得地過完一輩子，不受勞心勞力之苦。他們既不必爲每日生計勞作，或爲窘境所迫，以至傷身煩神；也不會因妒火攻心，或利慾熏心而狂躁不安。中產階級的人可以平靜地度過一生，盡情地品味人生的甜美，沒有任何艱難困苦；他們感到幸福，並隨著時日的過去，越來越深刻地體會到這種幸福。

接著他態度誠摯、充滿慈愛地勸我不要要孩子氣，不要急於自討苦吃；因爲不論從人之常情來說，還是從我的家庭出身而言，都不會讓我吃苦。他說，我不必爲每日生計去操勞，他會爲我作好一切安排，並將盡力讓我過著前面所說的中產階級的生活。如果我不能在世上過著安逸幸福的生活，那全是我的命運或我自己的過錯所致，而他已盡了自己的責任。因爲他看到我將要採取的行動必然會給我自己帶來苦難，因此向我提出了忠告。總而言之，他答應，如果我聽他的話，安心留在家裡，他一定盡力爲我做出安排。他從不同意我離家遠遊。如果我將來遭遇到什麼不幸，那就不要怪他。談話結束時，他又說我應以大哥爲前車之鑑。他也曾經同樣懇切地規勸過大哥不要去佛蘭德打仗，但大哥沒聽從他的勸告。當時他年輕氣盛，血氣方剛，決意去部隊服役，結果在戰場上喪了命。他還對我說，他當然會永遠爲我祈禱，但我如果執意採取這種愚蠢的行動，那麼他敢說上帝一定不會保佑我。當我將來呼援無門時，我會後悔自己沒有聽從他的忠告。

事後想起來，我父親最後這幾句話，成了我後來遭遇的預言；當然我相信我父親自己當時未必意識到有這種先見之明。我注意到，當我父親說這些話的時候，老淚縱橫，尤其是他講到我大哥陳屍戰場，講到我將來呼援無門而後悔時，更是悲不自勝，不得不中斷了他的談話。最後，他對我說，他憂心如焚，話也說不下去了。

我爲這次談話深受感動。眞的，誰聽了這樣的話會無動於衷呢？我決心不再想出洋的事了，而是聽從父親的意願，安心留在家裡。可是，天哪！只過了幾天，我就把自己的決心丟到九霄雲外去了。簡單地說，爲了不讓我父親再糾纏我，在那次談話後的好幾個星期裡，我一直遠遠躲開他。但是，我並不倉促行事，不像以前那樣頭腦發熱時想幹就幹，而是等我母親心情較好的時候去找了她。我對她說，我一心想到外面去見世面，除此之外我什麼事也不想幹。父親最好答應我，免得逼我私自出走。我說，我已經十八歲了，無論去當學徒，或是去做律師的助手都太晚了。而且，我絕對相信，即使自己去當學徒或做助手，也必定不等出師就會從師傅那兒逃出來去航海了。如果她能去父親那兒爲我說情，讓他答應我乘船出洋一次，如果我回家後覺得自己並不喜歡航海，那我就會加倍努力彌補我所浪費的時間。

我母親聽了我的話就大發脾氣。她對我說，她知道去對父親說這種事毫無用處。父親非常清楚這事對我的利害關係，絕不會答應我去做任何傷害自己的事情。她還說，父親和我的談話那樣語重心長、諄諄善誘，而我竟然還想離家遠遊，實在使她難以理解。她說，總而言之，如果我執意自尋絕路，那誰也不會來幫助我。她要我相信，無論是母親，還是父親，都不會同意我出洋遠航，所以我如果自取滅亡，與她也無關，免得我以後說，當時我父親是不同意的，但我母親卻同意了。

儘管我母親當面拒絕了我的請求，表示不願意向父親轉達我的話，但事後我聽說，她還是把我們的談話原原本本地告訴了父親。父親聽了深爲憂慮。他對母親嘆息說，這孩子要是能留在家裡，也許會很幸福的；但如果他要到海外去，就會成爲世界上最不幸的人，因此，說什麼他也不能同意我出去。

事過了一年光景，我終於離家出走，而在這一年裡，儘管家裡人多次建議我去幹點正事，但我就是頑固不化，一概不聽，反而老是與父母親糾纏，要他們不要那樣反對自己孩子的心願。有一天，我偶然來到赫爾市。當時，我還沒有私自出走的念頭。但在那裡，我碰到了一個朋友。他說他將乘他父親的船去倫敦，並慫恿我與他們一起去。他用水手們常用的誘人航海的辦法對我說，我不必付船費。這時，我既不同父母商量，也不給他們捎個話，我想我走了以後他們遲早會聽到消息的。同時，我既不向上帝祈禱，也沒有要父親爲我祝福，甚至都不考慮當時的情況和將來的後果，就登上了一艘開往倫敦的船——時間是一六五一年九月一日。

誰知道這是一個惡時辰啊！我相信，沒有一個外出冒險的年輕人會像我這樣一出門就倒楣，一倒楣就這麼久久難以擺脫。我們的船一駛出恆比爾河❼。就刮起了大風，風助浪勢，煞是嚇人。因爲我第一次出海，人感到難過得要命，心裡又怕得要死。這時，我開始對我的所作所爲感

❼ 恆比爾河，又作亨伯河，發源於英格蘭中部，流入北海。

到後悔了。我這個不孝之子，背棄父母，不盡天職，老天就這麼快懲罰我了，眞是天公地道。這時，我父母的忠告，父親的眼淚和母親的乞求，都湧進了我的腦海。我的良心終究尚未喪盡，不禁開始譴責起自己來：我不應該不聽別人的忠告，背棄對上帝和父親的天職。

這時風暴越刮越猛，海面洶湧澎湃，波浪滔天。我以前從未見過這種情景。但比起我後來多次見到過的咆哮的大海，那眞是小巫見大巫了；就是與我過幾天後見到的情景，也不能相比。可是當時對我這個初次航海的年輕人來說，足以令我膽戰心驚了，因爲我對航海的事一無所知。我感到海浪隨時會將我們呑沒，每次我們的船跌入浪渦時，我想我們會隨時傾覆入海底再也浮不起來了。在這種惶恐不安的心情下，我一次又一次地發誓，下了無數次決心，說如果上帝在這次航行中留我一命，只要讓我雙腳一踏上陸地，我就馬上回到我父親身邊，今生今世再也不乘船出海。我將聽從父親的勸告，再也不自尋煩惱。

同時我也醒悟到，我父親關於中產階級生活的看法，確實句句在理。就拿我父親來說吧，他一生平安舒適，既沒有遇到過海上的狂風惡浪，也沒有遭到過陸上的艱難困苦。我決心，我要像一個眞正回頭的浪子❽，回到家裡，回到我父親的身邊。

這些明智而清醒的思想，在風暴雨肆虐期間，乃至停止後的短時間內，一直在我腦子裡盤

❽《新約．路加福音》15：11，一個人家的小兒子要了父親分給他的一半財產，浪跡天涯，受盡苦難，最後反悔回家。父親殺牛相迎，以慶賀浪子回頭，因爲父親認爲，他這個兒子是「死而復活，失而復得的」。

旋。到了第二天，暴風雨過去了，海面平靜多了，我對海上生活開始有點習慣。但我整天仍是愁眉苦臉的；再加上有些暈船，更打不起精神來。到了傍晚，天氣完全晴了，風也完全停了，繼之而來的是一個美麗可愛的黃昏。當晚和第二天清晨天氣晴朗，落日和日出顯得異常清麗。此時，陽光照在風平浪靜的海面上，令人心曠神怡。那是我以前從未見過的美景。

那天晚上，我睡得很香，所以第二天不再暈船了，精神也爲之一振。望著前天還奔騰咆哮的大海，一下子竟這麼平靜柔和，眞是令人感到不可思議。那位引誘我上船的朋友怕我眞的下定決心不再航海，就過來看我。「喂，克羅索，」他拍拍我的肩膀說：「你現在覺得怎樣？我說，那天晚上吹起一點微風，一定把你嚇壞了吧？」

「你說那是一點微風？」我說，「那是一場可怕的風暴啊！」

「風暴？傻瓜，」他回答說，「你把那叫風暴？那算得了什麼！只要船穩固，海面寬闊，像這樣的一點風我們根本不放在眼裡。當然，你初次出海，也難怪啦！克羅索。來吧，我們弄碗甜酒（潘趣酒）喝喝，把那些事通通忘掉吧！你看，天氣好多啊！」我不想詳細敘述這段傷心事。簡單一句話，我們因循一般水手的生活方式，調製了甜酒，我被灌得酩酊大醉。那天晚上，我盡情喝酒胡鬧，把對自己過去行爲的懺悔與反省，以及對未來下的決心，通通丟到九霄雲外去了。

簡而言之，風暴一過，大海又平靜如鏡，我頭腦裡紛亂的思緒也隨之一掃而光，怕被大海吞沒的恐懼也消失殆盡，我熱中航海的願望又重新湧上心頭。我把自己在危難中下的決心和發的誓言一概丟之腦後。有時我也發現那些懺悔和決心會不時地回到腦海裡來。但我卻竭力擺脫它們，並使自己振作起來，就好像自己要從某種壞情緒中振作起來似的。因此，我就和水手們一起照舊喝酒胡鬧。不久，我就控制了自己的衝動，不讓那些正經的念頭死灰復燃。不到五六天，我就像那些想擺脫良心譴責的年輕人那樣，完全戰勝了良心。爲此，我必定會遭受新的災難。上帝見我不思悔改，就決定毫不寬恕地懲罰我，而且這完全是我自作自受，無可推諉。既然我自己沒有把平安度過第一次災難看作是上帝對我的拯救，下一次大禍臨頭就會變本加厲；那時，就連船上那些最凶殘陰險、最膽大包天的水手，也都要害怕，都要求饒。

出海第六天，我們到達雅茅斯錨地❾。在大風暴之後，我們的船沒有走多少路，因爲儘管天氣晴朗，但卻一直刮著逆風，因此，我們不得不在這海中停泊處拋錨。逆風吹了七、八天，風是從西南方向吹來的。在此期間，許多從紐卡斯爾❿來的船也都到這一開放錨地停泊，因爲這兒是海上來往必經的港口，船隻都在這兒等候順風，駛入耶爾河⓫。

我們本來不該在此停泊太久，而是應該趁著潮水駛入河口。無奈風刮得太緊，且停了四五天之後，風勢更猛。但這塊錨地素來被認爲是個良港，加上我們的錨十分牢固，船上的錨索、轆轤、纜篷等一應設備均十分結實，因此水手們對大風都滿不在乎，而且一點也不害怕，照舊按他們的生活方式休息作樂。到第八天早晨，風勢驟然增大。於是全體船員都動員起來，一齊動手落下了中帆，並把船上的一切物件都安頓好，使船能頂住狂風，安然停泊。到了中午，大海捲起了

❾雅茅斯，又稱大雅茅斯，是英格蘭東部港口城市；錨地是指港口外的海中停泊處。

❿紐卡斯爾，英格蘭中西部城市。

⓫耶爾河，英格蘭諾福克郡河流，流入北海。雅茅斯即在該河河口灣畔的岬角上。

狂瀾。我們的船頭好幾次鑽入水中，打進了很多水。有一兩次，我們以爲脫了船錨，因此，船長下令放下備用大錨。這樣，我們在船頭下了兩個錨，並把錨索放到最長的限度。

這風暴大得可怕，連水手們的臉上也顯出驚恐的神色。船長雖然小心謹慎力保自己的船，但當他出入自己的艙房而從我的艙房邊經過時，我好幾次聽到他低聲自語：「上帝啊，可憐我們吧！我們都活不了啦！我們都要完蛋了！」他說了不少這一類的話。在最初的一陣紛亂中，我不知所措，只是動也不動地躺在自己的船艙裡——我的艙房在船頭，我無法形容我當時的心情。最初，我沒有像第一次那樣懺悔，而是變得痲木不仁了。我原以爲死亡的痛苦已經過去，這次的風暴與上次一樣也會過去。但我前面說過，當船長從我艙房邊經過，並說我們都要完蛋時，可把我嚇壞了。我走出自己的艙房向外一看，只見滿目淒涼：這種慘景我以前從未見過：海上巨浪掀天，每隔三、四分鐘就向我們撲來。再向四面一望，境況更是悲慘，本來停泊在我們附近的兩艘船，因爲載貨重，已經把船側的桅杆都砍掉了。突然，我們船上的人驚呼起來。原來停在我們前面約一海里遠的一艘船已沉沒了；另外兩艘船被狂風吹得脫了錨，只得冒險離開錨地駛向大海，連船上的桅杆也一根不剩了。小船的境況要算最好了，因爲在海上小船容易行駛。但也有兩三艘小船被風刮得從我們船旁飛馳而過，船上只剩下角帆而向外海飄去。

到了傍晚，大副和水手長懇求船長砍掉前桅；此事船長當然是絕不願意幹的。但水手長抗議說，如果船長不同意砍掉前桅，船就會沉沒，船長也只好答應了。但船上的前桅一砍下來，主桅隨風搖擺失去了控制，船也隨著劇烈搖晃，於是他們又只得把主桅也砍掉。這樣就只剩下一個空蕩蕩的甲板了。

誰都可以想像我當時的心情。因爲我只是一個初次航海的年輕人，不久前那次小風浪已把我嚇得半死，更何況這次眞的遇上了大風暴。此時此刻，當我執筆記述我那時的心情，我感到，那時我固然也害怕死，使我更害怕的是想到自己違背了自己不久前所作的懺悔，並且又像在前次危難中那樣重新下起種種決心，這種害怕比對死的恐懼更甚。當時的心情既然如此，再加上對風暴的恐懼，那種心理狀態即使現在我也無法用筆墨描述。但當時的情景還不算是最糟的呢！更糟的是風暴越刮越猛，就連水手們自己也都承認，他們平生從未遇到過這麼厲害的大風暴。我們的船雖然堅固，但因載貨太重，吃水很深，一直在水中劇烈地搖擺顚簸。只聽見水手們不時地喊叫著船要沉了。當時我還不知道「沉」是什麼意思，這於我倒也是件好事。後來，我問過別人後才明白究竟。這時風浪更加凶猛了，我看到了平時很少見到的情況：船長、水手長，以及其他一些比較有頭腦的人都不斷地祈禱，他們都感到船隨時有沉沒的危險。

到了半夜，更是災上加災。那些到船艙底下去檢查的人中間，忽然有一個人跑上來喊道：船底漏水了；接著又有一個水手跑上來說，底艙裡已有四英尺深的水了。於是，全船的人都被叫去抽水。我聽到船底漏水時，覺得我的心就好像突然停止了跳動；我當時正坐在自己的艙房的床邊，一下子感到再也支持不住了，就倒在船艙裡。這時有人把我叫醒，說我以前什麼事也不會幹，現在至少可以去幫著抽水。聽了這話我立即打起精神，來到抽水機旁，十分賣力地幹起活。正當大家全力抽水時，船長發現有幾艘小煤船因經不起風浪，不得不隨風向海上飄去；當他們從我們附近經過時，船長就下令放一槍，作爲求救的信號。我當時不知道爲什麼要放槍，聽到槍聲大吃一驚，以爲船破了，或是發生了什麼可怕的事情。一句話，我嚇得暈倒在抽水機旁。這種時候，人人都只顧自己的生命，哪裡還有人來管我死活，也沒有人會看一下我到底發生了什麼事。另一個人立刻上來接替我抽水；他上來時把我一腳踢到一邊，由我躺在那裡。他一定以爲我已經死了——過了好一會兒，我才甦醒過來。

我們繼續不斷地抽水，但底艙裡進水越來越多。我們的船顯然不久就會沉沒。這時儘管風勢略小了些，但船是肯定不可能駛進港灣了。船長只得不斷鳴槍求救。有一艘輕量級的船順風從我們前面漂過，就冒險放下一艘小艇來救我們。小艇上的人冒著極大的危險才划近我們的大船，但我們無法下到他們的小艇，他們也無法靠攏我們的大船。最後，小艇上的人拼命划槳，捨死相救；我們則從船尾拋下一根帶有浮筒的繩子，並儘量把繩子放長。小艇上的人幾經努力，終於抓住了繩子。我們就慢慢把小艇拖近船尾，全體船員才得以下了小艇。此時此刻，我們已無法再回到他們的船上去了，大家一致同意任憑小艇隨波逐流，並努力向岸邊划去。我們的船長許諾，萬一小艇在岸邊觸礁，他將給他們船長照價賠償。這樣，小艇半划著，半隨浪漂流，逐漸向北方的岸邊漂去，最後靠近了溫特頓岬角⓬。

離開大船不到一刻鐘，我們就看到它沉下去了。這時我才平生第一次懂得大海沉船是怎麼回事。說實在話，當水手們告訴我大船正在下沉時，我幾乎不敢抬頭看一眼。當時，與其說是我自己爬下了小艇，還不如說是水手們把我丟進小艇的。從下小艇時起，我已心如死灰；一方面這是由於受風暴的驚嚇，另一方面由於想到此行凶吉未卜，內心萬分恐懼。

⓬ 溫特頓岬角，位於諾福克郡海岸邊。

儘管我們處境危難，水手們還是奮力向岸邊划去。當小艇被衝上浪尖時，我們已能看到海岸了，並見到岸上有許多人奔來奔去，想等我們小艇靠岸時救助我們。但小艇前進速度極慢，而且怎麼也靠不了岸。最後，我們竟划過了溫特頓燈塔。海岸由此向西凹進，並向克羅默⑬延伸。這樣，陸地擋住了一點風勢，我們終於費了九牛二虎之力靠了岸。全體安全上岸後，即步行至雅茅斯。我們這些受難的人受到了當地官員、富商和船主們的熱情款待；他們妥善安置我們住宿，還為我們籌足了旅費。我們可以按自己的意願或去倫敦，或回赫爾。

當時我要是還有點頭腦，就該回赫爾取道回家裡。我一定會非常幸福。我父親也會像耶穌講道中所說的那個寓言中的父親，殺肥牛迎接我這回頭的浪子。因為家裡人聽說我搭乘的那條船在雅茅斯錨地遇難沉沒，之後又過了好久才得知我並沒有葬身魚腹。

但我惡運未盡，它以一種不可抗拒的力量迫使我不思悔改。有好幾次，在我頭腦冷靜時，理智也曾向我大聲疾呼，要我回家，我卻沒有勇氣聽從理智的召喚。我不知道，也不想知道該怎麼稱呼這種驅使自己冥頑不化的力量，但這是一種神祕而無法逃避的定數；它往往會驅使我們自尋絕路，明知大禍臨頭，還是自投羅網。很顯然，正是這種定數使我命中注定無法擺脫厄運。也正是這種定數的驅使，我才違背理智的召喚，甚至不願從初次航海所遭遇的兩次災難中接受教訓。

我的朋友，即船長的兒子，正是他使我鐵下心來上了他父親的船，現在膽子反而比我小了。當時，我們在雅茅斯市被分別安置在好幾個地方住宿，所以兩、三天之後他才碰到我。我剛才說

⑬克羅默，諾克福北部沿海城鎮。

了，這是我們上岸分開後第一次見面。我們一交談，我就發現他的口氣變了。他看上去精神沮喪，且不時地搖頭。他問了我的近況，並把我介紹給他父親。他對他父親說，我這是第一次航海，只是試試罷了，以後想出洋遠遊。聽了這話，他父親用十分嚴肅和關切的口吻對我說：「年輕人，你不應該再航海了。這次的災難是一個凶兆，說明你不能當水手。」

「怎麼啦，先生，」我問，「難道你也不再航海了嗎？」

「那是兩碼事，」他說，「航海是我的職業，因此也是我的職責。你這次出海，雖然只是一種嘗試，老天爺已給你點滋味嘗嘗了；你若再一意孤行，必無好結果的。也許，我們這次大難臨頭，正是由於你上了我們的船的緣故，就像約拿上了開往他施的船一樣⑭。請問，」船長接著說，「你是什麼人？你為什麼要坐我們的船出海？」

於是，我簡略地向他談了自己的身世。他聽我講完後忽然怒氣衝天，令人莫名其妙。他說：「我作了什麼孽，竟會讓你這樣的災星上船？我以後絕不再和你坐同一條船，給我一千鎊我也不幹！」我覺得這是因為沉船的損失使他心煩意亂，想在我身上洩憤。其實，他根本沒有權利對我大發脾氣。可是後來他又鄭重其事與我談了一番，敦促我回到父親身邊，不要再惹怒老天爺來毀掉自己。他說，我應該看到老天爺是不會放過我的。「年輕人，」他說，「相信我的話，你若不回家，不論你上哪兒，你只會受難和失望。到那時，你父親的話就會在你身上應驗了。」

---

⑭《舊約．約拿書》上帝命約拿去尼尼微傳道，約拿違命乘上開往他施的船，中途風浪大作，水手們驚懼求神，占卜結果，證明約拿觸怒神而引來風暴。他們把約拿投入海中後，立即風平浪靜。

我對他的話不置可否，很快就跟他分手了。從此再也沒有見到過他，對他的下落，也一無所知。至於我自己，口袋裡有了點錢，就從陸路去倫敦。在赴倫敦途中，以及到了倫敦以後，我一直在作劇烈的思想鬥爭，不知道該選擇什麼樣的生活道路——到底是要回家呢，還是去航海？

一想到回家，羞恥之心使我歸心頓消。我立即想到街坊鄰居會怎樣譏笑我；我自己不僅羞見雙親，也羞見別人。這件事使我以後時常想起，一般人之心情多麼荒誕可笑，而又那樣莫名其妙；尤其是年輕人，一般說來在這種時刻，應聽從理智的指導。然而他們不以犯罪爲恥，反而以悔罪爲恥；他們不以幹傻事爲恥，反而以改過爲恥。而實際上他們若能覺悟，別人才會把他們看作聰明人呢！

我就這樣過了好幾天，內心十分矛盾，不知何去何從，如何才好。但一想到回家，一種厭惡感油然升起，難以抑制。這樣過了一些日子，對災禍的記憶逐漸淡忘，原來動搖不定的歸家念頭也隨之日趨淡薄，最後甚至丢到了九霄雲外。這樣，我又重新嚮往起航海生活來了。

不久之前，那種邪惡的力量驅使我離家出走。我年少無知，想入非非，妄想發財。這種念頭根深柢固，竟使我對一切忠告充耳不聞，對父親的懇求和嚴命置若罔聞。我是說，現在又正是這同一種邪惡的力量——不管這是一種什麼力量，使我開始了最不幸的冒險事業。我踏上了一艘駛往非洲海岸的船；用水手們的俗話說，到幾內亞⑮去！

---

⑮ 幾內亞：現今指幾內亞地區，西非沿大西洋的一個廣大地區，歐洲十七、十八世紀對非洲西部的通稱。

在以往的冒險活動中，我在船上從未當過水手。這是我的不幸。本來，我可以比平時艱苦些，學會做一些普通水手們做的工作。到一定時候，即使做不了船長，說不定也能當上個大副或船長助手什麼的。可是，命中注定我每次都會作出最壞的選擇，這一次也不例外。口袋裡裝了幾個錢，身上穿著體面的衣服，我就像往常一樣，以紳士的身分上了船。船上的一切事務，我從不參與，也從不學著去做。

在倫敦，我交了一個好朋友。這又是我命裡注定的。這種好事通常不會落到像我這樣一個放蕩不羈、誤入歧途的年輕人身上。魔鬼總是早早給他們設下了陷阱。但對我卻不然。一開始，我就認識了一位船長。他曾到過幾內亞沿岸；在那兒，他做了一筆不錯的買賣，所以決定再走一趟。他對我的談話很感興趣，我想那時我的談吐也許不怎麼令人討厭。他聽我說要出去見見世面，就對我說，假如我願意和他一起去，可以免費搭他的船，並可做他的夥伴，和他一起用餐。如果我想順便帶點貨，他將告訴我帶什麼東西最能賺錢，這樣也許我能賺點錢。

對船長的盛情，我正是求之不得，並和船長成了莫逆之交。船長爲人眞誠樸實，我便上了他的船，並捎帶了點貨物。由於我這位船長朋友的正直無私，我賺了一筆不小的錢。因爲我聽他的話，帶了一批玩具和其他小玩意兒，大約値四十英鎊。這些錢我是靠一些親戚的幫助搞來的。我寫信給他們；我相信，他們就告訴我父親，或至少告訴了我母親，由父親或母親出錢，再由親戚寄給我，作爲我第一次做生意的本錢。

可以說，這是我一生冒險活動中唯一成功的一次航行。這完全應歸功於我那船長朋友的正直無私。在他的指導下，我還學會了一些航海的數學知識和方法，學會了記航海日誌和觀察天文。一句話，懂得了一些做水手的基本常識。他樂於教我，我也樂於跟他學。總之，這次航行使我既成了水手，又成了商人。這次航行，我帶回了五磅零九盎司金沙；回到倫敦後，我換回了約三百英鎊，賺了不少錢。這更使我躊躇滿志，因而也由此斷送了我的一生。

然而，這次航行也有我的不幸。尤其是因爲我們做生意都是在非洲西海岸一帶，從北緯15度一直南下至赤道附近，天氣異常炎熱，所以我得了航行於熱帶水域水手們常得的熱病，三天兩頭發高燒，發夢囈。

現在，我儼然成了做幾內亞生意的商人了。不幸的是，我那位當船長的朋友在回倫敦後不久就去世了。儘管如此，我還是決定再去幾內亞走一趟，就踏上了同一艘船。這時，由原來船上的大副當了船長。這是一次最倒楣的航行。雖然我上次賺了點錢，但我只帶不到一百英鎊的貨物，餘下的二百英鎊通通寄存在船長寡婦那裡。她像船長一樣，待我公正無私。但是，在這次航行中，我卻屢遭不幸。第一件不幸的事情是：我們是船向加那利群島⓰駛去，或者，說得更確切些，正航行於這些群島和非洲西海岸之間。一天拂曉，突然有一艘從薩累⓱開來的土耳其海盜船，扯滿了帆，從我們後面追了上來。我們的船也張滿了帆試圖逃跑。但海盜船比我們快，逐漸逼近了我們。看情形，再過幾小時，他們肯定能追上我們。我們立即開始作戰鬥準備。我們船上

⓰ 加那利群島，位於北大西洋東部。一四九七年起淪爲西班牙殖民地，後被改爲西班牙的兩個省。

⓱ 薩累，摩洛哥西北部的港口城市，屬首都拉巴特的一個部分，曾經是臭名昭著的海盜聖地。

有十二門炮，但海盜船上有十八門。大約到了下午三點鐘光景，他們趕了上來。他們本想攻擊我們的船尾，結果卻橫衝到我們的後舷。我們把八門炮搬到了這一邊，一齊向他們開火。海盜船邊後退，邊還擊；他們船上二百來人一齊用槍向我們射擊。我們的人隱蔽得好，無一受傷。海盜船準備對我們再次發動攻擊，我們也全力備戰。這一次他們從後舷的另一側靠上我們的船，並有六十多人跳上了我們的甲板。強盜們一下船就亂砍亂殺，並砍斷了我們的桅索等船具。我們用槍、短柄矛和炸藥包等各種武器奮力抵抗，把他們擊退了兩次。我不想細說這件不幸的事。總之，到最後，我們的船失去了戰鬥力，而且死了三個人，傷了八人，只得投降。我們全部被俘，被押送到薩累，那是摩爾人[18]的一個港口。

我在那兒受到的待遇並沒有像我當初擔心的可怕。其他人都被送到皇帝的宮裡去，遠離了海岸；我卻被海盜船長作為他自己的戰利品留下，成了他的奴隸。這是因為我年輕伶俐，對他有用處。我的境況發生了突變，從商人一下子變成了可憐的奴隸。這眞使我悲痛欲絕。這時我不禁憶起父親的預言，他說過我一定會受苦受難，並會呼援無門。現在我才知道父親的話完全應驗了。我現在的境況再糟不過了。我受到了老天的懲罰，誰也救不了我。可是，唉，我的苦難才剛剛開始呢！下面我再接著細說吧——

我的主人把我帶回他家中。我滿以為他出海時會帶上我。如此一來他遲早會被西班牙或葡萄

---

[18] 摩爾人：指非洲西北部阿拉伯人與柏柏爾人的混血後代。公元八世紀成為伊斯蘭教徒，入侵並統治西班牙。

牙的戰艦俘獲，那時我就可恢復自由了。但我的這個希望很快就破滅了。他每次出海時，總把我留在岸上照顧他那座小花園，並在家裡做各種奴隸幹的苦活。當他從海上航行回來時，又叫我睡到船艙裡替他看船。

在這裡，我頭腦裡整天盤算著如何逃跑，但怎麼也想不出稍有希望的辦法。從當時的情況來看，我根本沒有條件逃跑。我沒有人可以商量，沒有人與我一起逃跑。我孤身一人形單影隻，周圍沒有其他奴隸，也沒有英格蘭人、愛爾蘭人或蘇格蘭人。這樣過了整整兩年。在這兩年中，逃跑的計劃只有在我想像中實現，並藉此自慰，卻怎麼也無法付諸實施。

大約兩年之後，出現了一個特殊的情況，這使我重新升起了爭取自由的希望。

這一次，我主人在家裡待的時間比以往長。據說是因爲手頭缺錢，他沒有爲自己的船配備出航所必需的設備。在這段時間裡，他經常坐一艘舢舨去港口外的開放錨地捕魚；每星期至少一、兩次，天氣好的話，去的次數更多一些。那艘舢舨是他大船上的一艘小艇。每次出港捕魚，他總讓我和一個摩爾小孩替他搖船。我們兩個小少年頗能得他的歡心，而我捕魚也確實有一手，因此，有時他就只叫我與他的一個摩爾族親戚和那個摩爾小孩一起去替他打點魚來吃；那個摩爾小孩名叫馬列司科⓳。

一天早晨，我們又出海打魚。天氣晴朗，海面風平浪靜。突然，海上升起濃霧。我們划了才一海里多點，就看不見海岸了。當時，我們已辨不清東南西北了，只是拼命划船。這樣划了一天

⓳馬列司科，西班牙語中「摩爾人」的讀音。

一夜，到第二天早晨才發現，我們不僅沒有划近海岸，反而向外海划去了，離岸至少約六海里。最後，我們費了很大的勁，冒了很大的危險，才平安抵岸，因為，那天早晨風很大，而且我們大家都快餓壞了。

這次意外事件給了我們主人一個警告，他決定以後得小心謹慎一些，出海捕魚時帶著指南針和一些食品。正好在他俘獲的我們那艘英國船上，有一艘長舢舨。他就下令他船上的木匠——也是他的一個英國人奴隸——在長舢舨中間做一個小艙，像駁船上的小艙那樣；艙後留了些空間，可以容一個人站在那裡掌舵和拉下帆索；艙前也有一塊地方，可容一兩個人站在那裡升帆或降帆。這長舢舨上所使用的帆叫三角帆，帆杆橫垂在艙頂上。船艙做得很矮，但非常舒適，可容得下他和一兩個奴隸在裡面睡覺，還可擺下一張桌子吃飯；桌子裡做了一些抽屜，裡面放上幾瓶他愛喝的酒，以及他的麵包、大米和咖啡之類的食物和飲料。

我們從此就經常坐這艘長舢舨出海捕魚。因為我捕魚技術高明，所以每次出去他總是帶著我。有一次，他約定要與當地兩三位頗有身分的摩爾人坐我們的長舢舨出海遊玩或捕魚。為了款待客人，他預備了許多酒菜食品，並在頭天晚上就送上了船。他還吩咐我從他大船上取下三把短槍放在舢舨上，把火藥和子彈準備好。看來，他們除了想捕魚外，還打算打鳥。

我按照主人的吩咐，把一切都準備妥當。第二天早晨，船也洗乾淨了，旗子也掛上了；一切安排完畢，我就在舢舨上專候貴客的光臨。不料，過了一會兒，我主人一個人上船來。他對我說，客人臨時有事，這次不去了，下次再去，但他們將來家裡吃晚飯，所以要我和那個摩爾人和小孩像往常一樣去打點魚來，以便晚上招待客人。他還特地吩咐，要我們一打到魚就立即回來送到他家裡。這些事我當然準備一一照辦。

這時，我那爭取自由的舊念頭又突然萌發起來。因爲，我覺得自己可以支配一艘小船了。主人一走，我就著手準備起來，當然不是準備去捕魚，而是準備遠航。至於去哪兒，連我自己都不知道，也沒有考慮過，只要離開這兒就行。

我計劃的第一步，先藉口對那個摩爾人說，我們不應當自說自話吃主人的麵包，得自己動手準備船上吃的東西。他說我的話非常對，就拿來了一大筐當地甜餅乾，又弄了三罐子淡水，一起搬到舢舨上。我知道主人裝酒的箱子放的地方；看那箱子的樣子，顯然也是從英國人手裡奪來的戰利品。我趁那摩爾人上岸去時，就把那箱酒搬上舢舨，放到一個適當的地方，好像主人原來就放在那兒似的。同時我又搬了六十多磅蜜蠟到船上來，還順便拿了一小包粗線，一把斧頭，一把鋸子和一隻錘子；這些東西後來對我都非常有用，尤其是蜜蠟，可以用來做蠟燭。接著我又想出了一個新花樣，他居然天眞地上了圈套。這個摩爾人的名字叫伊斯瑪，但大家都叫他馬利或莫利，所以我也這樣叫他。「莫利，」我說，「主人的槍在船上，你去搞點火藥和鳥槍彈來，也許我們還能給自己打幾隻水鳥呢！我知道主人的火藥放在大船上。」

「對，」他說，「我去拿些來。」果然，他拿來了一大皮袋火藥，足有一磅半重，可能還要多些。另外，他又拿來了一大皮袋鳥槍彈和一些子彈，也有五、六磅重。他把這些全部放到舢舨上。同時，我又在大艙裡找到了一些主人的火藥。我從箱子裡找出一只大酒瓶，裡面所剩酒已不多。我把不多的酒倒入另一只瓶中，把空瓶裝滿火藥。一切準備妥當，我們便開始出港去捕魚了。港口堡壘裡的士兵都認識我們，所以也不來注意我們。我們出港不到一海里光景就下了帆開始捕魚。這時，風向東北偏北，正與我的願望相反。因爲，假如刮南風，我就有把握把船駛到西班牙海岸，至少也可到西班牙西南部的加第斯海灣。但我決心已下，不管刮什麼風，只要離開我現在待的可怕的地方就行；其餘一切，都聽天由命了。

我們釣了一會兒魚，一條也沒有釣到；因爲即使魚兒上鉤，我也不釣上來，免得讓那摩爾人看見。然後，我對他說，這樣下去可不行，我們拿什麼款待主人呢？我們得走遠一點。他一想這樣做也無妨，就同意了。他在船頭，就張起了帆；我在船尾掌舵。就這樣我們把船駛出了約三海里，然後就把船停下，好像又要準備捕魚似的。我把舵交給摩爾小孩，自己向船頭摩爾人站的地方走去。我彎下腰來，裝作好像在他身後找什麼東西似的。突然，我趁其不備，用手臂猛地在他褲襠下一撞，把他一下推入海裡。這個摩爾人是個游泳高手，一下子就浮出海面。他向我呼救，求我讓他上船，並說他願追隨我走遍天涯海角。他在水裡像魚，游得極快，而這時風不大，小船行駛速度很慢，眼看他很快就會趕上來。我走進船艙，拿起一支鳥槍。我把槍對準了摩爾人，並對他說我並沒想傷害他，如果他不胡鬧，也不會傷害他。我說：「你游水游得很好，你完全可以游回岸去。現在海上風平浪靜，就趕快游回去吧。我是不會傷害你的。要是你靠近我的船，那我就打穿你的腦袋！我已決心逃跑爭取自由了！」他立即轉身向海岸方向游回去。我毫不懷疑，他必然能安抵海岸，因爲他游泳的本領確實不賴。

本來我可以把小孩淹死，只帶著那個摩爾人，但我怎麼也不敢信任他。前面提過那個摩爾小孩名叫馬列司科，大家都叫他「佐立」。那摩爾人走後，我對他說：「佐立，假如你忠於我，我會使你成為一個出色的人。但如果你不打自己的耳光向我發誓⑳，如果你不憑著穆罕默德起誓效忠於我，我也把你扔到海裡去。」那孩子衝著我笑了，並發誓忠於我，願隨我走遍天涯海角。他說這些話時神情天眞無邪，使我沒法不信任他。

那個摩爾人在大海裡游著，我們的船還在他的視線之內。這時，我故意讓船逆著風徑直向大海駛去。這樣，他們就會以為我是駛向直布羅陀海峽（事實上，任何有頭腦的人都會這樣做）。沒有人會想到，我們會駛向南方野蠻人出沒的海岸。到那兒，我們還來不及上岸，就會給各個黑人部族的獨木舟所包圍，並把我們殺害；而且即使我們上了岸，不是給野獸吃掉，就是給更無情的野人吃掉。

可是，到傍晚時我改變了航向。我把船向東南偏東駛去，這樣船可沿著海岸航行。這時風勢極好，海面也平靜，我就張滿帆讓船疾駛。以當時船行速度來看，我估計第二天下午三點鐘就能靠岸。那時我已經在薩累以南一百五十英里之外了，遠離摩洛哥皇帝的領土，也不在任何國王的領地之內，因為那兒我們根本就看不到人逃。

但是，我已被摩爾人嚇破了膽，生怕再落到他們的手裡；同時風勢又順，於是也不靠岸，也不下錨，一口氣竟走了五天。這時風勢漸漸轉為南風，我估計即使他們派船來追我，這時也該罷休了。於是我就大膽駛向海岸，在一條小河的河口下了錨。我不知道這兒是什麼地方，在什麼緯度，什麼國家，什麼民族，什麼河流。四周看不到一個人，我也不希望看到任何人。我現在所需

---

⑳ 伊斯蘭教人發誓的方式。

要的只是淡水。我們在傍晚駛進了小河口，決定天黑就游到岸上去，了解岸上的情況。

但一到天黑，我們就聽到各種野獸狂吠咆哮，怒吼呼嘯，不知道是些什麼野獸，眞是可怕極了！這可把那可憐的孩子嚇得魂飛魄散，哀求我天亮後再上岸。我說：「好吧，佐立，我不去就是了。不過，說不定白天會碰見人。他們對我們也許像獅子一樣凶呢！」佐立笑著說：「那我們就開槍打跑他們！」佐立在我們奴隸中能用英語交談，雖然發音不太道地。見到佐立這樣高興，我心裡也很快樂。我從主人的酒箱裡拿出酒瓶，倒一點酒給他喝，讓他壯壯膽子。不管怎麼說，佐立的提議是有道理的，我接受了他的意見。

於是，我們下了錨，靜靜地在船上躺了一整夜。說是說「靜靜地躺著」，事實上整夜都沒合過眼。因爲兩三小時後便有一大群各種各樣的巨獸來到海邊，在水裡打滾，洗澡，或涼爽一下自己的身子；牠們是些什麼野獸，我也叫不出名字，而牠們那狂呼怒吼的咆哮聲，眞是我平生從未聽過的，煞是驚人！

佐立嚇壞了，我自己也嚇得要死。然而，更讓我們心驚膽戰的是，我們聽到有一頭巨獸向我們船邊游來。雖然我們看不見，但從其呼吸的聲音來聽，一定是個碩大無比的猛獸。佐立說是頭獅子，我想也可能是的。可憐的佐立向我高聲呼叫，要我起錨把船划走。「不，」我說，「佐立，我們可以把錨索連同浮筒一起放出，把船向海裡移移，那些野獸游不了太遠的，牠們不可能跟上來。」我話音未落，那巨獸離船不到兩槳之遠了。我立刻走進艙裡，拿起槍來，對著那傢伙放了一槍。那猛獸立即調頭向岸上泅去。

槍聲一響，不論在岸邊或山裡的群獸漫山遍野地狂呼怒吼起來，那種情景，眞令人毛骨悚然。我想，這裡的野獸以前大概從未聽到過槍聲，以至使牠們如此驚恐不安。這更使我不得不相信，不用說晚上不能上岸，就是白天上岸也是個問題。落入野人手裡，無異於落入獅子猛虎之口。至少，這兩種危險我們都害怕。

但不管怎樣，我們總得上岸到什麼地方弄點淡水，因爲船上剩下的水已不到一品脫了。問題是：什麼時候上岸？在哪兒才能弄到水？

佐立說，如果我讓他拿個罐子上岸，他會去找找看有沒有水，有的話就給我帶回來。我問他，爲什麼要他去，而不是我去，讓他自己待在船上呢？這孩子的回答慇厚深情，使我從此喜歡上了他。他說：「如果野人來了，他們吃掉我，你可以逃走。」

「好吧，佐立，」我說，「如果野人來了，我們兩個人一起開槍打死他們，我們倆誰也不讓他們吃掉。」我拿了一塊乾麵包給佐立吃，還從原來主人的酒箱裡拿出酒瓶給他倒了點酒喝。關於這個酒箱的來歷，我前面已經提到過了。我們把船向岸邊適當推近一些，兩人就一起涉水上岸。除了槍枝彈藥和兩只水罐，我們其他什麼都不帶。

我不敢走得離船太遠，唯恐野人的獨木舟從河的上游順流而下。但那孩子見到一英里開外處有一塊低地，就信步走去。不一會兒，只見他飛快向我奔來。我以爲有野人在追趕他，或者給什麼野獸嚇壞了，急忙迎上去幫助他。但他跑近我時，卻見他肩上背著個野兔似的動物，但毛色與野兔不一樣，腿也比野兔長，原來是他打到的獵物。這東西的肉一定很好吃，爲此我們都大爲高興。然而，更令人高興的是，佐立告訴我，他已找到了淡水，而且也沒有見到有野人。

但後來我們發現，我們不必費那麼大的力氣去取水。沿著我們所在的小河稍稍往上走一點，潮水一退，就可取到淡水。其實，海潮沒進入小河多遠。我們把所有的罐子都盛滿了水，又把殺死的野兔煮了飽餐一頓，就準備上路了。在那一帶，我們始終沒有發現人類的足跡。

過去我曾到這一帶的海岸來過一次，知道加那利群島和佛得角群島㉑離大陸海岸不遠。但船上沒有儀器，無法測量我們所在地點的緯度，而且，我也已不記得這些群島確切的緯度了，因此也無法找到這些群島，也不知道什麼時候該離開海岸，駛向海島。要不然，我一定能很容易找到這些海島的。我現在唯一的希望是：沿著海岸航行，直到英國人做生意的地方。在那兒總會遇到來往的商船，他們就會救我們。

我估計，我現在所在的地區正好在摩洛哥王國和黑人部族居住的地區之間；這兒只有野獸出沒，荒無人煙。黑人因怕摩爾人的騷擾而放棄該地區遷向前方；摩爾人則因這兒是蠻荒之地，不願在此居住。另外，這兒群獸出沒，是猛虎、獅子、豹子和其他野獸棲息的地方。所以，不論是摩爾人還是黑人，都放棄了這塊地方。但摩爾人有時也來這兒打獵。每次來的時候，至少有兩三千人，像開來一支軍隊。事實上，我們沿海岸走了約一百英里，白天只見一片荒蕪，杳無人跡；晚上只聽到野獸咆哮，此起彼落。

有一兩次在白天，我彷彿遠遠看到了加那利群島高山的山頂——泰尼利夫山山頂。當時我很想冒一下險把船駛過去。但試了兩次都被逆風頂了回來。且海上風浪很大，我們的船又小，無法駛向大海。因此我決定依照原來的計劃，繼續沿海岸行駛。

㉑佛得角群島，大西洋中對著非洲西岸的群島，在加那利群島之南的佛得海角附近。

我們離開那個地方後，也有好幾次不得不上岸取水。有一次，大清早我們來到一個小岬角拋了錨。這時正好漲潮，我們想等潮水上來後再往裡駛。佐立的眼睛比我尖，他向我低聲叫喚，要我把船駛離岸遠一點。他說，「看那兒，一隻可怕的怪物正在小山下睡覺呢！」我朝他手所指的方向看了一下，果然看到一個可怕的怪物，原來那是一頭巨獅，正躺在一片山影下熟睡呢！我說：「佐立，你上岸去把牠打死吧。」佐立大吃一驚說：「我？我去把牠打死？牠一口就把我吃掉了。」我就不再對這孩子說什麼，並要他乖乖待在那兒。我自己拿起最大的一支槍，裝入大量的火藥，又裝了兩顆大子彈，放在一旁，然後又拿起第二支槍，裝了兩顆子彈，再把第三支槍裝了五顆小子彈。我拿起第一支大槍，盡力瞄準，對著那獅子的頭開了一槍。但那獅子躺著時，前腿稍稍往上抬起，擋住了鼻子，因此子彈正好打在牠膝蓋上，把腿骨打斷了。獅子一驚，狂吼而起，但發覺一腿已斷，復又跌倒在地，然後用三條腿站立起來，發出刺耳的吼叫聲。我見自己沒有打中獅子的頭部，心裡不由暗暗吃驚，這時，那頭獅子似乎想走開，我急忙拿起第二支槍，對準牠的頭部又開了一槍，只見牠吼了一聲頹然倒下，便在那兒拼命掙扎。這時，佐立膽子大了，要求我讓他上岸。「好吧，你去吧！」我說。他便跳到水裡，一手舉著支短槍，一手划著水，走到那傢伙跟前，把槍口放在牠耳朵邊，向牠的頭部又開了一槍，終於結束了這猛獸的性命。

這件事對我們只是玩樂而已，獅子的肉根本不能吃。爲了這樣一個無用的獵物浪費了三份火藥和彈丸實在不值得，我頗感後悔。可是，佐立說他一定得從獅子身上弄點東西下來。於是他上船向我要斧子。「幹嘛，佐立？」我問。「我要把牠的頭砍下來！」他說。結果，佐立沒法把獅子頭砍下來，卻砍下了一隻腿帶回來。那腳可眞大得可怕！

我心裡盤算，獅子皮也許對我們會有用處，便決定設法把皮剝下來。於是我和佐立就跑去剝皮。對於這件工作，佐立比我高明得多了，而我完全不知道從何下手。我們兩人忙了一整天，才把整張皮剝下來。我們把皮攤在船艙的頂上，兩天後皮就曬乾了。以後我睡覺時就把這張皮用來作墊被。

這次停船之後，我們向南一連行駛了十一、二天，我們的糧食逐漸減少，只得省著點吃。除了取淡水不得不上岸外，很少靠岸。我這樣做的目的是要把船駛到非洲海岸的剛比亞河㉒或塞內加爾河；也就是說，到達佛得海角一帶，希望能在那兒遇上歐洲的商船。萬一遇不到的話，我就不知道該往哪兒去了。那就只好去找找那些群島，或者死在黑人手裡了。我知道，從歐洲開往幾內亞海岸，或去巴西和東印度群島的商船，都要經過這個海角或這些群島。總之，我把自己整個命運都押在這唯一的機遇上了；遇上商船就得救，遇不上就只有死路一條。

下定了決心，就又向前航行了十天左右，開始看到有人煙的地方。有兩三個地方，在我們的船駛過時，可以看到有些人站在岸上望著我們；同時可以看到，他們都一絲不掛，渾身墨黑。有一次，我想上岸和他們接觸一下，佐立勸我說，「不要去，不要去。」但我還是駛近海岸，以便與他們談談。我發現他們沿著海岸跟著我的船跑了一大段路。我看到他們手中都沒有武器，只有一個人拿了一根細長的棍子。佐立告訴我那是一種鏢槍，他們可以投得又遠又準。我不敢靠岸太近，並盡可能用手勢與他們交談。我尤其設法打出一些要求食物的手勢。他們也招手要我把船停

㉒剛比亞河，西非大河，流經幾內亞，塞內加爾和剛比亞等國，注入大西洋。

下，他們會回去取些肉給我們。於是我落下了三角帆把船停下來。有兩個人往回向村裡跑去。不到半小時，他們回來了，手裡拿著兩塊肉乾和一些穀類。這些大概都是他們的土產，但我和佐立都叫不出是什麼東西。我們當然很想要這些食物，但怎樣去拿這些東西卻是個問題。我們自己不敢上岸接近他們，他們也同樣怕我們。最後，他們想出了一個對雙方來說都安全的辦法。他們把東西先放在岸上，然後走到遠處等待，讓我們把東西拿上船後再走近岸邊。

我們打著手勢向他們表示感謝，因爲我們拿不出什麼東西答謝他們。說來也巧，正當此時，出現了一個大好機會，使我們大大地還了他們的人情。當時，突然有兩隻巨獸從山上向海岸邊衝來；看那樣子，好像後一隻正在追逐前一隻，究竟牠們是雌雄相逐，還是戲耍或爭鬥，我們也弄不清楚。同時，我們也不知道這種事是司空見慣的呢，還是偶然發生的。但是，照當時的情況判斷，後者的可能性更大。因爲，首先，這類凶殘的猛獸一般大白天不出來活動，其次，我們看到那些黑人驚恐萬分，婦女更是特別害怕。大家都逃光了，只留下那個拿鏢槍的人。可是那兩隻巨獸跑到海邊並沒有去襲擊那些黑人，而是一下子跳到海裡，游來游去，好像是在遊戲。後來，出於我的意料之外，有一隻竟跑到我們的船跟前來了。好在我已早有準備。我迅速把槍裝上了彈藥，還叫佐立把另外兩支槍也裝好了彈藥。當那巨獸一進入射程，我立即開火，一槍打中牠的頭部。那傢伙立即沉下去了，但又馬上浮起來在水裡上下翻騰，拼命作垂死掙扎；然後，匆匆向岸邊游去，但由於受到的是致命傷，又被海水所窒息，還未游到岸邊就死了。

那些可憐的黑人聽到了槍聲，看到了槍裡發出的火光，其驚恐之狀，眞是筆墨難以形容。有幾個嚇得半死，跌在地上。過後，他們見那怪獸已死，並沉到水裡去了，又見我向他們招手，叫他們到海邊來；這時他們才壯著膽子到海邊來尋找那死獸。我根據水裡的血迹找到了那巨獸，又用繩子把牠套住，並把繩子遞給那些黑人，叫他們去拖。他們把那死了的傢伙拖到岸上，發現竟是一隻很奇特的豹。此豹滿身黑斑，非常美麗。黑人們一齊舉起雙手，表示無比驚訝。他們怎麼也想不出我是用什麼東西把豹打死的。

槍聲和火光早就把另一隻巨獸嚇得泅回岸，一溜煙跑回山裡去了。因爲距離太遠，我看不清牠到底是什麼東西。不久我看出那些黑人想吃豹子肉，我當然樂意做個人情送給他們。對此，黑個們感激萬分。他們馬上動手剝皮。雖然他們沒有刀子，用的是一片削薄了的木片，但不一會兒就把豹皮剝下來了，比我們用刀子剝還快。他們要送些豹肉給我們，我表示不要，並做手勢表示全部送給他們；不過我也表示想要那張豹皮。他們立刻滿不在乎地給了我。他們又給了我許多糧食，儘管我不知道是些什麼東西，但還是收下了。接著，我又打起手勢向他們要水。我把一只罐子拿在手裡，把罐底朝天罐口朝下翻轉來，表示裡面已空了，希望裝滿水。他們馬上告訴自己的同伴，不久便有兩個女人抬了一大泥缸水走來。我猜想，那泥缸是用陽光烘製而成的。她們把泥缸放在地下，然後像第一次那樣遠遠走開。我讓佐立帶了三只水罐上岸去取水。那些女人也和男人一樣，全都赤身裸體，一絲不掛。

現在，我有了不少雜糧，又有了水，就離別了那些友好的黑人，一口氣大約又航行了十一天，中間一次也沒有登岸。後來，我看到有一片陸地，長長地突出在海裡，離我們的船約十三、四海里。當時風平浪靜，我從遠處經過這海角；最後，在離岸六海里左右繞過這小岬角後，又發現岬角的另一邊海里也有陸地。這時，我已深信不疑，這兒就是佛得角，而對面的那些島嶼即是佛得角群島。但岬角和島嶼離我都很遠，我不知該怎麼辦才好。如果刮大風，那我一個地方也到不了。

在這進退維谷之際，我鬱鬱不樂地走進艙房坐了下來，讓佐立去掌舵。突然，那孩子驚叫起來：「主人，主人，有一艘大帆船！」這傻小子以爲他原來的主人派船追了上來，幾乎嚇昏了頭。我卻很清楚，我們已駛得很遠，他們絕不可能追到這兒來。我跳出船艙一看，不僅立刻看到了船，而且看出那是一艘葡萄牙船；我猜想那是駛往幾內亞海岸販賣黑奴的船。但當我觀察那船的航向時，我才知道他們要去的是另一個方向，根本沒有想靠岸的意思。因此，我拼命把船往海裡開，並決心盡可能與他們取得聯繫。

我雖然竭力張帆行駛，但不久就看出，我根本無法橫插到他們的航路上去；等不及我發信號，他們的船就會駛過去。我滿帆全速前進追趕了一陣子，就開始感到絕望了。然而正當此時，他們好像在望遠鏡裡發現了我們。他們看到我的船是一艘歐洲小艇，因此一定以爲是大船遇難後放出的救生艇，所以便落下帆等我們。這給了我極大的鼓舞。我船上本來就有我們原主人的旗幟，我就拿出旗幟向他們搖起來作爲求救的信號，同時又鳴槍求救。這兩個信號他們都看見了，因爲後來他們告訴我，槍聲他們雖然沒聽到，但看到了冒煙。他們看到了信號，就停船等我們。他們的這個舉動眞是仁慈極了。大約過了三小時光景，我才靠上了他們的大船。

他們用葡萄牙語，用西班牙，用法語，問我是什麼人，但他們的話我都不懂。後來船上有一個蘇格蘭水手上來叫我，我便告訴他我是英格蘭人，是從薩累的摩爾人手下逃出來的。於是，他們便十分和善地讓我上了船，並把我的一切東西也都拿到大船上。

誰都知道，我竟然能絕處逢生，其喜悅之情，實在難於言表。我立刻把我的一切東西送給船長，以報答他的救命之恩。但船長非常慷慨。他對我說，他什麼也不要，等我到了巴西後，他會把我所有的東西都交還給我。他說：「今天我救了你的命，希望將來有一天別人也會救我的命，說不定哪一天我也會遭到同樣的命運。再說，我把你帶到巴西，遠離自己的祖國，如果我要了你的東西，你就會在異國他鄉挨餓，這不等於我救了你的命，又送了你的命嗎？不，不，英國先生，我把你送到巴西去，完全是一種慈善行爲。你的那些東西可以幫助你在那兒過活，並可做你回家的盤費。」

他提出這些建議是十分仁慈的，而且一絲不苟地實踐了自己的許諾。他給手下的船員下令，不准他們動我的任何東西。後來，他索性把我所有的東西都收歸他自己保管，還給我列了一張清單，以便我以後要還。清單中連我的那三只裝水的瓦罐也不漏掉。

他也看到，我的小艇很不錯。他對我說，他想把小艇買下來，放在大船上使用，並要我開個價。我對他說，他對我這麼慷慨大度，我實在不好意思開價，並告訴他，他願出多少錢都可以。他說他可以先給我一張八十西班牙錢幣的期票（這種西班牙銀幣都打上一個「8」字）到巴西可換取現金。到了巴西，如果有人願意出更高的價錢，他願意全數補足。他又表示願出六十西班牙銀幣買下佐立。這錢我實在不能接受。我倒不是不願意把佐立給船長，而是我不願意出賣這可憐的孩子的自由。在我爭取自由的逃跑過程中，他對我可謂忠心耿耿。我把不願出賣佐立的原因告訴船長，他認爲我說得有理，就提出了一個折衷的方案：這孩子如果成爲基督徒，則十年後還其自由，並簽約爲憑。基於這個條件，我終於同意了，因爲佐立自己也表示願意跟隨船長。

去巴西的航行十分順利，大約二十二天之後，就到達了群聖灣㉓。現在我擺脫了困境，該打算打算下一步怎麼辦了。

船長對我慷慨無私的好處，眞是記不勝記。他不僅不收我的船費，並出二十枚歐洲流通金幣買下我的豹皮，四十枚金幣買下獅子皮。我小艇上的一應物品，立刻如數奉還給我；我願出賣的東西，他又通通買下，包括酒箱、兩把槍、剩下的一大塊蜜蠟，（其餘的我都做成蠟燭在旅途中點掉了）簡言之，我變賣物品共得了二百二十西班牙銀幣；帶著這筆錢，我踏上了巴西海岸。

我到巴西不久，船長把我介紹給一位種植園主；這人與船長一樣正直無私。他擁有一個甘蔗種植園和一個製糖廠。我在他家住了一段時間，了解了一些種甘蔗和製糖的方法。看到在巴西的這些種植園主生活優裕，在短時期內就發財致富，所以我想，如果我能獲得在巴西的居留證，我也要做個種植園主。同時，我決定設法把我寄存在倫敦的那筆錢匯到巴西來。爲了獲得入籍證書，我傾囊買了一些沒有開墾過的土地，並根據我將要從倫敦收到的資本，擬定了一個經營種植園和定居的計劃。

我有個鄰居，是葡萄牙人，生於里斯本（葡萄牙首都），但他父母卻是英國人。他名叫威爾斯。當時他的境況與我差不多。我稱他爲鄰居，是因爲我們兩家的種植園緊緊相鄰，而且我們也經常來往。我們兩人的資本都很少。開始兩年，我們只種些糧食爲生。可是不久，我們開始發展起來，經營的種植園也開始走上了軌道。因此，在第三年，我們種了一些菸草；同時，我們各自

㉓群聖灣，南美巴西東岸一港口，原巴西首都聖薩爾瓦多所在地。

又購進了一大塊土地，準備來年種甘蔗。然而，我們都感到缺乏勞動力。這時，我想到眞不該把佐立讓給別人，以致現在後悔莫及。

可是，天哪，我這個人老是把事情辦糟，卻從未辦好過一件事情；這種行事處世對我來說又不足爲怪了。現在我已別無選擇，只能勉強維持下去。現在的生計與我的天性和才能是完全不相稱的，與我所嚮往的生活也大相逕庭。爲了我所嚮往的生活，我違抗父命，背井離鄉。我現在經營種植園，也快過著我父親一直勸我過的中產階級生活了。但是，如果我眞的想過中產階級的生活，那我可以完全待在家裡，何必在世界上到處闖蕩，勞苦自己呢？要過中產階級的生活，我完全可以留在英國，生活在親朋好友之間，又何必千里迢迢，來到這舉目無親的荒山僻壤之地，與野蠻人爲伍呢？在這兒，我遠離塵世，誰也不知道我的音訊。

每當我想到自己目前的境遇，總是悔恨不已。除了偶爾與我的那位鄰居交往外，簡直沒有其他人可以交談。我也沒有什麼工作可做，只有用自己的雙手辛苦勞作。我老是對自己說，我就像被丟棄在一個杳無人煙的荒島上，形單影隻，孑然一身。可是，當人們把自己目前的處境與境況更糟的人相比時，老天往往會讓他們換一換地位，好讓他們以自己的親身閱歷，體會過去生活的幸福。老天爺這麼做是十分公道的。對此，我們人人都得好好反省一下。我把自己目前的生活，比作荒島上孤獨的生活，結果我眞的命中注定要過這種生活，那正是因爲我不應該不滿足於當前的境遇。老天爺這樣對待我，也眞是天公地道的。要是我眞的繼續我當時的生活，也許我可以變成一個大富翁呢！

當我經營種植園的計劃稍有眉目時，我的朋友，就是在海上救我的船長又回來了。這次他的船是停在這兒裝貨的，貨裝完後再出航，航程將持續三個月左右。我告訴他，我在倫敦還有一筆小小的資本；他給了我一個友好而又誠懇的建議。

「英國先生，」他說——他一直這麼叫我，「你寫封信，再給我一份正式委託書請那位在倫敦替你保管存款的人把錢匯到里斯本，交給我所指定的人，再用那筆錢辦一些這兒有用的貨物。我回來時，如果上帝保佑，就可替你一起運來。可是天有不測風雲，人有旦夕禍福，我建議你動用你一半的資本，也就是一百英鎊，冒一下險。如果一切順利的話，你可以用同樣的方法支取另一半。那樣，即使萬一失手，你還可用剩下的一半來接濟自己。」

船長的建議確實是一個萬全良策，且出於真誠的友誼。我深信，這簡直是一個萬無一失的辦法。所以，我按船長的要求，給保管我存款的太太寫了一封信，並又寫了一份委託書，交給這位葡萄牙船長。

在我給那位英國船長寡婦的信裡，我詳細敘述了我的冒險經歷。我怎樣成了奴隸，怎樣逃跑，又怎樣在海上遇到這位葡萄牙船長，船長又怎樣對我慷慨仁慈，以及我目前的境況。此外，我還把我需要的貨物詳細地開列了一個單子。這位正直的葡萄牙船長到了里斯本之後，透過在里斯本的某個英國商人，設法把我的信以及我冒險經歷的詳情，送達在倫敦的一位商人；這位倫敦商人又把我的情況詳詳細細地轉告了那位寡婦。這位太太接到了信，獲知了我的遭遇後，不僅把錢如數交出，還從自己的私人積蓄中拿出一筆錢來酬謝葡萄牙船長，以報答他對我的恩情。

在倫敦的那位商人用這筆錢——一百英鎊——購買了葡萄牙船長開列的單子上的全部貨物，直接運往里斯本給船長。船長又把全部貨物安全運抵巴西。在這些貨物中，他替我帶來了各種各樣的工具、鐵器和用具；這些都是經營種植園非常有用的東西。船長對我可謂想得周到備至，因爲我自己並未想到要帶這些東西。當時，我經營種植園還是個新手呢！

當這批貨物運抵巴西時，我以爲自己發了大財了，眞是喜出望外。同時，我的那位能幹的管家，也就是船長，用那位寡婦給他作爲禮物的五英鎊錢，替我買了一個佣人，契約期爲六年；在此期間，他不拿報酬，只要給他一點我們自己種的菸草就行了。這點菸草也是我一定要給他，他才收受的。

不僅如此，我的貨物，什麼布啊，絨啊，粗呢啊等等，都是道道地地的英國貨；另外的東西則都是這兒特別貴重和需要的物品。我設法高價出售，結果賺了四倍的利潤。現在，就我的種植園發展情況而言，已大大超過了我那可憐的鄰居了。因爲，我做的第一件事，就是先買了一個黑奴和一個歐洲人佣人。另外，前面提到過，那位葡萄牙船長從里斯本也給我帶來了一個僕人。

常言道，富得快，麻煩來。我的情形完全是這樣。第二年，我的種植園大獲成功。我從自己的地裡收了五十捆菸葉，除了供應當地的需要外，還剩下很多。這五十捆菸葉每捆一百多磅重；我都把它們曬好存放起來，專等那些商船從里斯本回來。這時，生意興旺，資財豐厚，我的頭腦裡又開始充滿了各種不切實際的計劃和夢想。這種虛妄的念頭往往會毀掉最有頭腦的商人。

我若能長此安居樂業下去，生活必然會無比幸福。正是爲了能獲得這些幸福，我父親曾竭力規勸我過一種安分守己的平靜生活；而且，他告訴我，只有中產階級的生活，才享有種種幸福。他的看法確實是通情達理、切合實際的。

然而，冥冥中另一種命運在等待著我。我自己一手造成了自己的不幸，增加了自己的過錯，使我後來回想起來倍加悔恨。我後來遭遇的種種災難都是由於我執迷不悟，堅持我遨遊世界的愚蠢願望，並刻意去實現這種願望。結果，我違背了大自然與造物主的意願和自己的天職，放棄用通常正當的手段追求幸福的生活，以致給自己造成無窮的危害。

正如我上次從父母身邊逃走一樣，這時我又開始不滿於現狀。我本來可以靠經營種植園發財致富，但我偏偏把這種幸福的遠景丟之腦後，去追求一種不切實際的妄想；異想天開，想做個暴發戶，而不是像通常一般人那樣靠勤勞積累致富。這樣，我又把自己拋入人世間最不幸的深淵。如果沒有那種種虛幻的妄想，我的生活一定會康樂安適的。

現在，讓我把以後發生的一切慢慢向讀者細說。你們可以想像，當時我在巴西已待了四年，我經營的種植園也漸漸興旺發展起來。我不僅學會了當地的語言，而且，在種植園主和城裡的商人中間有了不少熟人，交了不少朋友。

我說的城裡，就是我在巴西登陸的港口城市聖薩爾瓦多。我與他們交談時，經常談到我去幾內亞沿岸的兩次航行，告訴他們與黑人做生意的情況。我對他們說，與黑人做生意真太容易了，只要用一些雜七雜八的貨物，什麼假珠子啦，玩具啦，刀剪啦，斧頭啦，以及玻璃製品之類的東西，就可換來金沙、幾內亞香料及象牙之類貴重物品，還可換來黑奴。在巴西，當時正需要大量的黑奴勞動力。

每當我談論這些話題的時候，大家都仔細傾聽；尤其是買賣黑奴的事，更引起他們的興趣。當時，販運黑奴的買賣還剛剛開始。從事販賣黑奴的商人必須簽約，保證爲西班牙殖民地和葡萄牙殖民地供應黑奴，並必須獲得西班牙國王或葡萄牙國王的批准。販運黑奴是一種壟斷的貿易，因而在巴西黑奴進口數量不多，價錢也特別昂貴。

有一次，我與一些熟悉的種植園主和商人又很起勁地談論這些事情。

第二天上午，有三個人來找我。他們對我昨天晚上的談話認真思考了一番，特前來向我提出一個建議。但他們說這建議必須保密。因此他們要求我嚴守祕密。然後他們又說，他們想裝備一艘船去幾內亞，他們都像我一樣有種植園，但最感缺乏的是勞動力。他們不可能專門從事販運黑奴的買賣，因為他們回巴西後不可能公開出售黑奴，因此，他們打算只去幾內亞一次，回巴西後把黑奴偷偷送上岸，然後大家均分到各自的種植園裡去。簡而言之，現在的問題是，我願不願意管理他們船上的貨物，並經辦幾內亞海岸交易的事務。他們提出，我不必拿出任何資本，但回來後帶回的黑奴與我一起均分。

必須承認，如果這個建議是向一個沒有在這兒定居，也沒有自己經營的種植園的人提出來的話，確實十分誘人。因為這很有希望賺一大筆錢，何況他們是下了大資本的，而我卻不必花一個子兒。但我的情況卻完全不同。我已在巴西立足，只要把自己的種植園再經營兩三年，並把存放在英國的一百英鎊再匯來，那時，再加上那點小小的積蓄，不愁掙不出個三、四千英鎊的家當，而且還會不斷增加。處於我現在這種境況的人，再想去進行這次航行，那簡直就太荒唐了。

但我這個人真是命裡注定自取滅亡，竟然抵抗不了這種提議的誘惑，就像我當初一心要周遊世界而不聽父親的忠告一樣。一句話，我告訴他們，只要他們答應我不在的時候照料我的種植園，如果我失事遇難的話，又能按照我的囑咐處理種植園，那我極願同他們一同前往幾內亞。對此他們都一一答應，並立下字據。我又立了一份正式的遺囑，安排我的種植園和財產。我立我的救命恩人船長爲我種植園和財產的全權繼承人，但他應按照我在遺囑中的指示處置我的財產：一半歸他自己，一半運往英國。

總之，我採取一切可能的措施，竭力保護好自己的財產，並維持種植園的經營。但是，如果我能用一半的心思來關注自己的利益，判斷一下應做和不應做的事情，我就絕不會放棄自己正在日益興旺的事業，把發財致富的前景丟之腦後而踏上這次航行。要知道，海上航行總是凶險難測的，更何況我自己也清楚，我這個人總是會遭到種種不幸。

可是，我卻被命運驅使，盲目聽從自己的妄想，而把理智丟之九霄雲外。於是，我把船隻裝備好，把貨也裝好；同伴們也按照合同把我託付的事情安排妥當。我於一六五九年九月一日上了船。這是一個不吉利的日子。八年前，我違抗父母嚴命，不顧自己的利益，從赫爾上船離家，也正是九月一日。

我們的船載重一百二十噸，裝備有六門炮，除了船長、他的小佣人和我自己外，另外還有十四個人。船上沒有什麼大件的貨物，只是一些適合與黑人交易的小玩意兒，像假珠子啦，玻璃器具啦、貝殼啦，以及其他一些新奇的零星的雜貨，像望遠鏡啦、刀子啦、剪刀啦、斧子啦等等。

我上船的那天，船就開了。我們沿著海岸向北航行，計劃駛至北緯十至十二度之間後，橫渡大洋，直往非洲。這是一條當時通常從南美去非洲的航線。我們沿著巴西海岸向北行駛。一路上天氣很好，就是太熱。最後我們到達聖奧古斯丁角，那是在巴西東部突入海裡的一塊高地。過了聖奧古斯丁角，我們就離開海岸，向大海中駛去，航向東北偏北，似乎要駛向費爾南多德諾羅尼亞島，再越過那些島嶼向西開去。我們沿著這條航線航行，大約十二天之後穿過了赤道。根據我們最後一次觀測，我們已經到了北緯七度二十二分的地方。不料這時我們突然遭到一股強烈颶風的襲擊。這股颶風開始從東南刮來，接著轉向西北，最後刮起了強勁的東北風。猛烈的大風連刮十二天，使我們一籌莫展，只得讓船乘風逐浪漂流，聽任命運和狂風的擺布。不必說，在這十二天中，我每天都擔心被大浪呑沒，船上的其他人也沒有一個指望能活命。

在這危急的情況下，風暴已使我們驚恐萬狀，而這時船上一個人又患熱帶病死去，還有一個人和那個小佣人被大浪捲到海裡去了。到了第二十二天，風浪稍息；船長盡其所能地進行觀察，發現我們的船已刮到北緯十一度左右的地方，但在聖奧古斯丁角以西二十二經度。船長發現，我們的船現在所處的位置在巴西北部或圭亞那㉔海岸；我們已經漂過了亞馬遜河㉕的入海口，靠近那條號稱「大河」的俄利諾科河㉖了。於是，船長與我商量航行線路。他主張把船開回巴西海岸，因爲船已滲漏得很厲害，且損壞嚴重。

我竭力反對駛回巴西。我和他一起察看了美洲沿岸的航海圖，最後得到的結論是，除非我們

㉔ 圭亞那，在巴西西北；這兒是指南美洲北部的一個廣大地區。

㉕ 亞馬遜河：南美最大的河流，也是世界最長的河流，發源於祕魯附近，貫穿哥倫比亞，在巴西入海，全長約六四三七公里。

㉖ 俄利諾科河，又名「大河」，在委內瑞拉境內。

駛到加勒比群島㉗，否則就找不到有人煙的地方可以求援。因此我們決定向巴爾巴多群島㉘駛去。據我們估計，只要我們能避開墨西哥灣的逆流，在大海裡航行，就可在半個月之內到達。在那兒，如果我們不能把船修一下，補充食物和人員，我們就不可能到達非洲海岸。

計劃一定，我們便改變航向，向西北偏西方向駛去，希望能到達一個英屬海島；在那兒我希望能獲得救援。但航行方向卻不由我們自己決定。在北緯十二度十八分處，我們又遇到了第二陣暴風，風勢與前一次同樣凶猛，把我們的船向西方刮去，最後把我們刮離當時正常的貿易航線，遠離人類文明地區。在這種情境下，即使我們僥倖不葬身魚腹，也會給野人吃掉；至於回國，那談都不用談了。

狂風不停地勁吹，情況萬分危急。一天早上，船上有人突然大喊一聲：「陸地！」我們剛想跑出艙外，去看看我們究竟到了什麼地方，船卻突然擱淺在一片沙灘上動彈不得了。掀天大浪不斷沖進船裡，我們都感到死亡已經臨頭了。我們大家都躲到艙裡去，逃避海浪的沖擊。

沒有身臨其境，是不可能描述或領會我們當時驚懼交加的情景。我們不知道當時身處何地，也不知道給風暴刮到了什麼地方：是島嶼還是大陸，是有人煙的地方，還是杳無人邊的蠻荒地區。這時風勢雖比先前略減，但依然凶猛異常。我們知道，我們的船已支持不了幾分鐘了，隨時都可能被撞成碎片，除非出現奇蹟，風勢突然停息。總之，我們大家坐在一起，面面相覷，時刻

㉗ 加勒比群島，在南美西北，介於南美、中美和西印度群島之間。
㉘ 巴爾巴多群島，加勒比海南部，在西印度群島中間。

等待著死亡的來臨，準備去另一個世界，因爲，在這個世界上，我們已無能爲力了。這時，船沒有像我們所擔心的那樣被撞得粉碎，同時風勢也漸漸減弱，使我們稍感安慰。

風勢雖然稍減，但船擱淺在沙裡，無法動彈，因此情況依然十分危急。我們只能盡力自救。在風暴到來之前，船尾曾拖著一艘小艇。可是大風把小船刮到大船的舵上撞破了，後來又被捲到海裡，不知是沉了，還是漂走了。所以對此我們只得作罷。船上還有一艘小艇，只是不知如何把它放到海裡去。但現在我們已沒有時間商量這個問題了，因爲我們覺得大船時刻都會被撞得粉碎。有些人甚至還說，船實際上已經破了。

在這危急之際，大副抓住那艘小艇，大家一齊用力，把小艇放到大船旁。然後，我們十一個人一齊上了小艇，解開小艇纜繩，就聽憑上帝和風浪支配我們的命運了。雖然這時風勢已減弱了不少，但大海依然波濤洶湧，排山倒海向岸上沖去。難怪荷蘭人把暴風雨中的大海稱之爲「瘋狂的海洋」，眞是貼切極了。

我們當時的處境是非常淒慘的。我們明白，在這種洪濤巨浪中，我們的小艇是萬難生存的，我們不可避免地都要被淹死。我們沒有帆，即使有，也無法使用。我們只能用槳向岸上划去，就像是走上刑場的犯人，心情十分沉重。因爲，我們知道，小艇一靠近海岸，馬上就會被海浪撞得粉碎。然而我們只能聽天由命，順著風勢拼命向岸上划去。我們這麼做，無疑是自己加速自己的滅亡。

等待著我們的海岸是岩石還是沙灘，是陡岸還是淺灘，我們一無所知。我們僅存的一線希望是，進入一個海灣或河口，僥倖把小艇划進去；或划近避風的陸岸，找到一片風平浪靜的水面。

但我們既看不到海灣或河口，也看不到陸岸；而且我們越靠近海岸，越感到陸地比大海更可怕。

我們半划著槳，半被風驅趕著，大約走了四海里多。忽然一個巨浪排山倒海從我們後面滾滾而來，無疑給了我們的小艇致命的一擊。說時遲，那時快，巨浪頓時把我們的小艇打得船底朝天；我們都落到海裡，東一個，西一個。大家還來不及喊聲：「噢，上帝啊！」就通通被波濤吞沒了。

當我沉入水中時，心亂如麻，實難言表。我雖善於泅水，但在這種驚濤駭浪之中，連浮起來呼吸一下也十分困難。最後，海浪把我沖上了岸，等浪勢使盡而退時，把我留在半乾的岸上。雖然海水已把我灌得半死，但我頭腦尚清醒，見到自己已靠近陸地，就立即爬起來拼命向陸上奔去，以免第一個浪頭打來時再把我捲入大海。可是，我立即發現，這種情境已無法逃脫，只見身後高山似的海浪洶湧而至，我根本無法抗拒，也無力抗拒。這時，我只能盡力屏息浮出水面，並竭力向岸上游去。我唯一的希望是，海浪把我沖近岸邊後，不再把我捲回大海。

巨浪撲來，把我埋入水中二、三十英尺深。我感到海浪迅速而猛力地把我推向岸邊。同時，我自己屏住呼吸，也拼命向岸上游去。我屏住呼吸屏得肺都快炸了。正當此時，我感到頭和手已露出水面，雖然只短短兩秒鐘，卻使我得以重新呼吸，並大大增強了勇氣，也大大減少了痛苦。緊接著我又被埋入浪中，但這一次時間沒有上次那麼長，我總算挺了過來。等我感到海浪勢盡而退時，就拼命在後退的浪裡向前掙扎。我的腳又重新觸到了海灘。我站了一會兒，喘了口氣，一等海水退盡，立即拔腿向岸上沒命奔去。但我還是無法逃脫巨浪的襲擊。巨浪再次從我背後洶湧而至，一連兩次，又像以前那樣把我捲起來，推向平坦的海岸。

這兩次大浪的衝擊，後一次幾乎要了我的命，因爲海浪把我向前推時，把我衝撞到一塊岩石上，使手立即失去了知覺，動彈不得。原來這一撞，正好撞在我胸口上，使我幾乎透不過氣來。假如此時再來一個浪頭，我必定憋死在水裡了。好在第二個浪頭打來之前我已甦醒，看到情勢危急，自己必爲海水吞沒，就決心緊抱岩石，等海水一退，又往前狂奔一陣，跑近了海岸。後一個浪頭趕來時，只從我頭上蓋了過去，已無力把我吞沒或捲走了。我又繼續向前跑，終於跑到岸邊，攀上岸上的岩石，在草地上坐了下來。這時，我總算脫離了危險，海浪已不可能再襲擊我了，心裡感到無限的寬慰。

我現在既已登上了陸地，平安上岸，便仰臉向天，感謝上帝令我絕處逢生，因爲幾分鐘之前，我還幾乎無一線生還的希望。現在我相信，當一個人像我這樣能死裡逃生，他那種心蕩神怡，喜不自勝的心情，確實難以言表。我也完全能理解我們英國的一種風俗，即當惡人被套上絞索，收緊繩結，正要被吊起來的時刻，赦書適到。這種情況下，往往外科醫生隨赦書同時到達，以便給犯人放血，免得他喜極而血氣攻心，暈死過去。

狂喜極悲，均令人靈魂出竅。

我在岸上狂亂地跑來跑去，高舉雙手，做出千百種古怪的姿勢。這時，我全部的身心都在回憶著自己死裡逃生的經過，並想到同伴們全都葬身大海，唯我獨生，眞是不可思議。因爲後來我只見到幾頂帽子和一頂便帽，以及兩隻不成雙的鞋子在隨波逐流。

我遙望那艘擱淺了的大船，這時海上煙波迷茫，船離岸甚遠，只能隱約可見。我不由感嘆：

「上帝啊，我怎麼竟能上岸呢！」

我自我安慰了一番，慶幸自己死而復生。然後，我開始環顧四周，看看我究竟到了什麼地方，想想下一步該怎麼辦。但不看則已，這一看使我的情緒立即低落下來。我雖獲救，卻又陷入了另一種絕境。我渾身濕透，卻沒有衣服可更換；我又飢又渴，卻沒有任何東西可充飢解渴。我看不到有任何出路，除了餓死，就是給野獸吃掉。我身上除了一把小刀、一根菸斗和一小匣菸葉，別無他物。這使我憂心如焚，有好一陣子，我在岸上狂亂地跑來跑去，像瘋子一樣。夜色降臨，我想到野獸多半在夜間出來覓食，更是愁思滿腔。我想，若這兒眞有猛獸出沒，我的命運將會如何呢？

在我附近有一棵枝葉茂密的大樹，看上去有點像樅樹，但有刺。我想出的唯一辦法是：爬上去坐一整夜再說，第二天再考慮死的問題吧；因爲我看不出有任何生路可言。我從海岸向裡走了幾十米想找些淡水喝，居然給我找到了，眞使我大喜過望。喝完水，又取了點菸葉放到嘴裡充飢，然後爬上樹，盡可能躺得穩當些，以免睡熟後從樹上跌下來。我事先還從樹上砍了一根樹枝，做了根短棍防身。由於疲勞之極，我立即睡著了，眞是睡得又熟又香。我想，任何人，處在我現在的環境下，絕不會睡得像我這麼死。

一覺醒來，天已大亮。這時，風暴已過，天氣晴朗，海面上也不像以前那樣波浪滔天了。然而，最使我驚異的是，那艘擱淺的大船，在夜裡被潮水浮出沙灘後，又給沖到我先前被撞傷的那塊岩石附近。現在這船離岸僅一海里左右，並還好好在停地那兒。我想我若能上得大船，就可以拿出一些日常生活的必需品。

我從樹上睡覺的地方下來，環顧四周，發現那艘逃生的小艇被風浪沖到陸地上擱在那兒，離我右方約兩英里處。我沿著海岸向小艇走去，但發現小艇與我所在的地方橫隔著一個小水灣，約有半英里寬。於是我就折回來了。因爲，當前最要緊的是我得設法上大船，希望在上面能找到一些日常應用的東西。

午後不久，海面風平浪靜，潮水也已遠遠退去。我只要走下海岸，泅上幾十米，即可到達大船。這時，我心裡不禁又難過起來。因爲我想到，倘若昨天我們全船的人不下小艇，仍然留在大船上，大家必定會平安無事。這時就可安抵陸地；我也不會像現在這樣，孤苦伶仃孑然一身了。而現在，我既無樂趣，又無伴侶。想到這裡，我忍不住流下淚來。可是，現在悲傷無濟於事，我便決定只要可能就先上船去。當時天氣炎熱，我便脫掉衣服跳下水去。可是當我泅到船邊時，卻沒法上去，因爲船已擱淺，離水面很高；我兩臂所及沒有任何可以抓住的東西。我繞船游了兩圈，忽然發現一根很短的繩子，繩頭接近水面；我毫不費力地抓住繩子往上攀登，進入了船上的前艙。上去後發現船已漏水，艙底進滿了水。因爲船擱淺在一片堅硬的沙灘上，船尾上翹，船頭幾乎完全浸在水裡，所以船的後半截沒有進水。可以想像，我急於要查看哪些東西已經損壞，哪些東西還完好無損。首先，我發現船上的糧食都還乾燥無恙。這時我當然先要吃些東西，就走到麵包房去，把餅乾裝滿了自己的衣袋，同時邊吃邊幹其他活兒，因爲我必須抓緊時間才行。我又在大艙裡找到了一些甘蔗酒，就喝了一大杯。此時此刻，我極需喝點酒提提神。我這時只想有一艘小船，把我認爲將來需要的東西，通通運到岸上去。

呆坐著空想獲得不存在的東西是沒有用的。這麼一想使我萌發了自己動手的念頭。船上有幾根備用的帆槓，還有兩三塊木板，一兩根多餘的第二接桅。我決定由此著手，只要搬得動的，都從船上扔下去。在把這些木頭扔下水之前，先都用繩子綁好，以免被海水沖走。然後，我又把它們一一用繩子拉近船邊，把四根木頭綁在一起，兩頭盡可能綁緊，紮成木排的樣子，又加了兩三塊短木板橫放在上面，我上去走了走，倒還穩當，就是木頭太輕承不住多少重量。於是我又動手用木匠的鋸子把一根第二接桅鋸成三段加到木排上。這工作異常吃力辛苦，但是我急於想把必需的物品運上岸，也就咬牙忍下來了。要是在平時，我是無論如何不可能完成如此艱巨的工程的。

木排做得相當牢固，也能承得住相當的重量。接著我就考慮該裝些什麼東西上去，還要防止東西給海浪打濕。不久我便想出了辦法。我先把船上所能找到的木板都鋪在木排上，然後考慮了一下所需要的東西。我打開三個船員用的箱子，把裡面的東西倒空，再把它們一一吊到木排上。第一個箱子裡主要是裝食品：糧食、麵包、米、三塊荷蘭起司、五塊羊肉乾，以及一些剩下來的歐洲麥子——這些麥子原來是餵船上的家禽的。現在家禽都死了。船上本來還有一點大麥和小麥，但後來發現都給老鼠吃光了或搞髒了，使我大爲失望。至於酒類，我也找到了幾箱，那都是船長的。裡面有幾瓶烈性甜酒，還有五、六加侖椰子酒。我把酒放在一邊，因爲沒有必要把酒放進箱子，更何況箱子裡也已塞滿東西了。在我這般忙碌的時候，只見潮水開始上漲，雖然風平浪靜，但還是把我留在岸邊的上衣、襯衫和背心全部沖走了。這使我非常懊喪，因爲我游泳上船時，只穿了一條及膝的麻紗短褲和一雙襪子。這倒使我不得不找些衣服穿了。船裡衣服很多，但我只挑了幾件目前要穿的，因爲我認爲有些東西更重要，尤其是木工工具。我找了半天總算找到了那個木匠箱子。此時工具對我來說是最重要的，即使是整船的金子也沒有這箱木匠工具値錢。

我把箱子放到木排上，不想花時間去打開看一下，因爲裡面裝些什麼工具我心裡大致有數。

其次，我必須搞到槍枝和彈藥。大艙裡原來存放著兩支很好的鳥槍和兩把手槍，我都拿了來，又拿了幾支裝火藥的角筒，一小包子彈和兩把生銹的舊刀。我知道船上還有三桶火藥，只是不知道炮手們把它們放在什麼地方了。我找了半天，終於找到了。有兩桶仍乾燥可用，另一桶已浸水了。我就把兩桶乾燥的火藥連同槍支一起放到木排上。這時我發現木排上裝的東西已不少了，就開始動腦筋如何運上岸，因爲一沒帆、二沒槳、三沒舵，只要有點風，就會把木排打翻在海裡。

當時，有三點情況令人鼓舞：第一，海面平靜如鏡；第二，時値漲潮，海水正向岸上沖；第三，雖有微風，卻也吹向岸上。我找到了原來小艇用的三支斷槳；此外，除了工具箱中的工具外，另外還找出了兩把鋸子，一把斧頭和一把榔頭。貨物裝載完畢，我就駕起木排向岸上進發。最初一海里，木排行駛相當穩當，但卻稍稍偏離了我昨天登陸的地方。至此我才發現，原來這一帶的水流直向岸邊一個方向流去。因此我想附近可能會有一條小溪或小河，果眞如此的話，我就可駕木排進入港口卸貨了。

果然不出所料，不久我就看到了一個小灣，潮水正直往裡湧。於是我駕著木排，盡可能向急流的中心飄去。在這裡，我幾乎又一次遭到了沉船失事的災禍。果眞那樣，那我可要傷透心了。因爲我尙不熟悉地形，木排的一頭忽然一下子擱淺在沙灘上，而另一頭卻還飄在水裡。只差一點，木排上的貨物就會滑向漂在水裡的一頭而最後滑入水中。這種情況下，我只能竭盡全力用背頂住那些箱子，不讓它們下滑。但我怎麼用力也無法撐開木排，而且，我只能死頂著，無法脫身做其他事情。就這樣我足足頂了半個鐘頭。直到後來，潮水繼續上漲，木排才稍平衡。又過了一會兒，潮水越漲越高，木排又浮了起來。我用槳把木排向小河的入海口撐去，終於進入河口。這兒兩邊是岸，潮水直往裡湧。我觀察了一下小河兩岸的地勢，準備找個合適的地方停靠。我不想駛入小河太遠的地方，而是想儘量靠近海邊的地方上岸，因爲我希望能看到海上過往的船隻。

最後，我終於在小河的右岸發現一個小灣。我費盡艱辛，好不容易把木排駛到最淺的地方。我用槳抵住河底，盡力把木排撐進去。可是，在這裡，我幾乎又一次險些把貨物全都倒翻在水裡。這一帶河岸又陡又直，找不到可以登岸的地方。如果木排一頭擱淺在岸上，另一頭必定會像前次那樣向下傾斜，結果貨物又有滑向水裡的危險。這時，我只好用槳作錨，把木排一邊固定在一片靠近河岸的平坦的沙灘上，以等待潮水高漲，漫過沙灘再說。後來，潮水果然繼續上漲，漫上沙灘，等水漲得夠高了，我就把木排撐過去，因爲木排吃水有一尺多深。到了那兒，我用兩支斷槳插住沙灘裡，前後各一支，把木排停泊好，只要等潮水退去，就可把木排和貨物平平安安地留在岸上了。

接下來，我得觀察一下周圍的地形，找個合適的地方安置我的住所和貯藏東西，以防發生意外。至今我還不知是身處何地，在大陸上呢，還是在小島上？有人煙的地方呢，還是沒有人煙的地方？有野獸呢，還是沒有野獸？離我不到一英里的地方，有一座小山高高聳立於北面的山丘之上，看來那是一道山脈。我拿了一支鳥槍、一把手槍和一角筒火藥，向那座山的山頂走去。歷盡艱辛，總算爬上了山頂；環顧四周，不禁令我悲傷萬分。原來我上了一個海島，四面環海，極目所至，看不見一片陸地，只見遠方幾塊孤岩礁石；再來就是西邊有兩個比本島還小的島嶼，約在十五海里開外。

我還發現，這個海島非常荒涼，看來荒無人煙，只有野獸出沒其間，但至今我尙未遇見過任何野獸，卻看到無數飛禽，但都叫不出是什麼飛禽，也不知道打死之後肉好不好吃。回來路上，見一隻大鳥停在大樹一側的樹枝上，就向牠開了一槍。我相信，自上帝創造這世界以來，第一次有人在這個島上開槍。槍聲一響，整個森林裡飛出無數的飛鳥，各種鳥鳴聒噪而起，呼號交作，亂成一片，但這些鳥名我卻也一個叫不出來。我打死的那隻鳥，毛色和嘴像是老鷹，但沒有鉤爪，其肉酸腐難吃，毫無用處。

到此時，我覺得對島上的環境已了解得差不多了，就回到木排旁，動手把貨物搬上岸來。那天剩下的時間全都用在搬物品上了。至於夜間怎麼辦，在什麼地方安息，心裡還沒個底。我當然不敢睡在地上，怕野獸來把我吃掉。後來才發現這種擔心是多餘的。

但我還是盡我所能把運到岸上的那些箱子和木板，搭成一個像木頭房子似的住所，把自己圍起來保護自己，以便晚上可睡在裡面。至於吃的，我至今還未想出辦法如何爲自己提供食物。在我打鳥的地方，曾見過兩三隻野兔似的動物從樹林裡跑出來。

這時我想到，船上還有許多有用的東西，尤其是那些繩索，帆布以及許多其他東西都可以搬上岸來。我決定只要可能，就再上船去一次。我知道，要是再刮大風暴，船就會徹底毀了。因此，我決定別的事以後再說，先把船上能搬下來的東西通通搬下來。這麼一來，我得考慮再次上船的辦法。看來，再把大木排撐回去是不可能了。所以，我只好等潮水退後，像上次那樣泅水過去。決心一下，我就立即付諸實施。不過，在我走出木屋之前，先脫掉衣服，只穿一件襯衫、一條短褲和一雙薄底鞋。

我像前次那樣上了船，並又做了一個木排。有了上次的經驗，我不再把木排做得像第一個那麼笨重了，也不再裝那麼多貨物了，但還是運回了許多有用的東西。首先，我在木匠艙房裡找到了三袋釘子和螺絲釘，一把大鉗子，二十來把小斧，尤其有用的是一個磨刀砂輪。我把這些東西都安放在一起，再拿了一些炮手用的物品，特別是兩三根起貨用的鐵鉤，兩桶槍彈，七把短槍、一支鳥槍，還有一小堆火藥，一大袋小子彈，和一大捲鉛皮。不過鉛皮太重，我無法把它從船上吊到木排上。

此外，我搜集了能找到的所有男人穿的衣服和一個備用檣帆——那是一個前桅中帆，一個吊床和一些被褥。我把這些東西裝上我的第二個木排，並平安地運到岸上。這使我深感寬慰。

在我離岸期間，我曾擔心岸上的糧食會給什麼動物吃掉。可是回來一看，卻不見有任何不速之客來訪的跡象，但見一隻野貓似的動物站在一個箱子上。我走近牠時，牠就跑開幾步，然後又站在那裡一動也不動。這小傢伙神態泰然自若，直直地瞅著我的臉，毫無懼色，還好像要與我交個朋友似的。我用槍把牠撥了一下，但這小傢伙一點都不在乎，根本就沒有想跑開的意思，因爲牠不懂那槍是什麼東西。於是，我丟給牠一小塊餅乾。說實在的，我手頭並不寬裕，存糧不多，但還是分給牠一小塊。那傢伙走過去聞了聞，就吃下去了，好像吃得很有味，還想向我要。可是，對不起了，我自己實在沒有多少了，只能謝絕牠的要求。於是那小傢伙就走開了。

第二批貨上岸後，我很想把兩桶火藥打開，分成小包藏起來，因爲兩大桶的火藥分量太重，但我得先用船上的帆布和砍好的支柱做一頂帳篷，把凡是經不起雨打日曬的東西通通搬進去，又把那些空箱子和空桶放在帳篷周圍，以防人或野獸的突然襲擊。

帳篷搭好，防衛築好，我又用幾塊木板把帳篷門從裡面堵住，門外再豎上一個空箱子。然後，我在地上搭起一張床，頭邊放兩把手槍，床邊再放上一支長槍，總算第一次能上床睡覺了。我整夜睡得很安穩，因爲昨天晚上睡得很少，白天又從船上取東西、運東西，辛苦了一整天，實在疲倦極了。

我相信，我現在所擁有的各種武器彈藥，其數量對單獨一個人來說是空前的。但我並不以此爲滿足，我想趁那艘船還擱淺在那兒時，盡可能把可以搬動的東西弄下來。因此，我每天趁退潮時上船，每次都運回些東西。特別是第三次，我把船上所有的粗細繩子通通取了來，同時又拿了一塊備用帆布，那是備著補帆用的；我甚至把那桶受了潮的火藥也運了回來，一句話，我把船上的帆都拿了下來，不過我都把它們裁成一塊塊的，每次能拿多少就拿多少，因爲現在，我需要的不是帆，而是帆布。

但最令我快慰的是，在我這樣跑了五、六趟之後，滿以爲船上已沒什麼東西値得我搜尋了，不料又找到了一大桶麵包，三桶甘蔗酒，一箱砂糖和一桶上等麵粉。這眞是意外的收穫，因爲我以爲除那些已浸水的糧食外，已不會再有什麼食品了。我立刻將一大桶麵粉倒出來，把它們用裁好的一塊塊帆布包起來，平安地運到岸上。

第二天，我又到船上去。這時，我看船上凡是我拿得動而又易於搬運的東西都被我掠取一空了，就動手搬取船上的錨索。我把錨索截成許多段，便於搬運。我把船上兩根錨索和一根鐵纜上及其他能搬動的鐵器都取下來，又把船上的前帆槓和後帆槓，以及所有能找到的其他木料都砍下來，紮成一個大木排，再把那些東西裝上去運回岸。但這次運氣不佳。因爲木排做得太笨重，載貨又多，當木排駛進卸貨的小灣後失去控制，結果木排一翻，連貨帶人，通通掉進水裡去了。人倒沒有受傷，因木排離岸已近；可是我的貨物大部分都損失了。尤其是那些鐵器，我本來指望將來會有用處的。不過退潮後我還是把大部分錨索和鐵器從水裡弄了上來；這工作當然十分吃力，我不得不潛入水裡把它們一一打撈上來。後來我照樣每天到船上去一次，把能夠搬下來的東西都搬下來。

我現在已上岸十三天了，到船上卻去了十一次。在這十多天裡，我已把我雙手拿得動的東西通通搬了下來。可是我相信假如天氣一直好下去，我一定可以把全船拆成一塊塊的木板搬到岸上。當我正準備第十二次上船時，開始刮起了大風，但我還是在退潮時上了船，儘管我以爲我已搜遍了全船，不可能再找到什麼有用的東西，還是有新發現。我找到了一個有抽屜的櫃子，在一個抽屜裡，我找出了兩三把剃刀，一把大剪刀，十幾副刀叉；在另一個抽屜裡，還發現了許多錢幣，有歐洲的金幣，有巴西的，有西班牙銀幣，我感到好笑。

「噢，你們這些廢物！」我大聲說：「你們現在還有什麼用處呢？對我來說，現在你們的價值還不如糞土。那些刀子，一把就值你們這一大堆，我現在用不著你們，你們就留在老地方沉到海底裡去吧，根本不值得救你們的命！」可是，再一想，我還是把錢拿走了。我一邊把錢用一塊帆布包好，一邊考慮再做一個木排，當我在做木排時，發現天空烏雲密布，風也刮得緊起來。不到一刻鐘，變成一股狂風從岸上刮來。我馬上意識到，風從岸上刮來，做木排就毫無用處了，還不如趁潮水還未上漲，趕快離開，否則可能根本回不到岸上去了。於是，我立刻跳下水，游過船和沙灘之間那片狹長的水灣。這一次由於帶的東西太重，再加上風勢越刮越強勁，我游得很吃力。當潮水上漲不久後，海面上已刮起了風暴了。

我回到了自己搭的小帆篷，這裡算是我的家了。我躺下來睡覺。四周是我全部的財產，心中感到安穩踏實。大風整整刮了一夜。第二天早晨，我向外一望，那艘船已無影無蹤！這使我感到有點意外，但回頭一想，又覺得坦然了。我沒有浪費時間，也沒有偷懶，把船上一切有用的東西都搬了下來，即使再多留一點時間，船上也已沒有多少有用的東西好拿了。

我現在不再去想那艘船，也不去想船上的東西了，只希望船破之後會有什麼東西漂上岸來。後來船上確實也有些零零碎碎的東西漂過來，但這些東西對我沒多大用處。

當時，我的思緒完全集中在如何保護自己，防備野人或野獸的襲擊，假如島上有野人或野獸的話。我想了許多辦法，考慮造什麼樣的住所：是在地上掘個洞呢，還是搭個帳篷。最後，我決定兩樣都要。至於建成什麼樣子，怎樣去做，不妨在這裡詳細談談。

首先，我覺得目前居住的地方不太合適。一則因離海太近，地勢低濕，不大衛生；二則附近沒有淡水。我得找一個比較衛生，比較方便的地方建造自己的住所。

我根據自己的情況，擬定了選擇住所的幾個條件：第一，必須如我上面所說的，要衛生，要有淡水；第二，要能遮蔭；第三，要能避免猛獸或人類的突然襲擊；第四，要能看到大海，萬一上帝讓什麼船隻經過，我就不至於失去脫險的機會，因爲我始終存有一線希望，遲早能擺脫目前的困境。

我按上述條件去尋找一個合適的地點，發現在一個小山坡旁有一片平地，小山靠平地的一邊又陡又直，像一堵牆，不論人或野獸都無法從上面下來襲擊我。在山岩上有一塊凹進去的地方，看上去好像是一個山洞的進口，但實際上裡面並沒有山洞。

在這山岩凹進去的地方，前面是一片平坦的草地，我決定就在此搭個帳篷。這塊平地寬不過一百碼，長不到二百碼。若把住所搭好，這塊平坦的草地猶如一塊草坪，從門前起伏連綿向外伸展形成一個緩坡，直至海邊的那塊低地。這兒正處小山西北偏北處，日間小山正好擋住陽光，當太陽轉向西南方照到這兒時，也就快要落下去了。

搭帳篷前，我先在石壁前面劃了一個半圓形，半徑約十碼，直徑有二十碼。

沿這個半圓形，我插了兩排結實的木樁，並且將木樁打入泥土，彷彿像木橛子，大頭朝下，高約五尺半，頂上都削得尖尖的。兩排木樁之間的距離不到六英寸。

然後，我用從船上截下來的那些纜索，沿著半圓形，一層一層地堆放在兩排木樁之間，一直堆到頂上，再用一些兩英尺半高的木樁插進去撐住纜索，彷彿柱子上的橫條。這個籬笆十分結實牢固，不管是人還是野獸，都無法衝進來或攀越籬笆爬進來。這項工程，花了我不少時間和勞力，尤其是我得從樹林裡砍下粗枝木樁，再運到草地上，又一一把它們打入泥土，這工作尤其費力費時。

至於住所的進出口，我沒有在籬笆上做門，而是用一個短梯從籬笆頂上翻進來，進入裡面後再收好梯子。這樣，我四面都受保護，完全與外界隔絕，夜裡就高枕無憂了。不過，我後來發現，對我所擔心的敵人，根本不必如此戒備森嚴。

我又花了極大的力氣，把前面講到的我的全部財產、糧食、彈藥武器和補給品，一一搬到籬笆裡面，或者可以說是搬到這個堡壘裡來。我又給自己搭了一個大帳篷用來防雨，因爲這兒一年中有一個時期常下傾盆大雨。我把帳篷做成雙層的；也就是說，裡面一個小的，外面再罩一個大的，大帳篷上面又蓋上一大塊油布。那油布當然也是我在船上蒐集帆布時一起拿下來的。

現在我不再睡在搬上岸的那張床上了，而是睡在一張吊床上，這吊床原是船上大副所有，質地很好。

我把糧食和一切可能受潮損壞的東西都搬進了帳篷。完成這工作後，就把籬笆的出入口堵起來。此後，我就像上面所說，用一個短梯翻越籬笆進出。

做完這些工作後，我又開始在岩壁上打洞，把挖出來的土石塊從帳篷裡運到外面，沿籬笆堆成一個平台，約一英尺高。這樣，帳篷算是我的住房，房後的山洞就成了我的地窖。

這些工作既費時又費力，但總算一一完成了。現在我再回頭追述一下其他幾件使我煞費苦心的事。在我計劃帆帳篷打岩洞的同時，突然烏雲密布，暴雨如注，雷電交加。在電光一閃，霹靂突至時，一個想法也像閃電一樣掠過我的頭腦，使我比對閃電本身更吃驚：「哎喲，我的火藥！」想到一個霹靂就會把我的火藥全部炸毀，我幾乎要完全絕望。因爲我不僅要靠火藥自衛，還得靠它獵取食物爲生。當時我只想到這兩點，而沒想到火藥一爆炸自己也完了。假如眞的火藥爆炸，我自己都不知道死在誰的手裡呢！

這場暴風雨使我心有餘悸。因此，我把所有其他工作，包括搭帳篷、築籬笆等都先丟在一邊。等雨一停，我立刻著手做一些小袋子和匣子，把火藥分成許許多多小包。這樣，萬一發生什麼情況，也不致全部炸毀。我把一包包的火藥分開貯藏起來，免得一包著火就會危及另一包。這件工作我足足費了兩個星期的時間。火藥大約有二百四十磅，我把它們分成一百多包。至於那桶放潮的火藥，我倒並不擔心會發生什麼危險，所以我就把它放到新開的山洞裡；我把這山洞戲稱爲我的廚房，其餘的火藥我都藏在石頭縫裡，以免受潮，並在儲藏的地方小心地作上記號。

在包裝和儲藏火藥的兩星期中，我至少每天帶槍出門一次。這樣做可以達到三個目的：一來可以散散步；二來可以獵獲點什麼東西吃；三來也可以了解一下島上的物產。

第一次外出，我便發現島上有不少山羊，使我十分滿意。但我也發現這對我來說並非是件大好事。因爲這些山羊膽小而又狡猾，而且跑得飛快，實在很難靠近牠們。但我並不灰心，我相信總有辦法打到一隻的。不久我眞的打死了一隻。我首先發現了山羊經常出沒之地，於是採用埋伏的辦法來獲取我的獵物。我注意到，如果我在山谷裡，哪怕牠們在山岩上，牠們也準會驚恐地逃竄；但若牠們在山谷裡吃草，而我站在山岩上，牠們就不會注意到我。我想，這是由於小羊眼睛生的部位，使牠們只能向下看，而不容易看到上面的東西吧。因此，我就先爬到山上，從上面打下去，往往很容易打中。我第一次開槍，打死了一隻正在哺小羊的母羊，使我心裡非常難過。母羊倒下後，小羊呆呆地站在牠身旁；當我背起母羊往回走時，小羊也跟著我一直走到圍牆外面。於是我放下母羊，抱起小羊，進入木柵，一心想把牠馴養大。可是小山羊就是不肯吃東西，沒有辦法，我只好把牠也殺了吃了。這兩隻一大一小的山羊肉，供我吃了好長一段時間，因爲我吃得很省。我要儘量節省糧食，尤其是麵包。

住所建造好了，我就想到必須要有一個生火的地方，還得準備些柴來燒。至於我怎樣做這件事，怎樣擴大石洞，又怎樣創造其他一些生活條件，我想以後在適當的時候再詳談。現在想先略微談談自己，談談自己對生活的看法。在這些方面，你們可以想像，確實有不少感觸可以談的。

我感到自己前景暗淡。因爲我被凶猛的風暴刮到這荒島上，遠離原定的航線，遠離人類正常的貿易航線有數百海里之遙。我想，這完全是出於天意，讓我孤苦伶仃，在淒涼中了卻餘生。想到這些，我眼淚不禁奪眶而出。有時我不禁犯疑，蒼天爲什麼要這樣作賤自己所創造的生靈，害得他如此不幸，如此孤立無援，又如此沮喪寂寞呢！在這樣的環境中，有什麼理由要我們認爲生活於我們是一種恩賜呢？

可是每當我這樣想的時候，立刻又有另一種思想出現在我的腦海裡，責怪我不應有上述這些念頭。特別是有一天，當我正帶槍在海邊漫步時，我思考著自己目前的處境。這時理智從另一方面勸慰我：「的確，你目前形單影隻，孑然一身，這是事實。可是你怎麼不想想你的同伴呢？他們到哪兒去了？你們一同上船時，不是有十一個人嗎？那麼其他十個人到哪兒去了呢？爲什麼他們死了，唯獨留下你一個人還活著呢？是在這孤島上強呢，還是到他們那兒去好呢？」說到去他們那兒時，我用手指了指大海——「他們都已葬身大海了！眞是，我怎麼不想想禍福相倚和禍不單行的道理呢？」

另外，我又想到，我目前所擁有的一切，殷實充裕，足以維持溫飽。要是那艘大船不從觸礁的地方浮起來漂近海岸，並讓我有時間從船上把一切有用的東西取下來，那我現在的處境又會怎樣呢？要知道，像我現在的這種機遇是千載難逢的。假如我現在像我初上岸時那樣一無所有；既沒有任何生活必需品，也沒有任何可以製造生活必需品的工具，那我現在的情況又會如何呢？

「尤其是，」我大聲對自己說，「如果我沒有槍，沒有彈藥，沒有製造東西的工具，沒有衣服穿，沒有床睡覺，沒有帳篷住，甚至沒有任何東西可以遮身，我又該怎麼辦呢？」可是現在這些東西我都有，而且相當充足，即使以後彈藥用盡了，不用槍我也能活下去。我相信，我這一生絕不會受凍挨餓，因爲我早就考慮到各種意外，考慮到將來的日子；不但考慮到彈藥用盡之後的情況，甚至想到我將來體衰力竭之後的日子。

我得承認，在考慮這些問題時，並未想到火藥會被雷電一下子炸毀的危險；因此雷電交加之際，忽然想到這個危險，著實使我驚恐萬狀。這件事我前面已敘述過了。

現在，我要開始過一種寂寞而又憂鬱的生活了；這種生活也許在這世界上是前所未聞的。因此，我決定把我生活的情況從頭至尾，按時間順序一一記錄下來。

我估計，我是九月三十日踏上這可怕的海島的；當時剛入秋分，太陽差不多正在我頭頂上。所以，據我觀察，我在北緯九度二十二分的地方。

上島後約十一、二天，我忽然想到，我沒有書、筆、墨水，一定會忘記計算日期，甚至連安息日和工作日都會忘記。爲了防止發生這種情況，我便用刀子在一根大柱子上用大寫字母刻上以下的句子——「我於一六五九年九月三十日在此上岸。」我把柱子做成一個大十字架，立在我第一次上岸的地方。在這方柱的四邊，我每天用刀刻一個凹口，每七天刻一個長一倍的凹口，每一月刻一個再長一倍的凹口。就這樣，我就有了一個日曆，可以計算日月了。

另外，我還應該提一下，我從船上搬下來的東西很多，有些東西價值不大，但用處不小，可是前面我忘記交待了。我這裡特別要提一下那些紙、筆、墨水，船長、大副、炮手和木匠的一些東西，三四個羅盤啦，一些觀察和計算儀器啦，什麼日規儀啦，望遠鏡啦，地圖啦，以及航海書籍之類的東西。當時我不管有用沒用通通帶上岸。同時，我又找到了三本很好的《聖經》，是隨我的英國貨一起運來的。我上船時把這將本書打在我的行李裡面。此外，還有幾本葡萄牙文的書籍，其中有兩三本天主教祈禱書和幾本別的書籍。這些書本我都小心地保存起來。

我也不應忘記告訴讀者，船上還有一條狗和兩隻貓。關於牠們奇異的經歷，我以後在適當的時候還要談到。我把兩隻貓都帶上岸；至於那條狗，我第一次上船搬東西時牠就泅水跟我上岸了，後來許多年中，牠一直是我忠實的僕人。我什麼東西也不缺，不必讓牠幫我獵取什麼動物，也不能做我的同伴幫我幹什麼事，但求能與牠說說話，但就連這一點牠都辦不到。我前面已提到，我找到了筆、墨和紙，但我用得非常節省。你們將會看到，只要有墨水，我可以把一切都如實記載下來，但一旦墨水用完我就記不成了，因為我想不出有什麼方法可以製造墨水。

這使我想到，儘管我已收集了這麼多東西，我還缺少很多很多東西，墨水就是其中之一。其他的東西像挖土或搬土用的鏟子、鶴嘴斧、鐵鍬，以及針線等等我都沒有。至於內衣內褲之類，雖然缺乏，不久我也便習慣了。

由於缺乏適當的工具，一切工作進行得特別吃力。我花了差不多整整一年的時間，才把我的小木柵或圍牆建築好。就拿砍木樁而言，木樁很重，我只能竭盡全力選用我能搬得動的。我花了很長的時間在樹林裡把樹砍下來削好，至於搬回住處就更費時間了。有時，我得花兩天的時間把一根木樁砍下削好再搬回來，第三天再打入地裡。作為打樁的工具，我起初找了一塊很重的木頭；後來才想到了一根起貨用的鐵棒；可即使是用鐵棒，打樁的工作還是非常艱苦、非常麻煩。

其實，我有的是時間，工作麻煩一點又何必介意呢？何況築完圍牆，又有什麼其他工作可做呢？至少我一時還沒有想到要做其他什麼事情，無非是在島上各處走走，尋找食物而已。這是我每天多多少少都要做的一件事。

我開始認眞地考慮自己所處的境遇和環境，並把每天的經歷用筆詳細地記錄下來。我這樣做，並不是爲了留給後人看，因爲我相信在我之後，不會有多少人上這荒島來；我這樣做，只是爲了抒發胸中的心事，每日可以瀏覽，聊以自慰。現在，我已開始振作起來，不再灰心喪氣，因此我儘量自勉自慰。我把當前的福禍一一加以比較，使自己知足安命。我按照商業簿記的格式，分「借方」和「貸方」，把我的幸運和不幸，好處和壞處公允地排列出來：

〔壞處〕

- 我流落荒島，擺脫困境已屬無望。
- 唯我獨存，孤苦伶仃，困苦萬狀。
- 我與世隔絕，彷彿是一個隱士，一個流放者。
- 我沒有衣服穿。
- 我無法抵禦人類或野獸的襲擊。
- 我沒有人可以交談，也沒有人能解救我。

〔好處〕

・唯我獨生，船上同伴皆葬身海底。

・在全體船員中，我獨免一死；上帝既然以其神力救我一命，也必然會救我脫離困境。

・小島雖荒涼，但我尚有糧食，不至餓死。

・我地處熱帶，即使有衣服也穿不住。

・在我所流落的孤島，沒有我在非洲看到的那些猛獸。假如是在非洲沿岸，那又會怎樣呢？

・但上帝神奇地把船送到海岸附近，使我可以從船上取下許多有用的東西，讓我終生受用。

總而言之，從上述情況看，我目前的悲慘處境在世界上是絕無僅有的。但是，即使在這樣的處境中，也禍福相濟，有令人值得慶幸之處。我希望世上的人都能從我不幸的遭遇中取得經驗和教訓。那就是，在萬般不幸之中，可以把禍福利害一一加以比較，找出可以聊以自慰的事情，然後可以歸入賬目的「貸方金額」這一項。

現在，我對自己的處境稍感寬慰，就不再對著海面望眼欲穿，希求有什麼船隻經過了。我說，我已把這些事丟在一邊，開始籌劃度日之計，並盡可能地改善自己的生活。

前面我描述過自己的住所，那是一個搭在山岩下的帳篷，四周用木樁和纜索做成堅固的木柵環繞著。現在我可以把木柵叫做圍牆了，因爲我在木柵外面用草皮堆成一道兩英尺厚的牆，並在大約一年半的時間裡，在圍牆和岩壁之間搭了一些屋椽，上面蓋些樹枝或其他可以弄到的東西用來檔雨。因爲我發現一年之中總有一段時間大雨如注。

前面我也說過，我把一切東西都搬進了這個圍牆，搬進了我在帳篷後面打的山洞。現在我必須補充說一下，就是那些東西起初都雜亂無章地堆在那裡，以致占滿了住所，弄得我連轉身的餘地都沒有。於是我開始擴大和挖深山洞。好在岩石質地是一種很鬆的沙石，很容易挖。當我覺得圍牆已堅固得足以防禦猛獸的襲擊之時，我便向岩壁右邊挖去，然後再轉向右面，直至把岩壁挖穿，通到圍牆外面，做成了一個可供出入的門。這樣，我不但有了一個出入口，成了我帳篷和貯藏室的後門，而且有了更多的地方貯藏我的財富。

現在，我開始著手製造日常生活應用的一些必需家具了，譬如說椅子和桌子，沒有這兩樣家具，連我世上一些最起碼的生活樂趣都無法享受。沒有桌子，我寫字吃飯無以爲憑，其他不少事也無法做，生活就毫無樂趣可言。

於是，我開始工作。說到這裡，我必須先說明一下，邏輯乃是數學之本質和原理，因此，如果我們能對一切事物都加以分析比較，精思明斷，則人人都可掌握任何工藝。我一生從未使用過任何工具，但久而久之，以我的勞動、勤勉和發明設計的才能，我終於發現，我什麼東西都能做，只要有適當的工具。然而，儘管我沒有工具，也製造了許多東西，有些東西我製造時，僅用一把手斧和一把斧頭。我想沒有人會用我的方法製造東西，也沒有人會像我這樣付出無窮的勞力。例如，爲了做塊木板，我先砍倒一棵樹，把樹橫放在我面前，再用斧頭把兩面削平，削成一塊板的模樣，然後再用手斧刨光。確實，用這種方法，一棵樹只能做一塊木板，但這是沒有辦法的辦法，我唯有用耐心才能完成，只有花費大量的時間和勞力才能做一塊板；反正我的時間和勞動力都已不值錢了，怎麼用都無所謂。

前面講了，我先給自己做了一張桌子和一把椅子，這些是用我從船上運回來的幾塊短木板做材料製成的；後來，我用上面提到的辦法，做了一些木板，沿著山洞的岸壁搭了幾層一英尺半寬的大木架，把工具，釘子和鐵器等東西分門別類地放在上面，以便取用。我又在牆上釘了許多小木釘，用來掛槍和其他可以掛的東西。

假如有人看到我的山洞，一定會以爲是個軍火庫，裡面槍支彈藥應有盡有。一應物品安置得井然有序、取用方便。我看到樣樣東西都放得井井有條，而且收藏豐富，心裡感到無限地寬慰。

現在，我開始記日記了，把每天做的事都記下來。在這之前，我天天匆匆忙忙，辛苦勞累，心緒不寧。即使記日記，也必定索然無味。例如，我在日記中一定會這樣寫：「九月三十日，我沒被淹死，逃上岸來，吐掉灌進胃裡的大量海水，略略甦醒了過來。這時，我非但不感謝上帝的救命之恩，反而在岸上胡亂狂奔，又是扭手，又是打自己的頭和臉，大叫大嚷自己的不幸，不斷地叫嚷著：『我完了，我完了！』直至自己精疲力盡，才不得不倒在地上休息，但是又不敢入睡，唯恐被野獸吃掉。」

幾天之後，甚至在我把船上可以搬動的東西都運上岸之後，我還是每天爬到小山頂上，呆呆地望著海面，希望能看到船隻經過。妄想過甚，有時彷彿看到極遠處有一片帆影，於是欣喜若狂，以爲有了希望；這時，我望眼欲穿，帆影卻消失得無影無踪，我便一屁股坐在地上，像小孩似地大哭起來。這種愚蠢的行爲，反而增加了我的煩惱。

這個心煩意亂的階段多少總算過去了，我把住所和一切家具也都安置妥當。後來又做好了桌子和椅子，樣樣東西安排得井井有條，我便開始記日記了。現在我把全部日記抄在下面（有些前面提到過的事不得不重複一下）。但後來墨水用光了，所以也不得不中止日記了。

日記

一六五九年九月三十日　我，可憐而不幸的魯賓遜．克羅索，在一場可怕的大風暴中，在大海中沉船遇難，流落到這個荒涼的孤島上。我且把此島稱之為「絕望島」吧。同船伙伴皆葬身魚腹，我本人卻絕處逢生。

整整一天，我為自己的淒慘境遇悲痛欲絕。我沒有食物，沒有房屋，沒有衣服，沒有武器，也沒有地方可逃，沒有獲救的希望，只有死路一條，不是被野獸吞嚼，被野人飽腹，就是因缺少食物而活活餓死。晚上，因怕被野獸吃掉，我睡在一棵樹上。雖然整夜下雨，我卻睡得很香。

十月一日　清晨醒來，只見那艘大船隨漲潮浮起，並沖到了離岸很近的地方。這大大出乎我意料。使我感到快慰的是，大船依然直挺挺地停在那兒，沒被海浪打得粉碎。我想待風停浪息後，可以上去弄些食物和日用品來救急。但又想到那些失散了的伙伴，使我倍感悲傷，要是我們當時都留在大船上，也許能保住大船，至少也不至於被淹死。假如伙伴們不死，我們可以用大船殘餘部分的木料造一條小船，乘上小船划到別處去。這一天，大部分的時間我為這些念頭所困擾。後來看到船裡沒進多少水，我便走到離船最近的沙灘，泅水上了船。這一天雨還是下個不停，但沒有一點風。

十月一日至二十四日　我連日上船，把我所能搬動的東西通通搬了下來，趁漲潮時用木排運上岸。這幾天雨水很多，有時也時停時續。看來，這兒目前正是雨季。

十月二十日　木排翻倒，連上面的貨物也都翻到水裡去了。但木排翻倒的地方水很淺，那些東西又很都很重，所以沒有被沖走。一等退潮，我還是撈回了不少東西。

十月二十五日　雨下了一天一夜，還夾著陣陣大風。風越刮越凶，最後竟把大船打得粉碎。退潮時可以看到大船的碎片，但大船已不復存在。這一整天，我把從船上搬回來的東西安置好並覆蓋起來，以免給雨水淋壞。

十月二十六日　我在岸上跑了差不多一整天，想尋找一個合適的地方做住所，我最擔心的是安全問題，住地必須能防禦野獸或野人在夜間對我進行突然襲擊。傍晚，我終於在一個山岩下找到了合適的地方。我劃了一個半圓形作爲構築住所的地點，並決定沿著那個半圓形安上兩層木樁，中間盤上纜索，外面再加上草皮，築成一個堅固的防禦工事，像圍牆或堡壘之類的建築物。

二十六日至三十日　我埋頭苦幹，把全部貨物搬到新的住地，雖然有時大雨傾盆。

三十一日　早晨我帶槍深入孤島腹地，一是爲了找吃的，一是爲了觀察環境。我打死了一隻母山羊，牠的一隻小羊跟著我回家，後來我把牠也殺了，因爲牠不肯吃食。

十一月一日　我在小山下搭起了一個帳篷，我盡可能把帳篷搭大些，裡面再打上幾根木樁用來掛吊床，我第一夜在帳篷裡睡覺。

十一月二日　我把所有的箱子、木板，以及做木排用的木料，沿著半圓形內側堆成一個臨時性的圍牆，作爲我的防禦工事。

十一月三日　我帶槍外出，打死兩隻野鴨似的飛禽，肉很好吃，下午開始做桌子。

十一月四日　早晨，開始計畫時間的安排。規定了工作的時間，帶槍外出的時間，睡眠的時間以及消遣的時間。我的計畫是這樣：每天早晨，如果不下雨，就帶槍出去跑上兩、三個小時，回來後再工作到十一點左右；然後有什麼吃什麼；十二點至二點爲午睡時間，因爲這幾天炎熱異常；傍晚再開始工作。今天和明天的全部工作時間，我都用來做桌子。目前我還是個拙劣的工匠，做一樣東西要花很多時間。但不久我就成了一個熟練的老手了。什麼事做多了就熟能生巧，另一方面也迫於需要。我相信，這在其他任何人也是辦得到的。

十一月五日　今天我帶槍外出，並且把狗也帶上了。打死一隻野貓，其皮毛柔軟，但肉卻不能吃。我每打死什麼動物，都剝下毛皮保存起來。從海邊回來時，看到各種不同的水鳥，我都叫不出名字，還看到兩三隻海豹，使我大吃一驚。我開始看到牠們時，一時還不知道究竟是什麼動物。後來牠們游向了大海。這一次，牠們從我眼前逃掉了。

十一月六日　早晨出外回來後就繼續做桌子，最後終於完成了，但樣子很難看，我自己都不滿意。不久，我又設法把桌子改進了一下。

十一月七日　天氣開始晴朗起來。七日，八日，九日，十日以及十二日的一部分時間（十一日是禮拜日），我都用來做一把椅子，費了好大的勁，才勉強做成椅子的樣子，連差強人意都談不上。在做的過程中，我做了再拆，拆了再做，折騰了好幾次。

附記：我不久就不再做禮拜了。因爲我忘記在木樁上刻凹痕了，也就記不起哪天是哪天了。

十一月十三日　今天下雨，令人精神爲之一振。天氣也涼快多了，但大雨伴隨著閃電雷鳴，嚇得我半死，萬分驚恐，因爲我擔心火藥會被雷電擊中而炸毀。因此，雷雨一停，我就著手把火藥分成許多小包，以免不測。

十一月十四日、十五日、十六日　這三天，我做了許多小方匣，每個匣子大約可以裝一兩磅火藥。我把火藥裝入匣內，並分開小心安全地貯藏好。其中有一天，我打到了一隻大鳥，肉很好吃，但我不知道是什麼鳥。

十一月十七日　今天開始，我在帳篷後的岩壁上開始挖洞，以擴大我住所的空間，使生活更方便些。

附記：要挖洞，我最需要的是三樣工具：一把鶴嘴鋤，一把鏟子和一輛手推車或一個籮筐。我不先挖洞，而是考慮製造一些必不可少的工具。我用起貨鉤代替鶴嘴鋤，還頗合用，只是重了點。此外，還需要一把鏟子，這是挖土的重要工具，沒有鏟子，什麼事也別想做，但是我不知道怎樣才能做把鏟子。

十一月十八日　第二天，我去樹林裡搜尋，發現一種樹像巴西的「鐵樹」，因爲這種樹的木質特別堅硬。我買了好大的勁才砍下了一塊，幾乎把我的斧頭都砍壞了。又費了不少力氣，才把木塊帶回住所，因爲這種木頭實在太重了。

這種木料確實非常堅硬，可是我別無他法，所以，我花了好大的功夫才做成一把鏟子。我慢慢把木塊削成鏟子的形狀，鏟柄完全像英國鏟子一樣，只是鏟頭沒有包上鐵，所以沒有正式的鐵鏟那麼耐用。不過，必要時用一下也還能勉強對付。我想，世界上沒有一把鏟子是做成這個樣子的，也絕不會花這麼長的時間才做成一把鏟子。

雖然有了鶴嘴鋤和鏟子，但工具還是不夠，我還缺一個籮筐或一輛手推車。籮筐我沒有辦法做，因爲我沒有像編藤時用的細軟的枝條，至少現在我還沒有找到。至於手推車，我想除了輪子外，其他都可以做出來。但做輪子卻不那麼容易，我簡直不知從何處著手。此外，我也無法做一個鐵的輪子軸，使輪子能轉動。因此，我決定放棄做輪子的念頭，而做一個灰斗似的東西——就是小工替泥水匠運泥灰用的灰斗，這樣就可把石洞裡挖出來的泥土運出來。

這工作不像做鏟子那麼難。但製造這些工具——灰斗和鏟子，以及試圖做手推車最終又不得不放棄，一共花費了整整四天時間，當然不含每天早晨帶槍外出的時間。可以說，我幾乎沒有一天不出去，也幾乎沒有一天不帶回些獵物作吃食。

十一月二十三日　因爲做工具，其他工作都擱了下來，等這些工具製成，我又繼續做所耽擱的工作。只要有精力和時間，我每天都工作，花了整整十八天的功夫擴大和加深了岩洞；洞室一拓寬，存放東西就更方便了。

附記：這幾天，我的工作主要是擴大洞室。這樣，這個山洞成了我的貯藏室和軍火庫，也是我的廚房、餐室和地窖。我平時仍睡在帳蓬裡，除非在雨季，雨下得太大，帳蓬裡漏雨，我才睡到洞裡。所以，我後來把圍牆裡的所有地方，通通用長木條搭成屋椽的樣子，架在岩石上，再在上面鋪些菖蒲草和大樹葉，做成一個茅屋的樣子。

十二月十日　我本以爲挖洞的工程已大功告成，可突然發生了坍方。也許我把洞挖得太大了，大量的泥土從頂上和一旁的岩壁上坍下來，落下的泥土之多，簡直把我嚇壞了。我這般驚恐，當然不是沒有理由的。要是坍方時我正在洞內，我肯定用不著掘墓人了。這次災禍一發生，我又有許多工作要做了。我不但要把落下來的鬆土運出去，還安裝了天花板，下面用柱子支撐起來，免得再再出現坍方的災難。

十二月十一日　今天我按昨天的計劃動手工作，用兩根柱子作為支撐，每根柱子上交叉搭上兩塊木板撐住洞頂。這項工作第二天就完成了。接著我支起了更多的柱子和木板，花了大約一星期的時間穩固洞頂。洞內一根根直立的柱子，把洞室隔成了好幾間。

十二月十七日　從今天至二十日，我在洞裡裝了許多木架，又在柱子上敲了許多釘子，把那些可以掛起來的東西都掛起來。現在，我的住所看上去有點秩序了。

十二月二十日　我把所有的東西都搬進洞裡，並開始布置自己的住所。我用木板搭了個碗架似的架子擺吃的東西。但木板已經越來越少了。另外，我又做了張桌子。

十二月二十四日　整夜整日大雨傾盆，沒有出門。

十二月二十五日　整日下雨。

十二月二十六日　無雨，天氣涼爽多了，人也感到爽快多了。

十二月二十七日　打死了一隻小山羊，又把另一隻小山羊的一條腿打瘸。我抓住了瘸腿的小山羊，用繩子牽回家。到家後我把山羊的斷腿綁了起來，還上了夾板。

附記：在我精心照料下，受傷的小山羊活下來了，腿也長好了，而且長得很結實。由於我長期撫養，小山羊漸漸馴服起來，整日在我住所門前的草地上吃草，不肯離開。這誘發了我一個念頭：我可以飼養一些易於馴服的動物，將來一旦彈藥用完也不愁沒有東西吃。

十二月二十八日、二十九日、三十日　酷熱無風。整天在家，到傍晚才外出尋食。整日在家裡整理東西。

一月一日　天氣仍然很熱。我早晚帶槍各外出一次，中午午睡。傍晚我深入孤島中心的山谷裡，發現許多野山羊，但極易受驚，難以捕捉。我決定帶狗來試試是否能獵取幾隻。

一月二日　照著昨天的想法，我今天帶狗外出，叫牠去追捕那些山羊；可是，我想錯了，山羊不僅不逃，反而一起面對我的狗奮起反抗。狗也知道危險，不敢接近羊群。

一月三日　修築籬笆或圍牆，因為我一直擔心受到攻擊。我要把圍牆築得又厚又堅固。

附記：關於圍牆，我前面已交待過了，在日記中，就不再重複已經說過話了。這裡只提一下：從一月三日到四月十四日，我一直在修築這座圍牆。最後終於完成了，並盡可能做得完美。圍牆呈半圓形，從岩壁的一邊，圍向另一邊，兩處相距約八碼，圍牆全長僅二十四碼，岩洞的門正好處於圍牆中部後面。

在這段時間，我努力工作，儘管雨水耽擱了許多天，甚至好幾個星期。我覺得圍牆不做好，我住在裡面就沒有安全感。我做的每件工作所花的勞動，簡直難以令人置信。尤其是那些木樁，要把木樁從樹林裡搬回來，又要打進土裡，實在非常吃力，因為我把木樁做得太大了，但實際上不需要那麼大。牆築好後，又在牆外堆了一層草皮泥，堆得和牆一般高。這樣，我想，即使有人到島上來，也不一定看得出裡面有人住。我的這一做法是非常明智的。後來事實證明了這點。

在此期間，只要雨不大，我總要到樹林裡去尋找野味，並常有一些新的發現，可以改善我的生活。尤其是我發現了一種野鴿，牠們不像斑尾林鴿那樣在樹上作窠，而像家鴿一樣在石穴裡作窩。我抓了幾隻小鴿子，想把牠們馴養大。養是養大了，可是一大就飛走了。想來也許我沒有經常給牠們餵食；事實上，我也沒什麼東西可餵牠們。然而，我經常找到牠們的窩，就捉些小鴿子回來，這種鴿子的肉非常好吃。

在料理家務的過程中，我發現還缺少許多許多東西；有些東西根本沒辦法製造，事實也確實如此。譬如，我無法製造木桶，因爲根本無法把桶箍起來。前面我曾提到，我有一兩個小桶；可是，我花了好幾個星期的功夫還是做不出一個新桶來。我無法把桶底安上去，也無法把那些薄板拼合得不漏水。最後，我只好放棄了做桶子的念頭。

其次，我無法製造蠟燭，所以一到天黑就只得上床睡覺。在這兒一般七點左右天就黑下來了。我記得我曾有過一次大塊蜜蠟。那是我從薩累的海盜船長手裡逃到非洲船的航程中做蠟燭用的，現在早已沒有了。我唯一的補救辦法是：每當我殺山羊時，把羊油留下來。我用泥土做成一個小盤子，經太陽曝曬成了一個小泥盤，然後把羊油放在泥盤裡，再弄鬆麻繩取下一些麻絮做燈心。這樣總算做成了一盞燈，雖然光線沒有蠟燭明亮和穩定，但也至少給了我一點光亮。

在我做這些事的時候，我偶爾翻到了一個小布袋。我上面已提到過，這布袋裡裝了一些穀類，是用來餵家禽的，而不是爲這次航行供船員食用的。這袋穀子可能是上次從里斯本出發時帶上船的吧。袋裡剩下的一點穀類早已被老鼠吃光了，只留下一些塵土和穀殼。因爲我很需要這個布袋，就把袋裡的塵土和穀殼抖在岩石下的圍牆邊。當時，想必是我要用這布袋來裝火藥吧，因爲，我記得我給閃電雷鳴嚇壞了，急於要把火藥分開包裝好。

我扔掉這些東西，正是上面提到的那場大雨之前不久的事。扔掉也就完了，再也沒有想起這件事情。大約一個月之後，我發現地上長出了綠色的莖稈。起初我以爲那只是自己以前沒有注意到的某種植物罷了。但是不久以後，我看到長出了十一、二個穗頭，與歐洲的大麥，甚至與英國的大麥一模一樣，這使我十分驚訝。

我又驚愕，又困惑，心裡的混亂難以用筆墨形容。我這個人不信教，從不以宗教誡律約束自己的行為，認為一切出於偶然，或簡單地歸之於天意，從不去追問造物主的意願及其支配世間萬物的原則。但當我看到，儘管這兒氣候不宜種穀類，卻長出了大麥；何況我對這些大麥是怎麼長出來的一無所知，自然吃驚不小。於是我想到，這只能是上帝顯示的奇蹟！沒有人播種，居然能長出莊稼來。我還想到，這是上帝為了能讓我在這荒無人煙的孤島上活下去才這麼做的。

想到這裡，我頗為動情，禁不住流下了眼淚。我開始為自己的命運慶幸，這種世間少有的奇事，竟會在我身上發生。尤其令我感到不可思議的是，在大麥莖稈的旁邊，沿著岩壁，稀稀落落長出了幾枝其對綠色的莖稈，顯然是稻莖；我認得出那是稻子，因為我在非洲上岸時曾見過這種莊稼。

當時，我不僅認為這些穀類都是老天為了讓我活命而賜給我的，並且還相信島上其他地方一定還有。於是，我在島上搜遍我曾經到過的地方，每個角落，每塊岩邊我都查看了一遍，想找到麥穗和稻稈，可是，再也找不到了。最後，我終於想起，我曾經有一隻放鸚飼料的袋子，我把裡面剩下的穀殼抖到了岩壁下。這一想，我驚異的心情一掃而光。老實說我認為這一切都是極其平常的事，所以我對上帝的感恩之情也隨之減退了。然而，對發生這樣的奇蹟，對意料之外的天意，我還是應該感恩戴德的。老鼠吃掉了絕大部分穀粒，而僅存的十幾顆竟然沒有壞掉，彷彿從天上掉下來似的，發生這樣的奇蹟這不是天意又是什麼呢？再說，這十幾顆穀粒我不扔在其他地方，恰恰扔在岩壁下，因而遮住了太陽，使其很快長了出來，如果丟在別處，肯定早就給太陽晒死了，這難道不是天意嗎？

到了大麥成熟的季節，大約是六月底，我小心地把麥穗收藏起來，一顆麥粒也捨不得丟失。我要用這些收穫的麥粒作種子重新播種一次，希望將來收穫多了，可以用來做麵包吃。後來，一直到第四年，我才吃到一點點自己種的糧食，而且也只能吃得非常節省。這些都是後事，我以後自會交待。第一次播種，由於季節不對頭，我把全部種子都損失了。因爲我正好在旱季來臨前播下去，結果種子根本發不了芽，即使長出來了，也長不好。這些都是後話。

除了大麥，另外還有二、三十枝稻稈，我同樣小心翼翼地把稻穀收藏起來，目的也是爲了能再次播種，好自己做麵包吃，或乾脆煮來吃，因爲後來我發現不必老是用烘烤的辦法，放在水裡煮一下也能吃，當然後來我也烤著吃。現在再回到我的日記上來吧。

這三、四個月，我非常努力，修築好了圍牆。到四月十四日，完成了封閉圍牆的工作，因爲我原來就計劃不用進出，而是用一架梯子越牆而達。這樣外來的人看不出裡面是住人的地方。

四月十六日　我做好了梯子，我用梯子爬上牆頭之後，再收起來放到圍牆的內側爬下去。圍牆是全封閉的；牆內我有足夠的活動空間，牆外的人則無法進入牆內，除非也越牆而入。

完成圍牆後的第二天，我幾乎一下子前功盡棄，而且差點送命。事情是這樣的：正當我在帳篷後面的山洞口忙著幹活時，突然發生了一件可怕的事情，把我嚇得魂不附體。山洞頂上突然倒塌下大量的泥土和石塊，從岩壁也有泥土和石頭滾下來，把我豎在洞裡的兩根柱子一下子都壓斷了，發出了可怕的爆裂聲，我驚慌失措，全然不知究竟發生什麼事，以爲只不過像上回那樣發生了坍方，洞頂有一部分塌了下來。我怕被埋在土石底，立即跑向梯子。後來覺得在牆內還不安全，怕山上滾下來的石塊打著我，我爬到了圍牆外面。等到我下了梯子站到平地上，我才明白發生了可怕的地震。我所站的地方在八分鐘內連續搖動三次。這三次震動，其強烈程度，足以把地面上最堅固的建築物震倒。離我大約半英里之外靠近海邊的一座小山的岩頂，被震得崩裂下來，那山崩地裂的巨響，把我嚇得半死，我平生從未聽到過這麼可怕的聲響。這時，大海洶湧震盪，我想海底下一定比島上震動得更激烈。

我以前從未碰過地震，也沒聽到經歷過地震的人談起過，所以嚇得目瞪口呆，魂飛魄散。當時，地動山搖，胃裡直想吐，就像暈船樣，那山石崩裂發出震耳欲聾的巨響，把我從呆若木鸚的狀態中驚醒過來，令我感到膽戰心驚。小山若倒下來，壓在帳篷上和全部家用物品上，馬上就會把一切都埋起來。一想到這裡，我心裡就涼了半截。

第三次震動過後，過了好久，大地不再晃動了，我膽子才漸漸大起來。但我還是不敢爬進牆去，生怕被活埋。我只是呆呆地坐在地上，垂頭喪氣，悶悶不樂，不知如何才好。在驚恐中，我從未認眞地想到上帝，只像一般人那樣有口無心地叫著：「上帝啊，發發慈悲吧！」地震一過，連這種叫喚聲也沒有了。

我正這麼呆坐在地上時，忽見陰雲四布，好像馬上要下雨了。不久風勢漸起，不到半小時，就刮起了可怕的颶風。風暴刮了大約三小時，就開始減退了；又過了兩小時，平靜了，卻下起了滂沱大雨。

在此期間，我一直呆坐在地上，心中既驚恐又苦悶。後來，我突然想到，這場暴風雨是地震之後發生的。看來地震已經過去，我也可以冒險回到我的洞室裡去了。這樣一想，精神再次振作起來，加上大雨也逼得我走投無路，只好爬過圍牆，坐到帳篷裡去。但大雨傾盆而下，幾乎要把帳篷都壓塌，我只好躲到山洞裡去，心裡卻始終惶恐不安，唯恐山頂塌下來把我壓死。

這場暴風逼使我去做一件新的工作。這就是圍牆腳下開一個洞，像一條排水溝，這樣就可把水放出去，以免把山洞淹沒。在山洞裡坐了一會兒，地震再也沒有發生，我才稍稍鎮靜下來。這時我感到十分需要壯壯膽，就走到貯藏室裡，倒了一小杯甘蔗酒喝。我喝甘蔗酒一向很節省，因爲我知道，喝完後就沒有了。

大雨下了整整一夜，第二天又下了大半天，因此我整天不能出門。現在，我心裡平靜多了，就考慮起今後的生活。我的結論是，既然島上經常會發生地震，我就不能老住在山洞裡。我得考慮在開闊平地上造一間小茅屋，四面像這裡一樣圍上一道牆，以防野獸或野人的襲擊。如果我在這裡住下去，遲早會被活埋的。

想到這裡，我決定要把帳篷從原來的地方搬開。現在的帳篷正好搭在小山的懸崖下面。如果再發生地震，那懸崖塌下來必來砸倒帳篷。於是我花了兩天的時間，即四月十九日和二十日，來計劃新的住址以及搬家的方法。

我唯恐被活埋，整夜不得安睡。但一想到睡在外面，四周毫無遮擋，心裡又同樣害怕。而當我環顧四周，看到一切應用物品都安置得井井有條，這地方又隱蔽安全，又極不願意搬家了。

同時我也想到，建新家耗費時日，目前不得不冒險住在這裡。以後等我建造好新的營地，並也像這兒一樣保護起來，才能再搬過去。這樣決定之後，我心裡安定多了，並決定以最快的速度，用木樁和纜索之類的材料照這兒的樣子築一道圍牆，再把帳篷搭在圍牆裡。但在新的營地建造好之前，我還得冒險住在原地。這是四月二十一日的事。

四月二十二日　今天早上我開始考慮實施我搬家的計劃，但卻無法解決工具問題。我有三把大斧和許多小斧（我們帶了許多小斧，是準備與非洲土人作交易用的），但由於經常用來砍削多節的硬木頭，弄得都是缺口，一點也不利了。磨刀砂輪倒是有一個，但我卻無法轉動磨輪來磨工具。爲了設法讓磨刀砂輪轉動，我煞費苦心，猶如政治家思考國家大事，也像法官決定一個人的生死命運。最後，我想出辦法，用一根繩子套在一個輪子上，用腳轉動輪子，兩手就可騰出磨工具了。

附記：在英國，我從未見過磨刀的工具，即使見過，自己也沒注意過這種東西的樣子，儘管在英國這種磨刀工具是到處可見的。此外我的磨輪又大又笨重。我花了整整一個星期，才把這個磨刀機器做好。

四月二十八日、二十九日　整整兩天，我忙著磨工具。轉動磨輪的機器效果不錯。

四月三十日　早晨，我向海面望去，只見潮水已經退了。一個看上去像桶一樣的大東西擱淺在岸邊。我走過去一看，原來是一個小木桶，另外還有幾片破船的殘片；這些都是被颶風刮到岸上來的。再看看那艘破船，只見比先前更高出水面。我察看了一下沖上岸邊的木桶，發現原來是一桶火藥，但火藥已浸水，結得像石頭一樣硬。不過，我還是暫時把它滾到岸上。然後踏上沙灘，儘量走近那破船，希望能再弄到點什麼東西。

我走近船邊，發現船的位置已大大變動了。在此之前，船頭是埋在沙裡的；現在至少高了六英尺。至於那船尾，在我最後一次船搜括東西之後不久，就被海浪打得粉碎，脫離了船身；現在，看樣子被海水沖到一邊去了。在船尾旁，原來是一大片水窪子，約四分之一海里寬；要接近破船，非得游泳不可。而現在，水窪被沙泥壅塞，堆得老高。所以一退潮，就可以直接走到船跟前。我起初對這一變化感到有點意外，但馬上就明白這是地震的結果。由於地震的激烈震動，船破得更不像樣了。每天總有些東西被海浪從船上從下來，風力和潮水又把這些東西沖到岸上。

這使我搬家的計劃暫時擱置一邊。當天我便想方設法要到船上去。但我發現船上已沒什麼東西可拿了，因爲船裡都被沙泥堆塞。可是我現在對什麼事都不輕易放棄，所以決定把船上能拆下來的東西通通拆下來。我相信這些東西將來對我總會有些用處。

五月三日 我動手用鋸子鋸斷了一根船樑。我猜想，這根船樑是支撐上面的甲板或後面的甲板的。船樑鋸斷後，我盡力清除旁邊得很高的泥沙。但不久潮水開始漲，我不得不暫時放棄這一工作。

五月四日 今天去釣魚，但釣到的魚沒有一條我敢吃的。我感到不耐煩了，正想離開時，卻釣到了一隻小海豚。我用絞繩的麻絲做了一根長長的釣魚線，但我沒有魚鉤。不過我還是常能釣到魚吃。我把釣到的魚都晒乾了再吃。

五月五日 在破船上幹活。又鋸斷了一根船樑。從甲板上取下三塊松木板，把板捆在一起，趁漲潮時把它們漂到岸上。

五月六日 繼續上破船幹活。從船上取下幾根鐵條和一些鐵器。工作得很辛苦，回來時累壞了，很想放棄這種工作。

五月七日 又到破船上去，但不想再幹活了。由於船樑已鋸斷，破船承受不住自己的重量便碎裂了。有幾塊木板散落下來，船艙裂開，看進去裡面盡是水和泥沙。

五月八日　到破船上去。這次我帶了一隻起貨用的鐵鉤，撬開了甲板，因爲甲板上已沒有多少水和泥沙了。我撬下了兩塊木板，像前次那樣趁著潮水送上岸。我把起貨鐵鉤留在船上，以便明天再用。

五月九日　到破船上去，用鐵鉤撬入船身，探到了幾個木桶。我用鐵鉤把這幾個桶撬鬆了，卻無法把桶打開。我也探到了那卷英國鉛皮，並已撥動了，但實在太重了，根本搬不動。

五月十日至十四日　每天上破船，弄到了不少木料和木板，以及二、三百磅的鐵。

五月十五日　我帶了兩把小斧上船，想用一把小斧的斧口放在那卷鉛皮上，再用另一把去敲，試試能不能截下一塊鉛皮。但因鉛皮在水下一英尺半深，根本無法敲到放在鉛皮上的手斧。

五月十六日　刮了一夜大風，風吹浪打後，那條失事的船更破爛不堪了。我在樹林裡找鴿子吃，耽誤了不少時間；等我想上船時潮水已漲了上來，就無法再到船上去了。

五月十七日　我看見幾塊沉船的殘骸漂到岸上，離我差不多有兩英里遠，決心走過去看個究竟。原來是船頭上的一塊木料，但太重了，根本搬不動。

五月二十四日　幾天來，我每天上破船幹活。我費盡力氣，用起貨鐵鉤撬鬆了一些東西。潮水一來，竟有幾個木桶和兩個水手箱子浮了出來。由於風是從岸上吹來的，所以那天漂到岸上的東西只有幾塊木料和一桶巴西豬肉，但是那肉早被鹹水浸壞，且摻雜著泥沙，根本無法食用。

我這樣每天除了覓食就上船幹活，直到六月十五日。在此期間，我總是漲潮時外出覓食，退潮時就上船幹活。這麼多天，我弄到了不少木料和鐵器。如果我會造船，就可以造條小船了。同時，我又先後搞到了好幾塊鉛皮，大約有一百來磅重。

六月十六日　走到海邊，看到一隻大鱉。這是我上島後第一次看到這種動物。看來也許我運氣不佳，以前一直沒有發現，其實這島上大鱉不少。後來我發現要是我在島的另一邊居住，我每天肯定可以捉到好幾百隻，但同時因鱉滿爲患，將受害不淺。

六月十七日　我把那大鱉拿來煮了吃。在牠的肚子裡，我還挖出了六十顆蛋。當時我感到鱉肉鮮美無比，是我平生嘗到的最佳菜肴。因爲自從我踏上這可怕的荒島，除了山羊和飛禽，還沒有吃過別的動物的肉呢！

六月十八日　整天下雨，沒有出門。我感到這回的雨有點寒意，身子有點發冷。我知道，在這個緯度上，這是不常有的事。

六月十九日　病得很重，身子直發抖，好像天氣太冷了。

六月二十日　整夜不能入睡，頭很痛，並且發熱。

六月二十一日　全身不舒服。想到自己生病而無人照顧的慘狀，不禁怕得要死。自從在赫爾市出發遭遇風暴以來，我第一次祈禱上帝。至於爲什麼祈禱，連自己也說不清楚，思緒混亂了。

六月二十二日　身子稍稍舒服一點，但因爲生病，還是害怕極了。

六月二十三日　病又重了，冷得直發抖，接著是頭痛欲裂。

六月二十四日　病好多了。

六月二十五日　爲瘧疾，很厲害。發作一次持續七小時，時冷時熱，最後終於出了點汗。

六月二十六日　好了一點。因爲沒有東西吃，就帶槍出門。身體十分虛弱，但還是打到了一隻母山羊。好不容易把山羊拖回家，非常吃力。烤了一點山羊肉吃。很想煮些山羊肉湯喝，可是沒有鍋子。

六月二十七日　瘧疾再次發作，且來勢很凶。一整天不吃不喝地躺在床上。口裡乾得要命，但身子太虛弱，連爬起來弄點水喝的力氣都沒有。再一次祈禱上帝，但頭昏昏沉沉的；等頭昏過去後，我又不知道該怎樣祈禱，只是躺在床上，連聲叫喊：「上帝，保佑我吧！上帝，可憐我吧！上帝，救救我吧！」這樣連續喊了兩三小時，寒熱漸退，我才昏昏睡去，直到半夜才醒來。

醒來後，覺得身子爽快了不少，但仍軟弱無力，且口裡渴得要命。可是家裡沒有水，只得躺下等第二天早晨再說。於是，我又睡著了。這一次，我做了一個惡夢。我夢見我坐在圍牆外面的地上，就是地震後刮暴風雨時我坐的地方，看見一個人從一大片烏雲中從天而降，四周一片火光。他降落到地上，全身像火一樣閃閃發光，使我無法正眼看他。他面目猙獰可怖，非言語所能形容。當他兩腳落到地面上時，我覺得彷彿大地都震動了，就像地震發生時一樣，更使我驚恐的是，他全身似乎在燒燃，空中火光熠熠。

他一著地，就向我走來，手裡拿著一根長矛般的武器，似乎要來殺我。當他走到離我不遠的高坡上時，便對我講話了，那聲音可怕得難以形容。他對我說的話，我只聽懂了一句：「既然所發生的一切事情都不能使你懺悔，現在就要你的命。」說著，他就舉起手中的矛來殺我。

——任何人讀到我這段記述時，都可以感到這個可怕的夢境一定是把我嚇得靈魂出竅，根本無法描繪當時的情景。雖然這僅僅是一個夢，但卻十分恐怖。即使醒來後，明知是一場夢，在腦海裡留下的印象，也還可怕得難以言傳。

天哪！我不信上帝。雖然小時候父親一直諄諄教誨我，但八年來，我一直過著水手的生活，染上了水手的種種惡習；我交往的人也都和我一樣，邪惡缺德，不信上帝。所以，我從父親那兒受到的一點點良好的教育，也早就消磨殆盡了。這麼多年來，我不記得自己曾經敬仰過上帝，也沒有反省過自己的行爲。我生性愚蠢，善惡不分。即使在一般水手中，我也算得上是個邪惡之徒：冷酷無情，輕率魯莽，危難中不知敬畏上帝，讀者可以知道，至今我已遭遇到種種災難，但我從未想到這一切都是上帝的意旨，也從未想到這一切都是對我罪孽的懲罰，是對我背逆父親的行爲，對我當前深重的罪行，以及對我邪惡生涯的懲罰。當我不顧一切，冒險去非洲蠻荒的海岸，我從未想到這種冒險生涯會給我帶來什麼後果，也沒有祈禱上帝爲我指引一條正路，保佑我脫離身邊的危險，免遭野獸或野人的襲擊。我完全沒有想到上帝，想到天意；我的行爲完全像一個畜牲，只受自然規律的支配，或只聽從常識的驅使，甚至連常識都談不上。

當我在海上被葡萄牙船長救來時，受到他優厚、公正和仁德的待遇，但我心裡沒有對上帝產生一點感激之情。後來我再度遭受船難，並差點在這荒島邊淹死，我也毫無懺悔之意，也沒有把此當作對我的報應。我只是常對我自己說，我是個「倒楣鬼」，得來要吃苦受罪。

確實，我一上岸，發現其他船員全都葬身大海，唯我一人死裡逃生，著實驚喜了一番；在狂喜中我若能想到上帝，就會產生眞誠的感恩之情。但我僅僅欣喜一陣子而已，高興過了也就算了。我對自己說，我慶幸自己能活下來，卻沒有好好想一下，別人都死了，單單我一人幸免於難，豈不是上帝對我的特殊恩寵；也沒有深入思考一下，上天爲什麼對我如此慈悲。我像一般船員一樣，沉船之後，僥倖平安上岸，當然欣喜萬分；然後就喝上幾杯甜酒，把船難忘得一乾二淨。我一生就過著這樣的生活。

後來，經過了一番思考，對自己的狀況有了清醒的認識，知道自己流落這個可怕的荒島上，遠離人煙，毫無獲救的希望。儘管自己知道身陷絕境，但是一旦發現還能活下去，不致餓死，我的一切苦惱也隨之煙消雲散了。我又開始過著無憂無慮的生活，一心一意幹各種活兒以維持自己的生存。我一點也沒有想到，我目前的不幸遭遇，是上天對我的懲罰，是上帝對我的報應，說實話，這種思想很少進入我的頭腦裡。

前面我已經提過，在大麥剛剛長出來時，我曾一度想到上帝，並深受感動，因爲我最初認爲那是上帝顯示其神蹟。但後來發現這並非是上帝的神蹟，我感受到的印象也就隨之消失了。

地震該是大自然最可怕的景象了吧！而且，這往往使人想到冥冥中的那種神力，這種神力往往又與上帝或天意聯繫在一起。可是，在最初的一陣恐懼過去之後，關於神力和上帝的印象馬上隨之消失。我既不覺得有什麼上帝，也不認爲有所謂上帝的審判，也沒有想到我目前可悲的處境是出於上帝的意旨，好像我一直生活得十分優裕舒適似的。

可是現在我生病了，死亡的悲慘境遇漸漸在我面前呈現。由於病痛，我精神頹喪；由於發熱，我體力衰竭。這時，我沉睡已久的良心開始甦醒，並開始責備自己過去的生活。在此之前，我罪大惡極，冒犯了上帝，所以現在上帝來懲罰我，給我以非同尋常的打擊，用這種報應的手段來對待我。

我的反省，在我生病的第二天和第三天，把我壓得透不過氣來。由於發熱，也由於良心的譴責，從嘴裡逼出了幾句類似祈禱的話。然而，這種祈禱有口無心，既無良好的願望，也不抱任何希望，只是恐懼和痛苦的呼喊而已。這時，我思想極度混亂，深感自己罪孽深重，而一想到自己將在如此悲慘的境況下死去，更是恐怖萬分。我心中惶恐不安，不知道自己嘴裡說了些什麼話，只是不斷地呼喊著這樣的話：「上帝啊，我多可憐啊！我生病了，沒有人照顧我，我是必死無疑了！我該怎麼辦啊？」於是，我眼淚奪眶而出，半天說不出話來。

這時，我想起了父親的忠告，也想到了他老人家的預言。父親說，我如果執意採取這種愚蠢的行動，那麼上帝一定不會保佑我。當我將來呼援無門時，我會後悔自己沒有聽從他的忠告。這時，我大聲說，現在父親的話果然應驗了：上帝已經懲罰了我，誰也不能來救我，誰也不能來聽我的呼救。我拒絕了上天的好意，上天原本對我十分慈悲，把我安排在一個優裕的生活環境中，讓我幸福舒適地過日子。可是，我自己卻身在福中不知福，又不聽父母的話來認識這種福分。我使父母爲我的愚蠢行爲而痛心，而現在，我自己也爲我愚蠢行爲所帶來的後果而痛心。本來父母可以幫助我成家立業，過著舒適的生活；然而，我卻拒絕了他們的幫助。現在，我不得不在艱難困苦中掙扎，困難之大，連大自然本身都難以忍受。而且，我孤獨無援，沒有人安慰我，沒有人照應我，也沒有人忠告我。

想到這裡，我又大喊大叫：「上帝啊，救救我吧！我已走投無路了啊！」多少年來，我第一次發出了祈禱，如果這也算是祈禱的話。現在，讓我重新回到日記上來吧。

六月二十八日　睡了一夜，精神好多了，發熱也退了，我就起床了。儘管惡夢之後仍有餘悸，但我考慮到瘧疾明天可能會再發作，還不如趁此準備些東西，在我發病時可吃喝。我先把一個大方瓶裝滿了水，放在床邊的桌上，爲了要減少水的寒性，又倒進四分之一公升的甘蔗酒，把酒和水摻在一起。然後又取了一塊羊肉，放在火上烤熱，但卻吃不了多少，我又四處走動了一下，可是一點力氣也沒有。想到我當前可悲的處境，又擔心明天要發病心裡非常苦悶，非常沉重。晚上，我在火灰裡烤了三個鱉蛋，剝開蛋殼吃了，算是晚飯。就我記憶所及，我一生中第一次在吃飯時做禱告，祈求上帝的賜福。

吃過晚飯，我想外出走走，可是周身無力，幾乎連槍都拿不動（我外出一向都要帶槍）。所以我只走了幾步，就坐在地上，眺望著面前的海面。這時，海上風平浪靜。我坐在那裡，心潮起伏，思緒萬千。

這大地和大海，儘管我天天看到，可是到底是什麼呢？它們又來自何方？我和其他一切生靈，野生的和馴養的，人類和野獸，究竟是些什麼？又都來自何方？

毫無疑問，我們都是被一種隱祕的力量製造出來的；也正是這種力量創造了陸地、大海和天空。但這種力量又是什麼呢？

顯然，最合理的答案是上帝創造了這一切。繼而，就可得出一個非同尋常的結論：既然上帝創造了這一切，就必然能引導和支配這一切以及一切與之有關的東西。能創造萬物的力量，當然也能引導和支配萬物。

既然如此，那麼在上帝創造的世界裡，無論發生什麼事，上帝不可能不知道，甚至就是上帝自己的安排。

既然發生的事上帝都知道，那上帝也一定知道我現在流落在這荒島上，境況悲慘。既然發生的一切都是上帝一手安排的，那這麼多災難降到我頭上，也是上帝安排的。

我想不出有任何理由能推翻這結論。這使我更加堅信，我遭遇的這些災難，都是上帝安排的；正是上帝的指使，使我陷入了當前的悲慘境遇。上帝不僅對我，而且對世間萬物，都有絕對的支配權力。於是，我馬上又想到：「上帝爲什麼要這麼對待我？我到底做了什麼壞事，上帝才這麼懲罰我呢？」

這時，我的良心立刻制止我提出這樣的問題，好像我褻瀆了神明；我好像聽到良心對我說：「你這罪孽深重的人啊，你竟還要問你作下了什麼壞事？回頭看看你半生的罪孽吧！問問你自己，你什麼壞事沒有做過？你還該問一下，你本來早就死了，爲什麼現在還能活著？爲什麼你沒有在雅茅斯港外的錨地中淹死？當你們的船被從薩累來的海盜船追上時，你爲什麼沒有在作戰中死去？你爲什麼沒有在非洲海岸上被野獸吃掉？當全船的人都在這兒葬身大海，爲什麼唯獨你一人沒有淹死？而你現在竟還要問『我作了什麼壞事』？」

想到這些，我不禁驚愕得目瞪口呆，無言以對。於是，我愁眉不展地站起來，走回住所。我爬過牆頭，準備上床睡覺。可是，我心煩意亂，鬱鬱不樂，無心入睡。我坐到椅子裡，點燃了燈，因爲這時天已黑了，我擔心舊病復發，心中十分害怕。這時，我忽然想起，巴西人不管生什麼病，都不吃藥，只嚼菸葉。我箱子裡有一卷菸葉，大部分都已烤熟了；也有一些青菸葉，尚未完全烤熟。

於是，我起身去取菸葉。毫無疑問這是上天指引我去做的。因爲在箱子裡我不僅找到了醫治我肉體的藥物，還找到了救治我靈魂的良藥。打開箱子，我找到我要找的菸葉；箱子裡也有幾本我保存下來的書，我取出了一本《聖經》。前面我曾提到過從破船上找到幾本《聖經》的事。在此以前我一直沒有閑暇讀《聖經》，也無意去讀。我剛才說了，我取出了一本《聖經》，並把書和菸熏一起放到桌上。

我不知道如何用菸葉來治病，也不知道是否眞能治好病。但我作了多種試驗，並想總有一種辦法能生效，我先把一片菸葉放在嘴裡嚼，一下子，我的頭便暈起來。因爲菸葉還是半青的，味道很凶，而我又沒有吃菸的習慣。然後，又取了點菸葉，放在甘蔗酒裡浸了一兩小時，決定睡前當藥酒喝下去。最後，又拿一些菸葉放在炭盆裡燒，並把鼻子湊上去聞菸葉燒烤出來的菸味，盡可能受菸熏的氣味和熱氣，只要不窒息就聞。

在這樣治病的同時，我拿起《聖經》開始讀起來。因爲菸葉的氣味把我的頭腦弄得昏昏沉沉的，根本無法認眞閱讀，就隨便打開書，映入我眼睛的第一個句子是：「你在患難的時候呼求我，我就一定會拯救你，而你要頌讚我。」

這些話，對我的處境再合適不過了，讀了後給我留下深刻的印象，並且隨著時間的過去，印象越來越深，銘記不忘。至於得到拯救的話，當時並沒有使我動心。在我看來，能獲救的機率實在太渺茫、太不現實了。正如上帝請其子民以色列人吃肉時，他們竟然問：「上帝能在曠野擺設筵席嗎？」所以我也問：「上帝自己能把我從這個地方拯救出去嗎？」因爲獲救的希望在許多年後才出現，所以這個疑問多年來一直在我的腦子裡盤旋。話雖如此，但這句話還是給我留下了深刻的印象，並時常使我回味這句話的意思。夜已深了，前面我也提到，菸味弄得我頭腦昏昏沉沉的，就很想睡覺了。於是，我讓燈在石洞裡繼續點著，以便晚上要拿東西的話會方便些，就上床睡了。臨睡之前，我做了一件生平從未做過的事：我跪下來向上帝祈禱，求祂答應我，如果我在患難中向祂呼求，祂必定會拯救我。我的祈禱斷斷續續，不成句。作完了祈禱，我就喝了點浸了菸葉的甘蔗酒。菸葉浸過之後，酒變得很凶，且菸味刺人，幾乎無法喝下去。喝過酒後，就立刻上床睡覺。不久我感到酒力直沖腦門，非常厲害；我昏昏睡去，直到第二天下午三點鐘才醒來。

現在在我記這日記的時候，我有點懷疑，很可能第二天我睡了整整一天一夜，直到第三天下午三點鐘才醒來。因爲幾年後我發現我的日記中的這周少算一天，卻又無法解釋其中的原因。要是因爲穿越赤道[29]失去時間的話，我少掉的應該不只一天。事實是我的確把日子漏記了一天，至於爲什麼會漏掉這一天，我自己也不得而知。

不管怎麼說，醒來時我覺得精神煥發，身體也完全恢復了活力。起床後，我感到力氣也比前一天大多了，並且胃口也開了，因爲我肚子感到餓了。一句話，第二天瘧疾沒有發作，身體逐漸復原。這一天是二十九日。

三十日當然身體更好了，我又帶槍外出，但不敢走得太遠。打死了兩隻像黑雁那樣的海鳥帶回家，但又不想吃鳥肉，就又煮了幾個鱉來吃，味道挺不錯。晚上，我又喝了點浸了菸葉的甘蔗酒，因爲我覺得，正是昨天喝了這種藥酒，身體才好起來。這次我喝得不多，也不再嚼菸葉，或烤菸葉黑頭。第二天，七月一日，我以爲身體最更好些，結果卻有點發冷，但並不厲害。

七月二日　我重新用三種方法治病，像第一次那樣把頭弄得昏昏沉的，喝下去的藥酒也加了一倍。

---

[29] 穿越赤道不會失去時間。在這裡，魯賓遜也許頭腦裡想到的是換日線，即國際換日線。

七月三日　病完全好了，但身體過了好幾個星期才完全復原。在體力恢復過程中，我時時想到《聖經》上的這句話：「我就一定會拯救你。」但我深深感到，獲救是絕不可能的，所以我不敢對此存有任何奢望。正當我為這種念頭而感到灰心失望時，忽然醒悟到我一心只求上帝把我從目前的困境拯救出來，卻沒有想到自己已經獲得了拯救。於是，捫心自問：我不是從疾病中被拯救出來了嗎？難道這不是一個奇蹟？我不是也從最不幸、最可怕的境地中被拯救出來了嗎？可是我有沒有想到這一層呢？自己又有沒有盡了本分，做該做的事情呢？「上帝拯救了我，我卻沒有頌讚上帝。」這就是說，我沒有把這一切看作上帝對我的拯救，因而也沒有感恩，我怎樣期望更大的拯救呢？

想到這些，我心裡大受感動，立即跪下來大聲感謝上帝，感謝祂使我病好復原。

七月四日　早上，我拿起《聖經》從《新約》讀起。這次我是真正認真讀了，並決定每天早晚都要讀一次，也不規定一定要讀多少章，只要想讀就讀下去。認真讀經之後不久，心中受到深切、真誠的感動，覺悟到自己過去的生活，實在罪孽深重，夢中的情景又一次浮現在我的面前。我認真思考了夢中聽到的那句話：「所發生的一切事情都不能使你懺悔。」那天，我真誠地祈求上帝給我懺悔的機會。忽然，就像有天意似的，在我照例翻閱《聖經》時，讀到了這句話：「上帝又高舉他在自己的右邊，立為君王和救主，將悔改的心和赦罪的恩賜給以色列人。」於是，我放下書，雙手舉向天空；同時，我的心靈也升向天上，並欣喜若狂地高喊：「耶穌，您大衛的兒子，耶穌，您被上帝舉為君王和救主，請賜給我悔改的心吧！」

這是我有生以來第一次算得上真正的祈禱，因為，我這次祈禱與自己的境遇聯繫了起來，而這次祈禱是受了上帝的話的鼓舞，抱著一種眞正符合《聖經》精神的希望。也可以說，只有從這時起，我才開始希望上帝能聽到我的祈禱。

現在，我開始用一種與以前完全不同的觀點，了解我上面提到的那句話：「你若呼求我，我就一定會拯救你。」過去我所理解的所謂拯救，就是把我從目前的困境解救出來，因爲雖然我在這裡自由自在，但這座荒島對我來說實在是一座牢獄，而且是世界上最壞的牢獄。而現在，我從另一種意義上來理解「拯救」的含義：我回顧自己過去的生活，感到十分驚恐，我深感自己罪孽深重。因此，我現在對上帝別無他求，只求祂把我從罪孽的深淵中拯救出來，因爲，我的負罪感壓得我日夜不安。至於我當前孤苦伶仃的生活，就根本算不了什麼。我無意祈求上帝把我從這荒島上拯救出去，我連想都沒有這樣想過。與靈魂獲救相比，肉體的獲救實在無足輕重。

在這裡，我說了這些話，目的是想讓讀者明白：一個人如果眞的世事通明，就一定會認識到，眞正的幸福不是被上帝從患難中拯救出來，而是從罪惡中拯救出來。

現在，閒話少說，重回到日記來吧。

我當前的境況是：雖然生活依然很艱苦，但是精神卻輕鬆多了。由於讀《聖經》和祈禱，思想變得高尚了，內心也有了更多的安慰，這種寬慰的心情我以前從未有過。同時健康和體力也已恢復，我重又振作精神，安排工作，並恢復正常的生活。

七月四日至十四日　我主要的活動是帶槍外出，四處走走。像大病初癒似的人那樣，走走歇歇；隨著體力逐漸恢復，再逐步擴大活動範圍。當時，我精神萎靡，體力虛弱，一般人實難想像。我治病的方法，可以說是史無前例的；也許這種方法以前從未治癒過瘧疾。可是我也不能把這個方法介紹給別人。用這個方法瘧疾是治好了，但使我的身體虛弱不堪。此後好長一段時間，我的神經和四肢還經常抽搐。

這場大病給了我一個教訓：雨季外出對健康危害最甚，尤其是颶風和暴風帶來的雨危害最大。而在旱季，要嘛不下雨，一下雨又總是刮暴風。所以，旱季的暴風雨比九、十月間的雨危害更大。

我在荒島上已有十個多月了，獲救的可能性幾乎等於零。我有充分理由相信，在我之前，從未有人上過這孤島。現在，我已按自己的意願安排好了住所，就很想進一步了解這座小島，並看看島上還有什麼我未發現的產物。

七月十五日　我開始對這個小島作更詳細的堪察。我先走到那條小河邊。這條小河先前已經提到，是我木排靠岸的地方。我沿河而上走了約兩英里，發現海潮最遠只能到達這裡。原來這是一條小溪，溪水清澈，口感甚佳。現在適值旱季，溪裡有些地方連一滴水也沒有；即使有的話，也瀝不成水流。

在小溪旁，是一片片可愛的草地，平坦勻淨，綠草如茵；在緊靠高地的那些地勢較高的地方（顯然，這兒是河水泛濫不到的地方），長著許多菸草，綠油油的，莖稈又粗又長。附近還有其他各種各樣的植物，可惜我都不認識。這些植物也許各有各的用處，只是我不知道罷了。

我到處尋找木薯，那是熱帶印第安人用來做麵包的植物，可是沒有找到。我發現了許多很大的蘆薈，但當時不知道有什麼用途。我還看到一些甘蔗，因為是野生的，未經人工栽培，所以不太好吃。我感到這回發現的東西已不少了。在回家的路上，心裡尋思著如何利用這新發現，可是毫無頭緒。我在巴西時不曾注意觀察野生植物，如今陷入困境也就無法加以利用了。

七月十六日　第二天，我沿原路走得更遠。小溪和草地均已到了盡頭，但樹木茂盛。在那兒有不少水果，地上有各種瓜類，樹上有葡萄。葡萄長得很繁茂，葡萄藤爬滿樹枝，葡萄一串串的，又紅又大。這意外的發現使我非常高興。但經驗警告我不能貪吃。我記得，在伯爾伯里上岸時，幾個在那兒當奴隸的英國人因葡萄吃得太多，害痢疾和熱病死了。但是，我還是想出一個很好的方法利用這些葡萄，就是把它們放在太陽下晒乾，成葡萄乾收藏起來。我相信葡萄乾是很好吃的；在不是葡萄成熟的季節可以吃葡萄乾，又富營養又好吃。後來事實也證明如此。

那晚我就留在那裡，沒有回家。順便說明一下，這是我第一次在外面過夜。到了夜裡，我還是拿出老辦法，爬上一棵大樹，舒舒服服地睡了一夜。第二天早上，我又繼續我的考察。在山谷裡，我大約朝北走了四英里，南面和北面是迤邐不絕的山脈。

最後，我來到了一片開闊地，地勢向西傾斜。一灣清溪從山上流下來向正東流去。眼一片清新翠綠，欣欣向榮，一派春天氣象；周圍景色猶如一個人工花園。

我沿著這個風景秀麗的山坡往下走了一段路，心裡暗自高興，卻又夾雜著苦惱。我環顧四周，心裡不禁想，這一切現在都是我的，我是這個地方無可爭辯的君王，對這兒擁有所有權，如果可以轉讓的話，我可以把這塊地方傳給子遜後代，像英國采邑的領主那樣。在那裡，我又發現了許多椰子樹、橘子樹、檸檬樹和橙子樹，不過都是野生的，很少結果子，至少目前如此。可是我採集的酸橙不僅好吃，且極帶營養。後來，我把橙汁摻水，吃起來又滋養，又清涼，又提神。

現在，我得採集一些水果運回家了。我採集了葡萄、酸橙和檸檬，準備貯藏起來好在雨季享用。因爲我知道，雨季即將來臨。

因此，我採集了許多葡萄堆在一個地方，在另一個地方又堆了一堆，又採集了一大堆酸橙和檸檬在另一個地方。然後，我每種都帶了一些走上了回家的路。我決定下次回來時，帶個袋子或其他什麼可裝水果的東西，把採集下來的水果帶回家。

路上花了三天才到家，所謂的家，就是我的帳蓬和山洞。可是還沒到家，葡萄就都爛掉了。這些葡萄長得太飽滿，水分很多，在路上一經擠壓，就都破碎流水了，因此根本吃不成，只有少數破碎不太厲害的，尚勉強可吃。至於酸橙倒完好無損，但我不可能帶得很多。

第二天，十九日，我帶著事先做好的兩隻小袋子回去裝運我的收穫物。但是當我來到葡萄堆前面時，原來飽滿完好的葡萄，現在都東一片，西一片被拖散開，有的被踐踏得破碎不堪，有的則已吃掉了。眼前的情景一片狼籍。這使我大吃一驚。看來，附近一定有野獸出沒；至於什麼野獸，當然我無法知道。

因此，我才意識到，把葡萄採集下來堆在一起，不是辦法；用袋裝運回去，也不是辦法。堆集起來會被野獸吃掉，裝運回去會壓碎。於是，我想出了一個辦法。我採集了許多葡萄，把它們掛在横枝上；這些樹枝當然能伸出樹蔭晒到太陽，讓太陽把葡萄晒乾。但我可以用袋子儘量多帶些檸檬和酸橙回來。

這次外出回家後，我想到那山谷物產豐富，風景優美，心裡非常高興。那邊靠近溪流，樹木茂盛，不怕暴風雨的襲擊。我這時才發現，我定居的住處，實在是全島最壞的地方。總之，我開始考慮搬家問題，打算在那兒找一個安全的場所安家，因爲那兒物產豐富，景色宜人。

搬家的念頭在我頭腦裡盤旋了很久；那地方風光明媚，特別誘人。有時，這種念頭特別強烈。但仔細一想，住在海邊也有住在海邊的好處。說不定還有一些別的倒楣蛋，跟我一樣交上惡運，來到這座荒島上。當然，這種事情發生的希望確實很小很小，但把自己關閉在島中央的山林裡，無異於把自己禁閉起來。那時，這種事情不僅沒有希望發生，就連可能性也沒有了。思前想後，覺得家還是不搬爲好。

家是不準備搬了，但我確實非常喜歡那地方。因此，在七月份這一個月中，我常去那兒，決定在那兒造一間茅舍，而且用一道結實堅固的圍牆把它從外面圍起來。圍牆是由兩層籬笆築成的，有我自己那麼高，樁子打得很牢固，樁子之間塞滿了矮樹。我睡在裡面很安全。有時在裡面一連睡上兩三個晚上，出入也用一架梯子爬上爬下。這樣，我想我有了一座鄉間住宅和一座海濱住宅。這座鄉間住宅到八月初才告完工。

我剛把新居的圍牆打好，準備享受自己的勞動果實，就下起大雨。我被困在舊居，無法外出。在新居，我也像這兒舊居那樣用帆布搭了個帳篷，並且支撐得十分牢固，但那兒沒有小山擋住風暴，下大雨時也無山洞可退身。

如上所述，八月初，我建好了茅舍，準備在裡面享受一番。八月三日，我發現原先掛在樹上的一串串葡萄已完全晒乾了，成了上等葡萄乾，便動手把它們從樹上收下來，我慶幸自及時收下了葡萄乾，否則，後來馬上大雨傾盆，葡萄乾肯定會全毀了。那樣我就會失去冬季一大半的食物。事實上，我差不多晒了兩百來串葡萄，而且每串都很大。我剛把葡萄乾全收下來，並把大部分運到舊居山洞裡貯藏時，就下起了雨。從這時起，也就是從八月十四日起，一直到十月中旬，幾乎天天下雨；有時滂沱大雨，一連幾天無法出門。

在這個雨季裡，我的家庭成員增加了，這大大出乎我的意料之外。在此之前，有一隻貓不見了，不知是死了呢，還是跑了，我一無所知，所以心裡一直十分掛念。不料在八月底，牠忽然回來了，還帶回三隻小貓。這使我驚訝不已，更使我感到奇怪的是，這些小貓完全是家貓，與大貓長得一模一樣，牠們是怎麼生出來的呢？因為我的兩隻貓都是母貓。島上確實有野貓，我還用槍打死過一隻。但那種野貓完全是另外一種品種，與歐洲貓不樣。後來，這三隻小貓又繁殖了許多後代，鬧得我不可開交。最後，我把這些泛濫成災的貓視為害蟲野獸，不是把牠們殺掉，就是把牠們趕出家門。

從八月十四日到二十六日，雨下個不停，我無法出門。現在我不敢淋雨了。在此期間，一直困在屋內，糧食貯備逐日減少。我曾冒險兩次外出。第一次打了一隻山羊，第二次，最後，天即二十六日，找到了一隻大鱉，使我大享口福。我的糧食是這樣分配的：早餐吃一串葡萄乾，中餐吃一塊烤羊肉或烤鱉（不幸的是，我沒有蒸煮東西的器皿），晚餐吃兩三個鱉蛋。

在我被大雨困在家裡時，每天工作兩三個小時擴大山洞。我把洞向另一邊延伸，一直開通到圍牆外，作為邊門和進出口。於是，我就可以從這條路進出。但這樣進出太容易，我晚上就睡不安穩；因為以前我總是把自己圍起來，密不透風。而現在，我感到空蕩蕩的，什麼野獸都可來偷襲我。當然，至今還沒有發現有什麼可怕的野獸，我在島上見到過的最大的動物，只不過是山羊而已。

九月十三日　到今天我正好來到荒島一周年。這是一個不幸的日子。我計算了一下柱子上的刻痕，發現我已經上岸了三百六十五天了。我把這天定爲齋戒日，並舉行宗教儀式，以極端虔誠謙卑的心情跪伏在地上，向上帝懺悔我的罪行；接受祂對我公正的懲罰，求祂透過耶穌基督可憐我，饒恕我。從早到晚十二小時中我不吃不喝，直到太陽下山我才吃了幾塊餅乾和一串葡萄乾，然後上床睡覺。

我很久沒守安息日了。最初，我頭腦裡沒有任何宗教觀念；後來，我忘記把安息日刻成長痕來區別周數，所以根本就不知道哪天是哪天了。現在，我計算了一下，知道已經一年了。於是，我把這一年的刻痕按星期劃分，每七天留出一個安息日。算到最後，我發現自己漏劃了一兩天。

不久我的墨水快用完了，就只好省著點用，只記些生活中的大事，一些其他瑣事，我就不再記在日記裡了。

這時，我開始摸到了雨季和旱季的規律，學會怎樣劃分這兩個季節，並爲此作相應的準備。但這個經驗來之不易，是花了代價的。下面我將告訴你們我最糟的一次試驗。前面提到過，我曾收藏了幾顆大麥穗和稻穗；這些麥穗和稻穗，起初我還以爲是憑空從地裡長出來的呢！我估計大約有三十顆稻穗和二十顆麥穗。當時，雨季剛過，太陽逐漸向南移動，我認爲這該是可以播種的時機了。

於是，我用木鏟把一塊地挖鬆，並把這塊地分成兩部分播種。在播種時，我忽然想到，不能把全部種子播下去，因爲我尚未弄清楚什麼時候最適宜下種。因此，我播下了三分之二的種子，每樣都留了一點下來。

值得慶幸的是我做對了。我這回下的種子，一顆也沒長出來。因爲種子下地之後，一連幾個月不下雨，土壤沒有水分，不能滋潤種子生長，一直到雨季來臨才冒了出來，好像這些種子剛播種下去似的。

發現第一次播下去的種子沒有長出來，我料定是由於土地乾旱之故。於是我想找一塊較潮濕的土地再試一次。二月份的春分前幾天，我在茅舍附近掘了一塊地，把留下的種子通通播下去。接下去是三、四月份的雨季，雨水滋潤了種子，不久就欣欣向榮地長了出來，得了一個好收成。但因爲種子太少，所收到的大麥和稻子每種約半斗而已。這次試驗使我成了種田好手，知道什麼時候該下種。現在我知道一年可播種兩次，收穫兩次。

我在莊稼成長時有一個小小的發現，對我後來大有用處。大約十一月，雨季剛過，天氣開始轉晴，我去了我的鄉間茅舍。我離開那兒已好幾個月了，但發現一切如舊。我修築的雙層圍牆，不僅完好無損，而且，從附近砍下來的那些樹椿都發了芽，並長出了長長的梯枝條，彷彿是去年被修剪過的柳樹一樣。我不知道這些是什麼樹，但看到這些小樹都成活了，眞是喜出望外。我把它們修剪了一番，盡可能讓它們長得一樣高。三年後，這些樹長得體態優雅，簡直令人難以置信。雖然籬笆的直徑長達25碼，然而這些樹很快把籬笆遮住。這兒眞可謂是綠樹成蔭，整個旱季住在裡面十分舒適。

由此得到啓發，我決定在我原來住地的半圓形圍牆外，也種一排樹。我在離籬笆大約八碼的地方，種了兩排樹，或者也可說打了兩排樹樁。樹很快長起來。開始，樹木遮住了我的籬笆。使我的住所完全隱蔽起來；後來，又成了很好的防禦工事。關於這些，我將在後面再敘述。

現在我知道，在這兒不像歐洲那樣，一年分爲夏季和冬季，而是分爲雨季和旱季。一年之中的時間大致劃分如下：

二月後半月 三月 四月前半月	多雨，太陽在赤道上，或靠近赤道。
四月後半月 五月 六月 七月 八月前半月	乾旱，太陽在赤道北面。
八月後半月 九月 十月前半月	多雨，太陽回到赤道上。
十月後半月 十一月	

十二月
一月
二月前半月

乾旱，太陽在赤道南面。

雨季有時長，有時短，主要決定於風向。當然，這不過是我大致的觀察罷了。生活經驗告訴我，淋雨會生病。我就在雨季將來之前貯備好足夠的糧食，這樣我就不必冒雨外出覓食。在雨季，我盡可能待在家裡。

每到雨季，我做些適於在家做的工作。我知道，我生活中還缺少不少東西，只有用勞動耐心去做才能製造出來，待在家裡正好做這些事。特別是我曾想過許多辦法，想編一個籮筐，但我弄來的枝條都太脆，沒有用。小時候我喜歡站在城裡藤器店的門口看工匠們編籮筐或籃子什麼的。像大部分孩子一樣，我也愛管閒事；我不僅仔細觀察，有時還幫上一手，因此學會了打籮筐。現在，這技術可以派上用場了。只要有合適的材料，我就可以編出籮筐來。我忽然想，砍做木樁的那種樹的梯條，也許與英國的柳樹一樣堅韌。於是，我決定拿這種枝條試試看。

第二天，我跑到了我的那座鄉間住宅，在附近砍了些細枝條，結果發現十分合適。於是，第二次我帶了一把斧頭，準備多砍一些下來。這種樹那邊很多，不一會兒就砍下了許多枝條。我把它們放在籬笆上晒乾，然後帶回我海邊住宅的洞室裡。第二個雨季來臨後，我用它們來編筐子，並盡可能多編一些，用來裝土，或用來裝東西。我的筐子編得不太好看，但還能湊合著用。以後，我經常編些筐子，用壞了就再編新的。我還編了不少較深的筐子，又堅固，又實用。後來，我種的穀物收穫多了，就不用袋子而用這些筐子裝。

花了大量的時間解決了籮筐問題之後，我又想動手解決其他兩個問題。首先，我沒有裝液體的盛具；雖然我有兩個罐子，但那裝滿了甘蔗酒。此外，還有幾個玻璃瓶，有幾個普通大小的，還有幾個方形的，用來裝了水和烈酒。我沒有煮東西的鍋子，只有一把大壺，那也是我從大船上取下來的。可是這壺太大，不適合用來燒湯或煮肉。其次，我需要一個菸斗，但一下子無法做出來。不過後來我還是想出了辦法做了一個。

在整個夏季，或者說是旱季，我忙於栽第二道木樁和編籮筐。同時，我進行了另一件工作，占去的時間比預料的多得多。

前面曾經提到過，我一直想周遊全島。我先走到小溪盡頭，最後到達我修築鄉間住宅的地方，在那兒有一片開闊地一直延伸到海島另一頭的海邊。我決定先走到海島那頭的海岸邊。我帶著槍，斧頭，狗，及較多的火藥子彈；另外還帶了兩大塊乾糧和一大包葡萄乾。就這樣我踏上了旅程。我穿過我茅舍所在的山谷，向西眺望，看到了大海，這一天，天氣晴朗，大海對面的陸地清晰可見。我不知道那是海島，還是大陸；只見地勢很高，從西直向西南偏西延伸，連綿不斷；但距我所在的小島很遠，估計約有5海里至60海里。

我不知道那是什麼地方，可能是美洲的一部分吧！據我觀察，靠近西班牙領地，也許上面都是野人的天下。要是當時我在那兒上岸，情況肯定比現在更糟。現在，我更願聽從天命，並感到這種安排是盡善盡美的。這樣一想，我就感到心平氣和了。我不再自尋煩惱，妄想到海對面的陸地上去了。

另外，我經過了一番思考，得出了如下的結論：如果這片陸地確實是屬於西班牙領地的海岸，那遲早會有船隻經過；如果沒有船隻在那邊的海岸來往，那兒肯定是位於西班牙領地和巴西之間的蠻荒海岸，上面住著最野蠻的土人。這些土人都是吃人的野人。任何人落入他們的手裡，都會給他們吃掉。

我邊想邊緩步前進。我覺得，我現在在的小島這邊的環境，比我原來住的那邊好多了。這兒草原開闊，綠草如茵，遍地的野花發出陣陣芳香，且到處是茂密的樹林。我看到許多鸚鵡，很想捉一隻馴養起來，教牠說話。經過一番努力，我用棍子打下了一隻小鸚鵡。等牠甦醒後，我把牠帶回家。但過了好多年，我才教會牠說話，終於讓牠親熱地叫我的名字。後來，牠曾差點兒把我嚇死，不過說起來也十分有趣。

這次旅行我感到十分滿意。在地勢較低的一片地方，我還發現了不少像野兔和狐狸似的動物。這兩種動物我以前都未見到過。我打死了幾隻，不想吃牠們的肉。我沒有必要冒險，因爲不缺食物，更何況我的食物十分可口，尤其是山羊肉、鴿子和鱉這三種，而且還有葡萄乾。就每個人平均享用的食品數量而言，即使是倫敦利登赫爾菜場㉚，也不能提供更豐盛的筵席。雖然我境況悲慘，但還是應感激上天，因爲我不但不缺食物，而且十分豐盛，甚至還有珍饈佳肴。

在這次旅行中，我一天走不到兩英里遠。我總是繞來繞去，往復來回，希望能有新的發現。因此，當我走到一個地方準備待下來過夜時，人已感到十分困倦了。有時爬到樹上去睡；要是睡

㉚利登赫爾菜場，十七八世紀時倫敦最大的菜場。

在地上，四周就插上一道木樁，或把木樁插在兩顆樹間。這樣，要是有野獸走近的話，就會先把我驚醒。

我一走到海邊，便發現我住的那邊是島上環境最糟的地方，這眞是出乎我的意料。在這兒，海灘上龜鱉成群；而在我住的那邊海邊，一年半中我才找到三隻。此外，還有無數的飛禽，種類繁多；有些是我以前見過的，有些卻從未見過。不少飛禽的肉都很好吃。在這麼多飛禽中，我只認出一種叫企鵝的東西，其餘的我都叫不出名字。

這兒鳥那麼多，我本可以愛打多少就打多少，但我不想浪費彈藥。要是能打到一隻山羊就能吃得更好。可是，這兒山羊雖比我住的那邊多，但因這一帶地勢平坦，稍一靠近牠們就被發現，不像那邊我埋伏在山上難以被山羊察覺。

我承認這邊比我住的地方好得多，但我無意搬家，因爲我在那邊已住慣了。這邊再好，總覺得是在外地旅行，不是在家裡。我沿著海邊向東走，估計約走了十二英里後，我在岸上豎立了一根大柱子作爲記號，便決定暫時回家。我準備下次旅行從家裡出發，向反方向走，沿海岸往東兜上一個圈子，回到這兒立柱子的地方。這些我後面再交待。

回家時我走了另一條路。我以爲，只要我注意全島地勢就不會迷路而找不到我在海邊的居所。但我想錯了。走了兩三英里後，我發現自己進入了一個大山谷，四周群山環繞，山上叢林密布，除非看太陽才能辨出東西南北，可是此刻太陽也無助於辨別方向，因爲我不知道是在上午、中午還是下午。

更糟的是，在山谷裡的三、四天中，濃霧彌漫，不見陽光，我只得東撞西碰，最後不得不回到海邊，找到了我豎起的那根柱子，再從原路往回走。我走走歇歇，慢慢回家裡去。這時天氣炎熱，身上帶著槍枝彈藥以及斧頭等東西，感到特別沉重。

回家路上，我的狗襲擊了一隻小山羊，並把小羊抓住了。我連忙跑過去奪過小羊，把牠從狗嘴裡救了下來。我以前經常想，要是能馴養幾頭山羊，好好繁殖，那麼，我彈盡絕糧時，可以殺羊充飢。因此，我決定把這頭小山羊牽回家去飼養。

我給小羊做了個項圈，又用一直帶在身邊的麻紗做了根細繩子，頗費了一翻周折才把羊牽回我的鄉間住宅。我把小羊圈了起來就離開了。當時，我急於「回家」，因離家已一個多月了。

回到了家，我躺在吊床上，心裡有說不出的高興和滿足。這次外出，作了一次小小的漫遊，一直居無定所，總感到不稱心。現在回到家裡，跟出門在外的生活一比，更覺得這個家確實完滿無缺，舒適安定。因此我決定，如果我命中注定要在這個島上度過餘生，以後絕不離家太遠。

我在家裡待了一星期，以便好好休息，恢復長途旅行的疲勞。在這期間，我做了一件大事，就是給抓到的那隻小鸚鵡做了籠子。這時，這隻小鸚鵡已完全馴服了，並且與我親熱起來。這件大事完成後，我想起了那隻可憐的小山羊，牠一直被關在我做的羊圈裡。我決定去把牠帶回老家來。到了鄉間住宅那邊，見那小羊還在原來的圈裡——事實上，牠也不可能逃出來。因爲沒有東西吃，牠差不多快餓死了。我出去到外面弄了點嫩枝嫩葉餵牠。等牠吃飽之後，我仍像原來那樣用繩子牽著牠走。小羊因飢餓而變得十分馴服，我根本不必用繩牽牠走，牠就會像狗一樣乖乖地跟在我後面。後來，我一直飼養牠，牠變得又溫和又可愛，成了我家庭成員中的一員，從此再也沒有離開我。

時值秋分，雨季又來臨了。九月三十日這一天，是我島上的紀念日。像去年一樣，我十分虔誠地度過了這一天。我來到這島上已兩年了，但與兩年前剛上島時一樣，毫無獲救的希望。整整一天，我懷著謙卑和感激的心情，追念上帝給我的種種恩惠。如果沒有他些恩惠，我孤寂的生活就會更淒苦。我卑順地、衷心地感謝上帝，因爲上帝使我明白，儘管我目前過著孤單寂寞的生活，但也許比生活在自由快樂的人世間更幸福。上帝無時無刻不在我的身邊，時時與我的靈魂交流，支持我，安慰我，鼓勵我，讓我信賴天命，並祈求祂今後永與我在。所有這一切，都足以彌補我寂寞生活中的種種不足。

直到現在我才充分意識到，我現在的生活比過去幸福得多。儘管我目前處境不幸，但我過去過的卻是一種罪惡的、可憎的、令人詛咒的生活。我現在完全改變了對憂愁和歡樂的看法，我的願望也大不相同，我的愛好和興趣也變了。與初來島上相比，甚至有過去兩年相比，我獲得了一種前所未有的歡樂。

過去，當我到各處打獵，或勘查島上環境時，一想到自己的處境，我的靈魂就會痛苦不堪；想到自己被困在這些樹林、山谷和沙灘中間，被困在沒有人煙的荒野裡，我覺得自己就像是個囚犯，那茫茫的大海就是我牢獄的鐵柵欄，並且永無出獄之日。一想到這些，我總是憂心如焚。即使在我心境最寧靜的時候，這種念頭也會像暴風雨一樣突然向我襲來，使我扭扯雙手，像小孩一樣號啕痛哭。有時在勞動中，這種念頭也會突然襲來。我就會立刻坐下來，長吁短嘆，兩眼死盯著地面，一兩個小時一動也不動，這就更令人痛苦了。因爲，假如我能哭出來，我用語言發洩出來，苦惱就會過去；悲哀發洩出來，心情也會好一些。

但現在，我開始用新的思維修煉自己。我每天讀《聖經》，並把讀到的話與自己當前的處境相聯繫，以從中得到安慰。一天早晨，我心情十分悲涼。打開《聖經》，我讀到了這段話：「我絕不撇下你，也不丟棄你。」我立刻想到，這些話正是對我說的。否則，我怎麼會在為我自己的處境感到悲傷，在我感到自己被上帝和世人丟棄時，讓我讀到這段話呢？「好啊，」我說，「只要上帝不丟棄我，那麼，即使世人丟棄我，那又有什麼害處，又有什麼關係呢？從另一方面來說，即使世人不丟棄我，但我若失去上帝的寵幸和保佑，還有什麼能比這種損失更大呢？」

從這時起，我心裡有了一種新的認識。我在這裡雖然孤苦伶仃，但也許比我生活在世界上任何其他地方更幸福。有了這種認識，我禁不住衷心感激上帝，感謝祂把我引導到這兒來。

可是一想到這裡，不知怎麼的我心頭突然一驚，再也不敢把感謝的話說出來。我大聲對自己說：「你怎麼能做偽君子呢？你是在假裝對自己的處境表示感激，因為你一面對目前的處境表示滿足，一面卻恨不得懇求上帝，把你從這裡拯救來。」於是，我不再說話了。

事實上，我雖然不說我感謝上帝把我帶到這兒來，但我還是要衷心感謝上帝，因為祂用種種災難折磨我，使我睜開眼看清了我過去的生活，並為自己的罪惡而感到悲痛和後悔。我每次讀《聖經》總是衷心感謝上帝，是祂引導我英國的朋友把《聖經》放在我的貨物裡，雖然我沒有囑託他。我也感謝，是祂後來又幫助我把《聖經》從破船中取了出來。

就在這種心情下，我開始了荒島上的第三年生活。我雖然沒有把這一年的工作像第一年那樣一件一件地給讀者敘述，但一般說來，可以這麼說，我很少有空閒的時候。對每天必不可少的日常工作，我都定時進行，生活很有規律。譬如定出時間，一天三次祈禱上帝和閱讀《聖經》；第二，帶槍外出覓食。如果不下雨，一般在上午外出，時間約為三小時；第三，把打死或捕獲的獵物加以處理，或晒、或烤、或醃、或煮，以便收藏作為我的糧食。這些事差不多用去了每天大部分的時間。此外還必須考慮到，每天中午太陽在天頂時，酷熱難當，根本無法出門。因此每天真正能夠用來工作的時間，只有晚上四小時。不過有時我也把打獵和工作的時間調換一下，上午工作，下午帶槍外出。

一天中能工作的時間太短，我還得提一下我工作的艱苦性。因為缺乏工具，缺乏助手，缺乏經驗，做每件工作都要浪費許多時間。例如，為了在我的洞室裡做個長架子，我花了整整四十二天的功夫才做成一塊木板；而實際上，如果有兩個鋸木工在工作室裡用鋸子鋸，只要半天就能從同一棵樹上鋸出六塊木板來。

我做木板的方法是這樣的：因為我需要一塊較寬的木板，就選定一棵大樹把它砍倒。砍樹花了三天的時間，再花了兩天把樹枝削掉，這樣樹幹就成了一根大木頭，或者說是成了木材。然後用大量的時間慢慢劈削，把樹幹兩邊一點點地削平。削到後來，木頭就輕了，這樣就可以搬動了。然後把削輕的木頭放在地上，先把朝上的一面從頭至尾削光削平，像塊木板的板面一樣；再把削平的這一面翻下去，削另一面，最後削成二寸多厚兩面光滑的木板。任何人都可以想像做這樣的工作，得用雙手付出多少勞力啊！但勞力和耐心終於使我完成了這件工作以及許多其他工作。我把木板作為一個例子，說明為什麼我花了那麼多的時間只能完成很少的工作；同時也可以說明，做任何工作，如果有助手和工具，本來是一件輕而易舉的事情，但若單憑一個人空手去做，便要花費大量的勞力和時間。

儘管如此，靠著耐心和勞動，我完成了大量的工作。

下面，我將敘述我如何爲生活環境所迫，完成了許多必不可少的工作。

現在正是十一、十二月之間，即將收穫大麥和稻子。我耕種和施肥的面積不大，因爲，上面說過，我所有的種子每樣只不過半斗，而又因第一次在旱季播種，把播下去的種子完全毀了。但這一切卻豐收在望。但是我突然發現，莊稼受到好幾種敵人的威脅，而且這些敵人簡直難以對付。全部收穫又將喪失殆盡。首先，就是山羊和像野兔似的野物。牠們嘗到了禾苗的甜味後，等禾苗一長出來，就晝夜伏在田裡，把長出地面的禾苗吃光，禾苗根本就無法長出莖稈來。

除了做籬笆把莊稼地圍起來，我想不出其他辦法。我花了大量艱苦的勞動，才把籬笆築好。尤其吃力的是，我必須很快把籬笆建成。好在我種子不多，因而耕種面積也不大，所以不到三星期我就把莊稼地圍起來了。白天，我打死了三隻野物；晚上，我把狗拴在大門外的一根柱子上，讓狗整夜吠叫，看守莊稼地。不久，那些敵人就捨棄了這塊地方，莊稼長得又茁壯又好，並很快成熟起來。

在莊稼長出禾苗時，遭到了獸害；而現在莊稼結穗時，又遇到了鳥害。一天，我到田裡去看看莊稼的生長情況，卻發現無數的飛禽圍住了我那塊小小的莊稼地，飛禽種類之多，簡直數不勝數。牠們圍著莊稼地，彷彿等我走開後就可飛進去飽餐一頓。我立刻向鳥群開了槍（我外出時是槍不離身的）。槍聲一響，我又看到在莊稼地中，有無數的飛禽紛紛騰空而起，而剛才我還沒有發現在莊稼地中竟也潛伏著這麼一大群飛禽。

這使我非常痛心。可以預見，要不了幾天，牠們就會把我的全部希望吃個精光。我將無法耕種任何莊稼，到頭來只好挨餓，而我又不知如何對付這些飛禽。但我決心不能讓我的莊稼白白損失，即使是整天整夜守著也在所不惜。我先走進莊稼地看看損失的情況，發現那些飛禽已糟蹋了不少莊稼，但大麥和稻子還都在發青期，所以損失還不大。假如我能把其餘部分保住，還可能有一個不錯的收成。

我站在莊稼地旁，把槍裝上彈藥。當我走開時，我清楚地看到那些偷穀賊都停在周圍的樹上，好像專等我走開似的。事實也確實如此。我慢慢走遠，假裝已經離開。一旦牠們看不見我了，就立即又一個個撲進莊稼地。見此情景，我氣極了，等不及讓更多的鳥飛下來，我就走到籬笆邊開了一槍，一下子打死了三隻。因爲我知道，牠們現在所吃的每一顆穀粒，幾年後對我來說就是一大斗。鳥給打死了，這正是我所期望的。我把打死的鳥從地裡拾起來，用英國懲治惡名昭著的竊賊的辦法，把牠們用鎖鏈吊起來，以儆效尤。眞想不到，這個辦法居然十分靈光。從此以後，那些鳥不僅不敢再到莊稼地來，甚至連島上的這一邊也不敢飛來了。在那些示衆的死鳥掛在那兒期間，附近連一隻鳥都看不見。

不用說，這件事使我很高興。十二月底，是一年中的第二個收穫季節，我收割了我的莊稼。

要收割莊稼，就得有鐮刀；可是我沒有，這就難爲我了。無奈之中，只得用一把腰刀來做；這種腰刀是我從船上的武器艙中取出來的。好在第一次收成不多，所以割起來也沒多大困難。而且，我收割的方法也非常獨特：只割下麥穗或稻穗，把莖幹留下來。我把穗子裝進自製的大筐子裡搬回家，再用雙手把穀粒搓下來。收穫完畢後，我發現原來的半斗種子差不多多結了兩斗稻和兩斗半多的大麥。這當然只是我估計罷了，因爲當時手頭根本就沒有量器。

這對我是一個極大的鼓勵。我預見早晚有一天上帝會賜給我麵包吃。可是，現在我又感到爲難了。因爲我既不知道怎樣把穀粒磨成粉，也根本不知道怎樣脫穀，怎樣篩去秕糠；即使能把穀粒磨成粉，我也不知道樣把粉做成麵包；即使做成了麵包，也不知怎樣烤麵包。另外，我想多積一點糧食，以保證不斷供應。爲此，我決定不吃這次收穫的穀物，而是全部留起來做種子，待下一季再播種。同時，我決定用全部時間全力研究磨麵粉和烤製麵包這一艱巨的工作。

人們常說「爲麵包而工作」，其意思是「爲生存而工作」。而現在，我可說是眞的爲「麵包」而工作了。爲了製成麵包這樣小小的不起眼的東西，你得先做好播種準備，生產出糧食，再要經過晒、篩、製、烤等各種種奇怪而繁雜的必不可少的過程，眞不能不令人驚嘆。我想，很少人會想到，我們天天吃的麵包要眞的自己動手從頭做起是多麼不容易啊！

目前，我猶如初生的嬰孩，除了自己一身之外，別無他物。做麵包的事成了天天苦惱我的心病。而且，自從我第一次無意中發現在石壁下長出稻子和大麥，並獲得了一把糧種之後，隨著時光的流逝，我簡直無時無刻不想到做麵包的事。

首先，我沒有犁，無法耕地；也沒有鋤頭或鏟子來掘地。這個困難我克服了，前面提到，我做了一把木頭鏟子。工具拙劣，幹起活來很不得力。雖然我花了不少日子才做成一把木鏟，但因爲沒有鐵，很快就磨損了。結果工作更加困難，效率也更低。

儘管如此，我還是將就著使用這種木鏟；我耐著性子用木鏟掘地，即使效果不佳也不在意。種子播下後，我又沒有耙，不得不自己在地裡走來走去，或用一顆大樹在地裡拖來拖去。這樣做與其說是在耙地，還不如說是在扒地。

在莊稼成長和成熟的時候，我前面也已談到，還有許多事要做。我要給莊稼地打上籬笆，又要保護莊稼不受鳥害。然後是收割、晒乾、運回家、打穀、簸去秕糠，而後把穀物收藏起來。然而，我沒有磨，無法磨穀；我沒有篩子，無法篩粉；我沒有發酵粉和鹽，無法做麵包；我也沒有爐子烤麵包。所有這一切，我都一無所有，但我還是做成了麵包。

這些事我將在下面再告訴讀者，但在當時，我總算有了自己的糧食，這時我是極大的安慰，爲我的生活帶來了更多有利的條件。前面提到，沒有適當的工具，一切事情做起來特別吃力，特別費時間，可是也沒有辦法。同時，我也沒有浪費時間。我把時間分配得很好，每天安排出一定的時間來做這些事。我已決定等我收穫了更多的糧食後再做麵包，所以我還有六個月的時間；在這半年中，我可以運用我全部的精力和心血，設法製造加工糧食各項工作所需要的各種器具。到時，有了足夠的糧食，就可以用來製造麵包了。

目前，第一步，我必須多準備一點土地，因爲我現在有了足夠的種子，可以播種一英畝還多。在耕地之前，我至少花了一個星期做了把鏟子。鏟子做得又拙劣，又笨重，拿它去掘地，要付出雙倍的勞力。但不管怎麼說，我總算有了掘地的工具，並在我住所附近找到了個兩大片平地把種子播下去。然後就是修築了一道堅實的籬笆把地圍起來，籬笆的木樁都是從我以前栽過的那種樹上砍下來的。我知道這種樹生長很快，一年內就能長成茂密的籬笆，用不著多少工夫去修理。這個工作花了我三個多月的時間，因爲這期間大部分時間是雨季，我無法出門，故修築籬笆的事只能斷斷續續。

在家裡，也就是說，在下雨不能出門的時候，我也找些事情做。我一面工作一面向我的鸚鵡閒扯，以教牠說話作建消遣。不久我就教會牠知道牠自己叫什麼，後來牠居然會響亮地叫自己爲「波兒」。這是我上島以來，第一次從別的嘴裡聽到的話。教鸚鵡說話當然不是我的工作，只是工作中的消遣而已。

前面談到，我目前正在著手一件重要的工作。我早就想用什麼辦法製造一些陶器，我急需這類東西。就是不知怎麼做。這裡氣候炎熱，因此，我敢肯定，只要能找到陶土，就能做一些缽子或罐子，然後放到太陽底晒乾；炎熱的太陽一定能把陶土晒得既堅硬又結實，並能經久耐用，可以用來裝一些需要保存的乾東西。要加工糧食，製造麵粉等工作，就必須要有盛器貯藏。所以，我決定儘量把容器做大一些，可以著地放，裡面就可以裝東西。

要是讀者知道我怎樣製造這些陶器，一定會爲我感到又可憐又可笑。我不知用了多少笨拙的方法去調合陶土，也不知做出了多少奇形怪狀的醜陋的傢伙；有很多因爲陶土太軟，承不住本身的重量，不是凹進去，就是凸出來，根本不合用；有的又因爲晒得太早，太陽熱力過猛而晒裂了；也有一堆在晒乾後一搬動就碎裂了。一句話，我費了很大的力氣去找陶土，找到後把土挖出來，調合好，運回家，再做成泥甕。結果，我工作了差不多兩個月的時間，才做成兩個大瓦器，樣子非常難看，簡直無法把它們叫作缸。

最後，太陽終於把這兩個大瓦器晒得非常乾燥，非常堅硬了。我就把它們輕輕搬起來，放進兩隻預先特製的大條筐裡，防備它們破裂。在缸和筐子之間的空隙處，又塞上了稻草和麥稈。現在，這兩個大缸就不會受潮，以後我想就可以用來裝糧食和糧食磨出來的麵粉。

我大缸做得不成功，但那些小器皿卻做得還像樣，像那些小圓罐啦，盤子啦，水罐啦，小瓦鍋啦等等。總之，一切我隨手做出來的東西，都還不錯；而且由於陽光強烈，這些瓦器都晒得特別堅硬。

但我還沒有達到我的最終目的。這些容器只能用來裝東西，不能用來裝流質放在火上燒，而這才是我眞正的目的。過了些時候，一次我偶然生起一大堆火煮東西，煮完後我就去滅火，忽然發現火堆裡有一塊陶器的碎片，被燒得像石頭一樣硬，像磚一樣紅。這一發現使我驚喜萬分。我對自己說，破陶器能燒，整隻陶器當然也能燒了。

於是，我開始研究如何控制火力，給自己燒出幾個鍋子來。我當然不知道怎樣搭一個窖，就像那些陶器工人燒陶器的那種窖；我也不知道怎樣用鉛去塗上一層釉，雖然鉛我還是有一些的。我把三個大泥鍋和兩三個泥罐一個個堆起來，四面架上木柴，泥鍋和泥罐下生了一大堆炭火，然後在四周和頂上點著了火，一直燒到裡面的罐子紅透爲止，且十分小心不讓火把它們燒裂。我看到陶器燒得紅透後，又繼續保留了五、六小時的熱度。後來，我看其中一個雖然沒有破裂，但已開始溶化了，這是因爲在摻在陶土裡的沙土被火燒去，假如再燒下溶了，就要成爲玻璃了。於是我慢慢減去火力，那些罐子的紅色逐漸退去。我整夜守著火堆，不讓火力退得太快。到了第二天早晨，我便燒成了三個很好的瓦鍋和兩個瓦罐，雖然談不上美觀，但很堅硬；其中一個由於沙土被燒熔了，還有一層很好的釉。

這次實驗成功後，不用說，我不缺什麼陶品用了。但我必須說，這些東西的形狀是很不像樣的。大家也可以想像，因爲我沒有辦法製造這些東西，只能像小孩子做泥餅，或像不會和麵粉的女人做餡餅那樣去做。

當我發現我已製成了一個能耐火的鍋子時，我的快樂眞是無可比擬的，儘管這是一件多麼微不足道的事。我等不及讓鍋子完全冷透，就急不可耐地把其中一個放到火上，倒進水煮起肉來。結果效果極佳。我用一塊小山羊肉煮了一碗可口的肉湯。當然，我沒有燕麥粉和別的配料，否則我會做出非常理想的湯來。下一個問題是我需要一個石臼舂糧食。因爲我明白，僅憑自己的一雙手，是無法做出石磨的。至於如何做石臼，我也一籌莫展。三百六十行中，我最不懂的就是石匠手藝了，更何況沒有合適的工具。我費了好幾天的功夫，想找一塊大石頭，把中間挖空後做個石臼。可是島上盡是大塊岩石，根本無法挖鑿，而且石質不硬，是一些一碰就碎的沙石，經不住重杵去舂，而且即使能搗碎穀物，也必然會從石臼中舂出許多沙子和在麵粉裡。因此，當我花了很長時間找不到適當的石料時，就放棄了這個念頭，決定找一大塊硬木頭。這要容易得多。我弄了一塊很大的木頭，大得我勉強能搬得動。然後，用大斧小斧把木頭砍圓；當它初具圓形時，就用火在上面燒一個槽。火力和無限的勞力，就像巴西的印第安人做獨木舟那樣終於把臼做成了。又用鐵樹做了一個又大又重的杵。舂穀的工具做好之後，我就放起來準備下次收穫後舂麥做麵粉，再用麵粉做麵包。

第二個需要克服的困難是，我得做一個篩子篩麵粉，把麵粉和秕糠分開。沒有篩子就無法做麵包。做篩子想想也把我難倒了。我沒有任何材料可以用來做篩子，也就是那種有很細很細網眼的薄薄的布可以把麵粉篩出來。這使我停工好幾個月，不知怎麼辦才好。除了一些破布碎片外，我連一塊亞麻布也沒有。雖然我有山羊毛，但我根本不知道怎樣紡織，即使知道，這裡也沒有紡織工具。後來，我忽然想起一個補救方法，也是當時唯一的辦法，那就是在從船上搬下來的那些水手衣服裡，有幾塊棉布和薄紗圍巾。我拿了幾塊出來做成三個小篩子，總算能湊合著用，就這樣應付了好幾年。至於後來怎麼辦，我下面再敘述㉛。

下一步要考慮的是烘麵包的問題，也就是我有了糧食之後怎樣製成麵包。首先，我沒有發酵粉。這是絕對沒有辦法做出來的，所以我也就不去多費腦筋了。至於爐子的問題，頗費了我一番周折。但最後，我還是想出了一個試驗的辦法。具體做法如下：我先做了些很大的陶器，但不太深；這些容器直徑有兩英尺，但深僅九英寸。像上次燒製陶器那樣，我把它們也放在火裡燒過，完工後就成了大瓦盆，放置一邊備用。烘麵包時，我先用方磚砌成一個爐子；這些方磚也是我自己燒製出來的，只不過不怎麼方正罷了。然後，在爐子裡生起火。

當木柴燒成熱炭或熾炭時，我就把它們取出來放在爐子上面，並把爐子蓋滿，讓爐子燒得非常熱。然後把所有的火種通通掃盡，把麵包放進去，再用做好的大瓦盆把爐子扣住、瓦盆上再蓋滿火種。這樣做不但能保持爐子的熱度，還能增加熱度。用這種方法我烘出了非常好的大麥麵包，絕不亞於世界上最好的爐子烘出來的麵包。不久之後，我就成了一個技術高明的麵包師傅，因爲我還用大米製成了一些糕點和布丁。不過，我沒有做過餡餅，因爲除了飛禽羊肉外，我沒有別的佐料可以放進去。

毫不奇怪，這些事情占去了我在島上的第三年的大部分時間。一方面我要爲製麵包做許多事

㉛有好幾處：作者談到後面要交待的事，後來都忘記交待了此僅一例而已。

情；另一方面我還要料理農務，收割莊稼。我按時收穫，把穀物都運回家。我把穗子放在大筐子裡，有空時就用雙手搓出來。因爲我既無打穀場，也無打穀的工具。

現在，我的糧食貯藏量大大增加了，就必須擴建穀倉。我需要有地方來存放糧食。現在，我已有了二十蒲式耳大麥和二十多蒲式耳大米，可以放心吃用了，因爲我從船上取下來的糧食早就吃完了。同時，我也想估算一下，一年要消耗多少糧食，然後準備一年只種一季，數量足夠我吃就行了。

我發現，四十蒲式耳（一蒲式耳約36升）的大麥和大米夠我吃一年還有餘。因此我決定每年播種同樣數量的種子，並希望收獲的糧食足夠供應我做麵包和其他用途。

毫無疑問，在做上述那些事情的同時，我常想到我在島上另一邊所看到的陸地。我心裡暗暗懷著一種願望，希望能在那裡上岸，並幻想自己在找到大陸和有人煙的地方之後，就能繼續設法去其他地方，最終能找到逃生的辦法。

那時，我完全沒有考慮這種情況的危險性，沒有考慮到我會落入野人的手裡，而這些人比非洲的獅子和老虎還要凶殘，我一旦落入他們的手裡，就要冒九死一生的危險，不是給他們殺死，是給他們吃掉。我聽說，加勒比海沿岸的人都是吃人的部族。而從緯度來看，我知道我目前所在的這個荒島離加勒比海岸不會太遠。再說，就算他們不是吃人的部族，他們也一定會把我殺掉。他們正是這樣對待落到他們手裡的歐洲人的，即使一、二十個歐洲人成群結伙也難免厄運。而我只是孤身一人，毫無自衛的能力。這些情況我本來應該好好考慮的，可是在當時卻絲毫也沒有使我害怕，儘管後來我還是考慮到了這種危險性。那時我頭腦裡考慮的只是怎樣登上對面的陸地。

這時，我懷念起我那小僕人佐立和那艘長舢舨了；我和佐立駕著那掛著三角帆的舢舨沿非洲海岸航行了一千多英里啊！然而，光思念也於事無補。所以我想到去看看我們大船上的那艘小艇。前面已談到過，這小艇是在我們最初遇難時被風暴刮到岸上來的。小艇差不多還躺在原來的地方，但位置略有變更，並且經風浪翻了個身船底朝天，擱淺在一個高高的沙石堆上四面無水。

如果我有助手，就可以把船修理一下放到水裡，那就一定能坐著它回巴西。當時，我應該考慮到，憑我一個人的力量，是絕對不可能把這艇翻個身，讓它船底朝下，就像我無法搬動這座島一樣。我只是一心想把船翻個身，然後把受損的地方修好，成爲一條不錯的船，可以乘著它去航海。所以我還是走進樹林，砍了一些樹幹想做杠杵或轉木之用。然後把這些樹幹運到小艇旁，決定盡我所能試試看。

我不遺餘力去幹這件工作，最後只是白費心思和力氣，卻浪費了了我整整三、四個星期的時間。後來，我終於意識到，我的力氣是微不足道的，根本不可能把小艇抬起。於是，我不得不另想辦法，著手挖小艇下面的沙子，想把下面挖空後讓小艇自己落下去；同時，用一些木頭從下面支撐著，讓小艇落下來時翻個身。

船是落下來了，我卻無法搬動它，也無法從船底下插入杠杆轉木之類的東西，更不要說把它移到水裡去了。最後，我只得放棄這個工作。可是，我雖然放棄了使用小艇的希望，我要去海島對面大陸上的希望不但沒有減退，反而因爲無法實現而更加強烈。

最後，我想到，能否像熱帶地區的土人那樣做一艘獨木舟呢，儘管我沒有工具，沒有人手。所謂獨木舟，就是用一棵大樹的樹幹做成的。我覺得這不但可能，而且很容易做到。做獨木舟的想法，使我非常高興。而且，我還認爲，與黑人或印第安人相比，我還有不少有利條件。但我卻完全沒有想到，比起印第安人來，我還有許多特別不利的條件，那就是，獨木舟一旦做成後，沒有人手可以幫我讓獨木舟下水。是的，印第安人有印第安人的困難，他們沒有工具，但是，我缺少人手的困難更難克服。如果我能在樹林裡找到一棵大樹，費了很大的勁把樹砍倒，再用我的工具把樹的外部砍成小舟形狀，然後把裡面燒空或鑿空，做成一艘小船；假如這些工作全部完成後，小船仍不得不留在原地而無法下水，那對我又有什麼用處呢？

人們也許會想到，我在做這小船時，不可能一點也沒想到我所處的環境；我應該立即想到小舟下海的問題。可是，我當時一心一意只想乘小舟去航行，從不考慮怎樣使小舟離開陸地的問題。而實際上，對我來說，駕舟在海上航行四十五英里，比在陸地上使它移動四十五尋（一尋等於六英尺）後讓它下水要容易得多。

任何有頭腦的人都不會像我這樣傻就著手去造船。我對自己的計劃十分得意，根本不去仔細想想計劃的可行性。雖然我也想到船建成後下水可能是一大難題，但對於自己的疑惑，我總是愚蠢地認爲：「把船造好了再說。到時總會想出辦法的。」

這是最荒謬的辦法。我眞是思船心切，立即著手去工作。我砍倒了一棵大柏樹。我相信，連所羅門造耶路撒冷的聖殿時也沒有用過這樣大的木料。靠近樹根的直徑達五英尺十英寸，在二十二英尺處直徑也達四英尺十一英寸，然後才漸漸細下去，並開始長出枝叉。我費盡辛苦才把樹砍倒：用二十三天時間砍斷根部，又花了十四天時間使用大斧小斧砍掉樹枝和向四周張開的巨大的樹頂；這種勞動之艱辛眞是一言難盡。然後，又花了一個多月的時間又砍又削，最後刮出了船底的形狀。使其下水後能浮在水上。這時，樹幹已砍削得初具船的形狀了。接著又花將近三個月的時間挖空中間，做得完全像艘小船。在挖空樹幹時，我不用火燒，而是用槌子和鑿子一點一點地鑿空，最後確實成了一艘像模像樣的獨木舟，大得可乘26個人。這樣，不僅我自己可以乘上船，而且可以把我所有的東西都裝進去。

這項工程完成後，我心裡高興極了。這艘小船比我以前看到過的任何獨木舟都大。當然，做成這艘大型獨木舟我是費盡心血的。現在，剩下的就是下水問題了。要是我的獨木舟眞的下水了，我肯定會進行一次有史以來最爲瘋狂、最不可思議的航行了。

儘管我想盡辦法，費盡力氣，就是無法使船移動一步。小船所在的位置離水僅僅一百碼，絕不會再多。第一個難處是，從小船所在的位置到河邊，正好是個向上的斜坡。爲此，我決定把地面掘平，掘出一個向下的斜坡。於是，我立即動手進行這項工程，並且也歷盡艱辛。當想到有可能逃生的機會，誰還會顧得上艱難困苦呢？不料完成了這項工程，克服了這一障礙後，我還是一籌莫展。我根本無力移動這艘獨木舟一步，就像我無法移動擱淺在沙灘上的那艘小艇一樣。

既然我無法使獨木舟下水，就只得另想辦法。我把現場的距離丈量了一下，決定開個船塢或開條運河，把水引到船底下來。於是我又著手這項大工程。一開始，我就進行了一些估算：看看運河要挖多深多寬，怎樣把挖出來的土運走。結果發現，若我一個人進行這項工程，至少要花十至十二年。因爲河岸很高，達二十英尺。最後，我不得不放棄這個計劃，儘管心裡很不願意。

這件事使我非常傷心。到這時我才明白——雖然爲時已晚——做任何事，若不預先計算一下所需的代價，不正確估計一下自己力量，那是十分愚蠢的！

這項工作進行到一半，我也結束了荒島上第四年的生活。和以往一樣，我以虔誠和欣慰的心情，度過我上島的周年紀念日。我常常閱讀《聖經》，並認眞付諸實踐，再加上上帝對我的恩寵，我獲得前所未有的全新認識。對我來說，世界是遙遠的；我對它已沒有任何關係，也沒有任何期望。可以說我於世無求。總之，我與世界已無什麼牽連，而且以後也不會再發生什麼關係。因此，我對世界的看法，就像我們離開人世後對世界的看法一樣：這是我曾經居住過的地方，但現在已經離開了。我完全可以用亞伯拉罕對財主的那句話：「你我中間隔著一條深淵。」

首先，我在這裡擺脫了一切人世間的罪惡。我既無「肉體的欲望、視覺的貪欲」，也無「人生的虛榮」。我一無所求，因爲，我所有的一切，已盡夠我享受了。我是這塊領地的主人，假如我願意，我可以在我占有的這片國土上封王稱帝。我沒有敵人，也沒有競爭者與我來爭權爭勢。我可以生產出整船的糧食，可是這對我沒有用處，我只要生產足夠我吃用的糧食就行了。我有很多的龜鱉，但我只要偶爾吃一兩隻就夠了。我有充足的木材，可以用來建造一支船隊。我有足夠的葡萄，可以用來釀酒或製葡萄乾，等把船隊建成，可以把每隻船都裝滿。

我只能使用對我有用的那些東西。我已經夠用夠吃，還貪圖別的什麼呢？若獵獲物太多，吃不了就得讓狗或蟲貓去吃；糧食收穫太多，吃不了就會發霉；樹木砍倒不用，躺在地上會腐爛，除了作柴燒烹煮食物外，根本沒有什麼別的用處。

總之——事理和經驗使我懂得，世間萬物除非有用處，才是最可寶貴的。任何東西，積攢多了，就應送給別人；我們能夠享用的，至多不過是我們能夠使用的部分，多了也沒有用。即使是世界上最貪婪、最一毛不拔的守財奴，處在我現在的地位，也會把貪得無厭的毛病治好，因爲我現在太富有了，簡直不知道如何支配自己的財富。我心裡已沒有任何貪求欲念。我缺的東西不多，所缺的也都是一些無足輕重的小東西。前面我曾提到過，我有一包錢幣，其中有金幣，也有銀幣，總共大約值三十六金鎊。可是，這些骯髒、可悲而無用的東西，至今還放在那裡，對我毫無用處。我自己常常想，我寧願用一大把金幣去換十二打菸斗，或換一個磨穀的手磨器具。我甚至願意用我全部的錢幣去換價值僅六個便士的英國蘿蔔和胡蘿蔔種子，或者去換一把豆子或一瓶墨水。可是現在，那些金錢銀幣對我一點也沒有用處，也毫無價值。它們放在一個抽屜裡，而一到雨季，由於洞裡潮濕，就會發霉。在這種情況下，即使我抽屜裡堆滿鑽石，對我來說也毫無價值，因爲它們毫無用處。

與當初上島時相比，我已大大改善了自己的生活狀況。我不僅生活舒適，而且心情安逸。每當我坐下來吃飯，總會有一種感激之情，驚異上帝萬能，竟然能在曠野爲我擺設筵席。我學會多看看自己生活中的光明面，而不是生活中的黑暗面；多想想自己所得到的享受，而不是所缺乏的東西。這種態度使我內心感到由衷的安慰，實難言表。

在這兒，我寫下這些話，就是希望那些不知滿足的人能有所覺醒：他們之所以不能舒舒服服地享受上帝的恩賜，正是因爲他們老是在企望和貪求他們還沒有得到的東西。我覺得我們老是感到缺少什麼東西而不滿足，是因爲我們對已經得到的東西缺少感激之情。

還有一種想法對我也大有好處，而且，這種反省毫無疑問對遇到我這種災難的其他任何人也一定大有用處。那就是拿我目前的情況跟我當初所預料的情況加以比較，或者不如說，跟我必然會遭遇的情況加以比較。上帝神奇地作出了目前這樣的安排，把大船沖近海岸，讓我不僅靠近它，還能從上面取下所需要的東西搬到岸上，使我獲得救濟和安慰。假如不是這樣，我就沒有工具工作，沒有武器自衛，沒有彈藥獵取食物了。

我有時一連幾小時，甚至好幾天沈思冥想。我自己設想：假如我沒能從船上取下任何東西，那將怎樣辦呢？假如那樣，除了鱉外，我就找不到任何其他食物了；而鱉是很久之後才發現的，那麼，我一定早就餓死了。即使不餓死，我也一定過著野人一樣的生活，即使想方設法打死一隻山羊或一隻鳥，我也無法把牠們開膛破肚，剝皮切塊，而只好像野獸一樣，用牙齒去咬，用爪子去撕了。

這種想法使我深深地感到造物主對我的仁慈，儘管我當前的處境相當困苦不幸，但我還是充滿了感激之情。在困苦中的人常常會哀嘆：「有誰像我這樣苦啊！」我勸他們好好讀讀我這段話，並好想一想，有些人的情況比他們還要壞得多。還應想一想，假如造物主故意捉弄他們，他們的景況將會糟得多。

此外，還有一種想法，使我心裡充滿了希望，從而內心獲得極大的安慰。那就是，把我目前的境況與造物主對我的報應加以比較。過去，我過著可怕的生活，對上帝完全缺乏認識和敬畏。我父母曾給我很好的教育，他們也盡力教導我應敬畏上帝，教育我應明白自己的責任，明白做人的目的和道理。可是，天哪，我很早就當了水手，過著航海生活。要知道，水手是最不尊敬不畏懼上帝的人，儘管上帝使他們的生活充滿了恐怖。由於我年輕時就過水手生活，與水手們爲伍，我早年獲得那不多的宗教意識，早就從我的頭腦裡消失得一乾二淨了。這是由於伙伴們的嘲笑，由於經常遭遇危險而視死如歸，由於沒有與善良的人交往而從未聽到有益的教導，因此本來就十分淡薄的宗教信仰，就消失殆盡了。

那時，我完全沒有善心，也不知道自己的為人，不知道該怎樣做人；因此，即使上帝賜給我最大的恩惠，在我心裡或嘴裡卻從未說過一句「感謝上帝」的。譬如，我從從薩累出逃，被葡萄牙船長從海上救起來，在巴西安身立命並獲得發展，從英國運回我採購的貨物，凡此種種，難道不都是上帝的恩賜嗎？另一方面，當我身處極端危難之時，我從不向上帝祈禱，也從不說聲：「上帝可憐可憐我吧！」在我的嘴裡，要是提到上帝的名字，那不是賭咒發誓，就是惡言罵人。

正如前面提到的，一連好幾個月，我對過去的罪惡生活一直進行著反省，心裡感到非常害怕。但當我再看看自己目前的處境，想到自從到了這荒島上之後，上帝給了我多少恩惠，對我多麼仁慈寬厚，想到上帝不僅沒有因我過去的罪惡生活懲罰我，反而處處照顧我，我心裡不禁又充滿了希望。我想，上帝已接受了我的懺悔，並且還會憐憫我。

反省使我更堅定了對上帝的信念。我不但心平氣和地接受了上帝對我當前處境的安排，甚至對現狀懷著衷心的感激之情。我竟然沒有受到懲罰而至今還活著，我不應該再有任何抱怨。我得到了許許多多的慈悲，而這些慈悲是我完全不應該期望能獲得的。我絕不應該對自己的境遇感到不滿，而是應該感到心滿意足；我應該感謝每天有麵包吃，因為我能有麵包吃，完全是一系列的奇蹟造成的。我是被奇蹟養活著，這種奇蹟是罕見的，就像以利亞被烏鴉養活一樣32。應該說，

32《舊約．列王紀（上）》7：4—6。以利亞是耶穌降生前第九世紀的希伯來先知。一次大旱，上帝命他去約旦河東基立溪躲起來。喝基立溪的水，並吩咐烏鴉供應他食物。

正由於發生了一系列的奇蹟，我至今還能活著。在世界上所有荒無人煙的地區，我想沒有比我現在流落的荒島更好的了。雖說這兒遠離人世，形單影隻，使我非常苦惱，但這兒沒有吃人的野獸，沒有凶猛的虎狼威脅我的性命，沒有毒人的動物和植物，吃下去會把我毒死，更沒有野人會把我殺了吃掉。

總而言之，我的生活，在一方面看來，確是一種可悲的生活；在另一方面看來，卻也是一種蒙恩的生活。我不再企求任何東西，以使自己過著舒適的生活，我只希望自己能體會到上帝對我的恩惠，對我的關懷，使我時時能得到安慰。我這樣提高了自己的認識，就會感到心滿意足，不再悲傷了。

我來島上已很久了。我從船裡帶上岸的許多東西不是用完了，就是差不多快用完了或用壞了。前面已經提到過，我的墨水早就用完了，到最後，只剩下一點點。我就不斷加點水進去，直到後來淡得寫在紙上看不出字跡了。但我決心只要還有點墨水，就要把每月中發生特殊事件的日子記下來。翻閱了一下日記，發現我所遭遇的各種事故，在日期上有某種巧合；如果我有迷信思想，認爲時辰有凶吉，那我一定會感到無限的驚詫。

首先，我前面已提到過，九月三十日，是我離家出走來到赫爾去航海的日子；我被薩累的海盜船俘虜而淪爲奴隸的日期，也正好是同一天。其次，我從雅茅斯錨地的沈船中逃出來的那天，也正是後來我從薩累逃跑的那天，同月同日。

我誕生於九月三十日；正是二十六年之後❸❸的這一天，我奇蹟般地獲救，流落到這荒島上。所以，我的罪惡生活和我的孤單生活，可以說開始於同一個日子。

除了墨水用完之外，「麵包」也吃完了。這指的是我從船上拿回來的餅乾。我餅乾吃得很省，一天只吃一塊，維持了整整一年多時間。在收穫到自己種的糧食之前，我還是斷了一年的麵包。後來，我可以吃到自己的麵包了。對上帝眞是感激不盡，因爲，正如我前面所說的，我能吃到麵包，眞是奇蹟中的奇蹟！

我的衣服也開始破爛不堪了。內衣早就沒了，剩下的就是從水手們的箱子裡找到的幾件花格子襯衫，那也是我捨不得穿而小心保存下來的。在這兒，大部分時間只能穿襯衫，穿不住別的衣服。還好在水手服裝裡有大約三打襯衫，這幫了我的大忙。另外，還有幾件水手値夜穿的服裝，那穿起來就太熱了。雖然這裡天氣酷熱，用不著穿衣服，但我總不能赤身裸體吧。即使我可以不穿衣服，我也不想這樣做；這種念頭我連想都不願想一下，儘管島上只有我孤孤單單一個人。

我不能赤身裸體當然是有理由的。這兒陽光熾熱，裸體曬太陽根本就受不了，不一會太陽就會把皮膚曬出泡來。穿上衣服就不同了，空氣可以在下面流通，這比不穿衣服要涼快兩倍。同時，在太陽底下不戴帽子也不行。這兒的太陽，熱力難當，直接曬在頭上，不一會兒就曬得頭痛難熬。但如果戴上帽子，那就好多了。

---

❸❸作者笛福日子計算有誤的又一個例子。魯賓遜誕生於一六三二年，於一六五九年流落於荒島，因此，應該是二十七年之後。

根據這些情況，我便開始考慮把那些破衣服整理一下。我所有的背心都已穿破了，所以我得做兩件背心，布料就可以用水手值夜的衣服拆下來，再加上一些別的布料。於是我做起裁縫來。其實，我根本不懂縫紉工作，只是胡亂縫合起來罷了。我的手藝可以說是再糟也沒有了。儘管如此，我還是勉強做成了兩三件新背心，希望能穿一段時間。至於短褲，我直到後來才馬馬虎虎做出幾條很不像樣的東西。

我前面提到過，凡是我打死的野獸，我都把毛皮保存起來，所謂野獸，我指的是四足動物。我把毛皮用棍子支在太陽下曬乾，有的被曬得又乾又硬，簡直沒什麼用處了，但有的倒還合用。我曾先用這些毛皮做了頂帽子，把毛翻在外面，可以擋雨。帽子做得還可以，我就又用一些毛皮做了一套衣服，包括一件背心和一條長僅及膝的短褲。背心和短褲都做得非常寬大，因爲它們主要是用來擋熱的，而不是禦寒的。當然，我不得不承認，不論是背心還是短褲，做得都很不像樣，因爲，如果說我的木匠手藝不行，那我的裁縫手藝就更糟了。話雖如此，我還是做好了，總算能夠將就著穿。我外出時，若遇到下雨，把背心和帽子的毛翻在外面，就可擋雨，身上就不致於被淋濕。

後來我又花了不少時間和精力做了一把傘。我非常需要一把傘，也一直想做一把。在巴西時，我曾見別人做過傘。在巴西，天氣炎熱，傘是十分有用的。這兒的天氣和巴西一樣熱，而且由於更靠近赤道，比巴西還熱。此外，我還不得不經常外出，傘對我實在太有用了，遮蔭擋雨都需要傘。我歷盡艱辛，花了不少時間，好不容易做成了一把。做傘確實不易，即使在我自以爲找到訣竅之後，還是做壞了兩三把，直到最後，總算做成一把勉強可用。我感到做傘的最大困難是要使傘能收起來。做一把撐開的傘不難，但如果不能收起來，就只能永遠撐在頭頂上，這種傘根本無法攜帶，當然不適用。最後正如我上面說的，總算做成了一把，尚能差強人意。我用毛皮做傘頂，毛翻在外面，可以像一座小茅屋似地把雨擋住，並能擋住強烈的陽光。這樣，即使在最熱的天氣，我也能外出，甚至比以往最涼的天氣外出還要舒服。傘不用的時候，可以折起來挾在胳膊下，攜帶十分方便。

我現在生活得非常舒服，心情也非常舒暢；我悉聽天命，聽從上帝的旨意和安排。這樣，我覺得我現在的生活比有交際的生活還要好。因爲，每當我抱怨沒有人可以交談時，我便責問自己，和自己的思想交談，而且我想我可以說，透過禱告向上帝交談，不是比世界上人類社會中的交際更好嗎？

此後五年，我的生活環境和生活方式基本上沒有什麼變化，也沒有什麼特別的事情發生。我的主要工作是，每年按時種大麥和稻子，曬葡萄乾，並把這些東西貯藏起來，供我一年吃用；此外，就是天天帶槍外出行獵。在此期間，除了這些日常工作外，我做的唯一一件大事就是給自己又造了一艘獨木舟，並最後確實也做成了。爲了把獨木舟引入半英里外的小河裡，我挖了一條運河，有六英尺寬，四英尺深。先前做的那艘實在太大，我始終無法把它放到水裡去，也無法把水引到它下面來。這是由於我事先沒有考慮到船造好後的下水問題，而這問題是我應該預先考慮到的。現在那艘獨木舟只能躺在原地留作紀念，教訓我下一次應學得聰明些。這次，我沒能找到一棵較合適的樹，而且還得把水從半英里以外引過來。然而，當我看到有成功的希望時，就不願放棄這一機會。雖然造成這艘小舟花了將近兩年的時間，我卻從未偷懶或厭煩。我一直希望，遲早有一天我能坐上小船到海上去。

我造的第一艘獨木舟是相當大的，因爲我想用它渡到小島對面的那塊大陸上去，其間的距離約有四十海里。可是，現在新造的這艘船就太小了，不可能乘它渡過那麼寬的海域，因而不符合我原先造船的意圖。所以我只好打消我原定的計劃，不再去想它了。現在既然有了這艘小舟，我的下一步計劃就是坐上小船繞島航行一圈。前面我曾提到，我曾經在陸上徒步橫越小島，抵達了島的另一頭。在那些小小的旅行中，我有不少新的發現，所以我一直想看看小島沿岸的其他地區。現在，我既然有了小船，就可沿島航行一周，實現我的宿願了。

爲了實現環島航行的目的，我要把樣樣事情做得既周到又愼重。爲此，我在小船上安裝了一根小小的桅桿，並用貯藏已久的帆布做了個帆。你們知道，我從大船上取下的帆布多得很，且一直放在那裡沒用過多少。

安裝好了桅桿和帆之後，我決定坐船試航一番，結果發現小船走得相當不錯。於是我在船的兩頭都做了小抽屜，或者可以說是小盒子，裡面放糧食、日用品和彈藥之類的東西，免得給雨水或浪花打濕。另外，我又在船舷內挖了一條長長的槽，用來放槍，還做了塊垂板可蓋住長槽，以防槍支受潮。

我又把我的那把傘安放在船尾的平台上。傘豎在那裡，也像一根桅桿，傘頂張開，正好罩在我頭上，擋住了太陽的勢力，像個涼篷。此後，我常常坐上獨木舟到海面上游盪，但從來不敢走遠，也不敢離小河太遠。後來，我急於想看看自己這個小小王國的邊界，就決定繞島航行一周。爲此，我先往船上裝糧食，裝了兩打大麥麵包（其實不如叫大麥餅），又裝了一滿罐炒米（這是我吃得最多的糧食），一小瓶甘蔗酒，半隻山羊肉，還有一些火藥和子彈，準備用來打山羊。另外，我還拿出了兩件水手值夜穿的衣服，這我前面也提到過，是我在水手箱子中找到的。這兩件衣服放到船上，一件可以用來作墊被，一件用來作蓋被。

我成爲這個島國的國王已第六年了，或者說，我流落在這個荒島已第六年了。反正怎麼說都可以。在這第六年的十一月六日，我開始了這次環繞小島的航行。這次航行所花的時間比我預料的要長得多，因爲島雖然不大，但當我航行到東頭時，卻被一大堆岩石擋住了航道。岩石向海裡延伸，差不多有六海里遠，這些礁石有的露出水面，有的藏在水下。礁石外面還有一片沙灘，約有一海里半寬。因此，我不得不把船開到遠處的海面上，繞過這個岬角航行。

一開始發現這些礁石時，我幾乎想放棄這次航行，調轉船頭往回走，因爲我不知道要向外海走多遠，而且，我更懷疑自己能不能回到島上。於是，我就下了錨——我用從船上取下來的一把破鐵鉤做了錨。

我把船停穩當後，就帶槍走上岸。我爬上一座可以俯視岬角的小山；在山頂上，我看清了岬角的全部長度，決定冒險繼續前進。

從我所站的小山上向海上放眼望去，看見有一股很強很猛的急流向東流去，差不多一直流到那岬角附近。我進一步仔細地觀察了一下，因爲我發現，這股急流中隱藏著危險。如果我把船開進這股急流，船就會被它沖到外海去，可能再也回不到島上了。說眞的，假如我沒有事先爬上這座山觀察到這股急流，我相信一定會碰到這種危險的。因爲島的那邊也有一股同樣的急流，不過離海岸較遠，而且在海岸底下還有一股猛烈的迴流；即使我能躲過第一股急流，也會被捲入迴流中去。

我在這兒把船停了兩天，因爲那兩天一直刮東南風，風向偏東，而且風也不小。風向正好與我上面提到的那股急流的方向相反，因而在岬角附近的海面波濤洶湧。在這種情況下，如果我靠近海岸航行，就會碰到大浪，如果我遠離海岸航行，又會碰到急流，所以怎麼走都不安全。

第三天早晨，海上風平浪靜，因爲在夜裡風已大大減小了。於是，我又冒險前進。可是一開船，我又犯了個大錯誤，足以給那些魯莽而無知的水手作爲前車之鑑。船剛走近那個岬角，離海岸還沒有船本身的長度那麼遠，就開進了一片深水面，並且碰上一股流激，就像磨坊下的水流那麼急。這股激流來勢凶猛，把我的船一直向前沖去。我費了九牛二虎之力，想讓船沿著這股激流的邊沿前進，可是毫無用處。結果，我的船遠遠沖離了我左邊的那股迴流。這時又正好沒有一點風。我只得拼命划槳，但還是無濟於事。我感到自己這下子又要完蛋了。因爲我知道，這島的兩頭都各有一股急流，它們必然會在幾海里以外匯合，到那時，我是必死無疑了，而且我也看不出有什麼辦法可以逃過這場滅頂之災。

現在，除了死亡，我已沒有任何希望——倒不是我會葬身魚腹，因爲這時海面上風平浪靜，而是會活活餓死，因爲沒有東西吃。不錯，我曾在岸上抓到一隻大鱉，重得幾乎拿都拿不動。我把鱉扔進了船裡。此外，我還有一大罐的淡水。但是，如果我被沖進汪洋大海，周圍沒有海岸，沒有大陸，也沒有小島，我這麼一點點食物和淡水，又有什麼用呢？

現在我才明白，只要上帝有意安排，祂可以把人類最不幸的境遇變得更加不幸。現在我覺得我那荒涼的孤島是世上最可愛的地方，而我現在最大的幸福，就是重新回到我那荒島上。我懷著熱切的心願向它伸出雙手：「幸福荒蕪的小島啊，」我說，「我將永遠看不到你了！」然後，我又對自己說：「你這倒楣的傢伙，你將去何方？」我開始責備自己身在福中不知福的脾氣，責備自己不應該抱怨孤獨的生活。現在，我願意付出任何代價，只要能讓我重新回到岸上！可是，我們一般凡人，不親自經歷更惡劣的環境，就永遠看不到自己原來所處環境的優越性；不落到山窮水盡的地步，就不懂得珍惜自己原來享受的一切。眼看自己被沖進茫茫的大海，離開我那可愛的小島有六海里多遠——現在我從心底裡感到我的小島確實可愛無比。看到我已沒有回島的希望，內心的惶恐簡直難以形容。但我還是竭力划槳，直到筋疲力盡為止。我儘量把船朝北面划去，也就是向那股急流和迴流交匯的海面划去。

到了正午，太陽過了子午線，我忽然感到臉上似乎有了一點微風，風向東南偏南。我心中悄悄燃起了希望；尤其令人振奮的是，過了半小時風稍稍大起來。這時我離島已經很遠了，要是這時有一點陰雲或薄霧，那我也必完蛋無疑。因為我未帶羅盤，只要我看不到海島，我就會迷失方向無法回去。幸好天氣始終晴朗，我立即豎起桅桿，張帆向北駛去，儘量躲開那股急流。

我剛豎起桅桿張好帆，船就開始向前行駛了。我發現四周水色較清，知道那股急流在附近改變了方向。因為，水急水則濁，水緩水則清，我知道那股急流在這兒已成了強弩之末了。不久我果然發現，在半海里以外，海水打在一些礁石上，浪花四濺。那些礁石把這股急流分成兩股，主要的一股繼續流向南方，另一股被礁石擋回，形成一股強烈的迴流，向西北流回來，水流湍急。

假如有人在臨上絞架時忽然得到赦免，或者正要被強盜謀害時忽然獲救，或者有過類似的死裡逃生的經歷，就不難體會到我當時那種喜出望外的心情，也不難設想我把船駛進那股迴流是多麼欣喜若狂。其時，正當風順水急，我張帆乘風破浪向前，那歡快的心情是不難想像的。

這股迴流一直把我往島上的方向沖了約三海里，但與先前把我沖向海外的那股急流相距六海里多，方向偏北。因此，當我靠近海島時，發現自己正駛向島的北岸，而我這次航行出發的地方是島的南岸。

這股迴流把我沖向海島方向三海里之後，它的力量已成了強弩之末，再也不能把船向前推進了。我發現自己正處於兩股激流之間——一股在南面，也就是把我沖走的那股急流，一股在北面，兩股激流之間相距約三海里。我剛才說我正好處於兩股激流之間，且已靠近小島。這兒海面平靜，海水沒有流動的樣子，而且還有一股順風。我就乘風向島上駛去，但船行慢得多了。

大約下午四點鐘，在離海島不到三海里的地方，我看到了伸向南方的岬角，這一點我前面也已提到過。正是這堆礁石引發了這次禍端。岬角把急流進一步向南方逼去，同時又分出一股迴流向北方流去。這股迴流流得很急，一直向正北。這不是我要航行的方向，我的航線是要往西走。由於風還大，我就從斜裡穿過這股迴流，向西北插過去。一小時之後，離島只有一海里了，且這一帶海面平靜，所以不久我便上了岸。

上岸之後，我立即跪在地上，感謝上帝搭救我脫離大難，並決心放棄坐小船離開孤島的一切胡思亂想。我吃了一些所帶的東西，就把小船划進岸邊的一個小灣裡藏在樹底下。接著，我就躺在地上睡著了。這次航行把我弄得筋疲力竭，既辛苦又困乏。

我完全不知道該怎樣駕船回家。我遇到了這麼多危險，知道照原路回去是十分危險的，而海島的另一邊，也就是西邊的情況，我又一無所知，更無心再去冒險。所以，我決定第二天早晨沿海岸西行，看看能不能找到一條小河停泊我的小戰艦，以便需要的時候再來取它。我駕船沿岸行駛約三海里，找到了一個小灣，約一英里寬，愈往裡愈窄，最後成了一條小溪。這對於我的小船倒是一個進出方便的港口，就彷彿是專門爲它建立的小船塢似的。我把小船停放妥當後便上了岸。我環顧四周，看看到底到了什麼地方。

我很快就發現，這兒離我上次徒步旅行所到過的地方不遠。所以，我只從船上拿出了槍和傘（因爲天氣很熱）就出發了。經過這次辛勞而又危險的航行之後，我覺得在陸上旅行十分輕鬆愉快。傍晚，我就回到了自己的茅舍。屋裡一切如舊，因爲這是我的鄉間別墅，我總是把一切都收拾得整整齊齊的。

我爬過圍牆，躺在樹蔭下歇歇腿。因爲實在太疲倦了，不久就昏昏沉沉睡著了。不料，忽然有個聲音叫著我的名字，把我從睡夢中驚醒：「魯賓！魯賓！魯賓·克羅索！可憐的魯賓·克羅索！你在哪兒，魯賓·克羅索？你在哪兒？你去哪兒啦？」親愛的讀者，你們不妨想想，這多麼出乎我的意料啊！

開始我睡得很熟，因爲上半天一直在划船，下半天又走了不少路，所以睏乏極了。突然，我被驚醒，但人一下子還未完全清醒過來，只是處於半睡半醒之中，因此我以爲在睡夢中有人在和我說話。那聲音不斷地叫著：「魯賓·克羅索！魯賓·克羅索！」終於使我完全清醒過來。這一醒，把我嚇得肝膽俱裂，一骨碌從地上爬起。我睜眼一看，原來是我的那隻鸚鵡停在籬笆上面。啊，原來是牠在和我說話呢！這些令人傷心的話，正是我教牠說的，也是我常和牠說的話。牠已把這些話學得維妙維肖了，經常停在我的手指上，把牠的嘴靠近我的臉叫著：「可憐的魯賓·克羅索，你在哪兒？你去哪兒啦？你怎麼會流落到這兒來的？」以及其他我教給牠的一些話。

可是，我明明知道剛才跟我說話的是我的鸚鵡，不是別人，還是過了好一會兒心神才定下來。首先我感到奇怪，這小鳥怎麼會飛到這兒來？其次，爲什麼牠老守在這兒，不到別處去？但在我確實弄清楚與我說話的不是別人，而是我那忠實的鸚鵡後，心就定下來了。我伸出手向牠叫了一聲「波兒」，這隻會說話的小鳥便像往常一樣飛到我的大拇指上，接連不斷地對我叫著：「可憐的魯賓．克羅索，」並問我：「怎麼到這兒來啦？」、「到哪兒去啦？」彷彿很高興又見到我似的。於是，我就帶著牠回城堡的老家去了。

我在海上漂流了那麼長時間，實在夠受的了，現在正好安安靜靜地休息幾天，回味一下所經歷過的危險。我很想把小船弄回海島的這一邊來，也就是我的住所這一邊，但想不出切實可行的辦法。至於島的東邊，我已經去過那兒，知道不能再去冒險了。一想到這次經歷，我就膽戰心驚，不寒而慄。而島的西邊，我對那兒的情況一無所知。如果那邊也有像東邊那樣的急流猛烈地沖擊著海岸，就會碰到同樣的危險，我也會被捲進急流，像上次那樣給沖到海裡去。想到這些，我便決心不要那小船了，儘管我花了好幾個月的辛勤勞動才把它做成，又花了好幾個月的工夫引它下水進入海裡。

差不多有一年的工夫，我壓制著自己的性子，過著一種恬靜優閒的生活，這一點你們完全可以想像。我安於自己的境遇，安於上天對我的安排，因此，我感到生活十分幸福。唯一的缺陷是，沒有人可以交往。

在此期間，爲了應付生活的需要，我的各種技藝都有長足的進步。我相信，總有一天，我會成爲一個手藝出色的木匠，尤其是工具缺乏的條件下，我也能有所作爲。

此外，令人難以意料的是，我的陶器也做得相當完美。我想出了一個好方法，用一個輪盤來製造陶器，做起來又容易又好看。現在我做出來的器皿又圓又有樣子，而過去做出來的東西看了也叫人噁心。但使我感到最自豪最高興的是，居然還做成功了一根菸斗。儘管我做出來的這根菸斗又粗劣又難看，並且燒得和別的陶器一樣紅，可是卻堅實耐用，菸管也抽得通。這對於我是個莫大的安慰，因爲我有的是菸葉。當時，船上雖然也有幾根菸斗，但我起初忘了帶下來，不知道島上也長有菸葉；後來再到船上去找，卻一根也找不到了。

在編製藤器方面，我也有不少進步，並且運用我全部匠心，編了不少自己需要的筐子，雖然不太雅觀，倒也方便實用。這些筐子或是用來放東西，或是用來運東西回家。例如，我外出打死了山羊，就把死羊吊在樹上剝皮挖肚，再把肉切成一塊塊裝在筐子裡帶回家。同樣，有時我抓到一隻鱉，也隨即殺了，把蛋取出來，再切下一兩塊肉，裝在筐子裡帶回來，餘下的肉就丟棄不要了，因爲帶回去多了也吃不掉。此外，我又做了一些又大又深的筐子來盛穀物。穀物收穫後，一等穀物乾透，就搓出來曬乾，然後裝在筐子裡貯藏起來。

我現在開始發現我的火藥已大大減少了，這是無法補充的必需品。我開始認眞考慮不用彈藥獵山羊的問題，也就是用什麼辦法捕獲山羊。前面我也曾提到，上島第三年，我捉到了一隻雌的小山羊，經過馴養，牠長大了。後來，我一直想再活捉一隻雄山羊與牠配對；可是想盡辦法也沒能抓到一隻。到最後，小山羊成了老山羊，我怎麼也不忍心殺牠，直至牠老死。

現在我已在島上生活了十一年。前面也已說過，我的彈藥越來越少了。於是我開始研究如何用陷阱或夾子捕捉山羊，看看能否活捉個一兩隻；我特別希望能抓到一隻懷孕的母羊。

爲此，我做了幾個夾子來捕捉山羊。我確信有好幾次山羊曾被夾子夾住了，但是，由於沒有鉛絲之類的金屬線，夾子做得不理想，結果發現牠們總是吃掉誘餌弄壞夾子後逃之夭夭。

最後，我決定挖陷阱試試看。於是，我在山羊經常吃草的地方掘了幾個大陷坑，在坑上蓋上幾塊自製木條格子，再在上面壓了一些很重的東西。開始幾次，我在覆蓋好的陷坑上面放了一些大麥穗子和乾米，但有意未裝上機關。我一看就知道，山羊曾走進去吃過穀物，因爲上面留下了牠們的腳印。末了，有一天晚上，我一下子在三個陷阱裡都安了機關。第二天早晨跑去一看，只見食餌都給吃掉了，但三個機關都沒有動。這眞使人喪氣。於是，我改裝了機關。具體我不再細說了。總而言之，有一天早上我去看看陷阱，結果發現在一個陷阱裡扣著一隻老公羊，另一個陷阱裡扣著三隻小羊，其中一隻是公羊，兩隻是母羊。

對那隻老公羊我毫無辦法。牠兇猛異常，我不敢下坑去捉牠。我是想抓活的，這也是我的目的。當然我也可以把牠殺死，但我不想那麼做，因爲那不是我的意願。所以我只好把牠放走了。老山羊一出陷坑，便像嚇掉魂一樣一溜煙逃跑了。當時我沒有想到，就是一頭獅子，也可以用飢餓的辦法把牠馴服，但這只是到後來我才懂得了這個辦法。如果我讓那頭老山羊在陷坑裡餓上三四天，不給牠吃東西，然後，再稍稍給牠點水喝，給牠點穀物吃，牠也一定會像那些小山羊一樣馴服。只要飼養得法，山羊是十分伶俐、十分容易馴養的。

可是，當時我並不知道有什麼好辦法，所以只好把老山羊放走了。然後，我就到小山羊的陷坑裡，一隻隻把牠們捉起來，再用繩子把牠們拴在一起，又費了不少力氣才把牠們牽回家。

小山羊好久都不肯吃東西。後來，我給牠們吃一些穀粒，因爲味道甜美，牠們很喜歡吃，就慢慢馴順起來。現在我知道，如果彈藥用盡之後還想吃山羊肉，唯一的辦法就是馴養一些山羊。將來也許會在我屋子周圍有一大群山羊呢！

我首先想到的是，必須把馴養的山羊與野山羊隔離起來。否則，馴養的小山羊一長大，就會跑掉又變成野山羊。而要把馴養的山羊與野山羊隔離，唯一的辦法是找一塊空地，用堅固的籬笆或木柵欄圈起來。讓裡面的馴羊出不來，外面的野羊進不去。

我孤身一人，要圈地修築籬笆無疑是一項巨大的工程，但這樣做又是絕對必要的。所以，我首先得找到一塊合適的地方，那兒既要有青草供山羊吃，又要有水供牠們喝，並且還要有蔭涼的地方供牠們歇息。

我找到了一個十分合適的地方，以上三個條件樣樣具備。這是一大片平坦的草原，也就是西部殖民者所說的熱帶或亞熱帶那種樹木稀疏的草原。草原上有兩三條小溪，水流清澈，小溪盡頭有不少樹木。但凡是有圈地經驗的人，一定會認爲我這種做法缺少計算，如果我把自己原來的想法告訴他們，他們也一定會笑話我。這不僅因爲我的圈地規模過大，如果要把籬笆或木柵欄修築起來，至少有兩英里長！而且籬笆長短還在其次，即使十英里長我也有工夫將它完成，主要還是圈地範圍過大所帶來的後果。當時我沒有考慮到，山羊在這麼寬廣的範圍內，一定會到處亂跑，就像沒有圍起來一樣。如果要捕捉牠們，就根本無法抓到。

我開始動手修築籬笆，但直到完成了大約五十碼時，才想到了上面提到的問題。於是我立即停工，並決定先圈一塊長約一百五十碼，寬約一百碼的地方。這個面積在相當一段時期內，足以容納我能馴養的山羊；等以後羊群增加了，我可以進一步擴大圈地。

這個辦法較爲審愼可行，我就鼓起勇氣重新動手幹起來。這第一塊圈地用了差不多三個月的時間才完成。在此期間，我一直把三隻小羊拴在最好的地方，並讓牠們一直在我近旁吃草，使牠們與我混熟。我還經常用大麥穗子和一把把大米餵牠們，讓牠們在我手裡吃。這樣，當我把籬笆修築完成之後，即使把牠們放開，也會回來跟著我轉，並咩咩叫著向我討吃哩！

我的目的總算實現了。不到一年半，我連大帶小已經有了十二隻山羊了。又過了兩年，除了被我宰殺吃掉的幾隻不算，我已有了四十三隻了。這以後，我又圈了五六塊地方養羊。在這些圈地上，都做了窄小的圍欄；我要捉羊時，就把羊趕進去。同時，在各圈地之間，又做了一些門使之彼此相通。這還不算，現在我不僅隨時有羊肉吃，還有羊奶喝。這在當初我根本想也沒有想到。所以我忽然想到可以喝羊奶時，眞是喜出望外。現在我有了自己的擠奶房，有時每天可產一兩加侖的羊奶。我這人一生沒有擠過牛奶，更沒有擠過羊奶，也沒有見過人家做奶油或乳酪。可是，經過多次的試驗和失敗，我終於做出了奶油和乾酪，而且做得方便俐落。可見大自然不但使每個生靈都得到食物，而且還自然而然地教會他們如何充分地利用各種食物。

造物主對待自己所創造的一切生靈是多麼仁慈啊，哪怕他們身處絕境，祂也還是那麼慈悲爲懷。祂能把苦難的命運變得甜蜜，即使我們囚於牢獄也都要讚美祂！當我剛來到這片荒野時，以爲自己一定會餓死；而現在，擺在我面前是多麼豐盛的筵席啊！

你如果是一個信奉斯多葛哲學[34]的人，看到我和我的小家庭成員共進晚餐的情景，也一定會忍俊不禁。我坐在中間，儼然是全島的君王。我對自己的臣民擁有絕對的生殺權。我可以任意處置我的臣民，要殺就殺，要抓就抓，要放就放，而且不會有反叛者。

再看看我是怎樣用餐的吧！我一個人坐在那兒進餐，其他都是我臣僕在一旁侍候。我的鸚鵡彷彿是我的寵臣，只有牠才被允許與我講話。我的狗現在已又老又昏聵了，牠總是坐在我右手；而那兩隻貓則各坐一邊，不時地希望從我手裡得到一點賞賜，並把此視爲一種特殊的恩寵。

這兩隻貓已不是我最初從破船上帶下來的了，那兩隻早就死了，我親自把牠們葬在我的住所附近。不過其中一隻不知同什麼動物交配，生下了許多小貓。這兩隻就是我從那些小貓中留下來馴養起來的，其餘的都跑到樹林裡成了野貓。那些野貓後來給我添了不少麻煩，因爲牠們經常跑到我家裡來劫掠我的東西。最後我不得不開槍殺了牠們一大批，終於把牠們趕走了。所以，我現在有那麼多僕人侍候我，生活也過得很富裕，唯一缺乏的就是沒有人可以交往而已，其他什麼都不缺。但不久之後，我就有人交往了，後來甚至感到交往的人太多了。

我曾經說過，我非常希望能使用那艘小船，但又不想再次冒險。因此有時我會坐著苦思冥想，竭力設法把船弄到小島的這邊來；有時我又會安下心來，覺得不要它也行。可是我這人生性不安於現狀，總是想到我上次出遊時到過的海島的那一邊走一趟，看看有沒有辦法把小船弄過

---

[34] 斯多葛哲學，公元前四世紀古希臘哲學家齊諾（Zeno）創立於伊利亞的哲學派系，主張恬淡寡慾，苦樂無動於衷。

來，因爲，正是在那兒，我可以登上小山，遠眺海岸和潮水的流向。這念頭在心裡變得越來越強烈，最後終於決定沿著海岸從陸上走到那邊去。於是我就出發了。如果在英國有人碰到我這樣的人，一定會嚇一大跳，再不然也會大笑一陣。我也常常停下來打量自己，想到自己如果穿這套行裝，像這樣打扮在約克郡旅行，也禁不住笑起來。我把自己的模樣描繪一下吧——我頭上戴著一頂山羊皮做的便帽，這帽子做得又高又大，很不像樣，後面還垂著一條長長的帽緣，一來是爲了遮太陽，二來是爲了擋雨，免得雨水流進脖子。在熱帶，被雨淋濕是最傷身體的。

我的上身穿了一件山羊皮做的短外套，衣襟遮住了一半大腿。下身穿了一條齊膝短褲，也是用一隻老公羊的皮做成的，兩旁的羊毛一直垂到腿上，看上去像條長褲。我沒有鞋子，也沒有襪子，但做了一雙短靴似的東西，自己也不知道該叫什麼，靴長剛及小腿，兩邊再用繩子繫起來，好像綁腿一樣。這雙靴子與我身上的其他裝束一樣，極端拙劣難看。

我腰間束了一條寬闊的皮帶，那是用曬乾了的小羊皮做的，皮帶沒有搭扣，只用兩根山羊皮條繫著。帶子兩邊有兩個搭環，原來是水手用來掛短刀或短劍的，我用來掛一把小鋸和一把斧頭，一邊一把。另一條較窄的皮帶，斜掛在我的肩上，也用皮條繫著。這條皮帶的末端，在我左胳膊下，掛著兩個山羊皮袋，一個裝火藥，一個裝子彈。我背上揹著筐子，肩上扛著槍，頭上撐著一頂羊皮做的大陽傘，樣子又難看又笨拙。儘管如此，除了槍之外，這把傘也是我隨身不可缺少的東西。至於我的臉倒不像穆拉托人㉟那麼黑，看上去像一個住在赤道九度、十度之內的熱帶

㉟穆拉托人：指黑人與白人的第一代混血兒，或有黑白兩種血統的人。

地區那種不修邊幅的人。我的鬍子曾長到四分之一碼長，但我有的是剪刀和剃刀，所以就把它剪短了，但上嘴唇的鬍子仍留著，並修剪成像回教徒式的八字大鬍子，像我在薩累見到的土耳其人留的鬍子那樣，因爲摩爾人是不留這種鬍子的，只有土耳其人才留。我不敢說我的這副鬍子長得可以掛我的帽子，但確實又長又大，要是在英國給人看見，準會嚇得一大跳。

不過，關於我的這副模樣，只是順便提提罷了，因爲根本沒有人會看到，我模樣如何就無關緊要了，所以我也不必多費筆墨。我就帶著這副尊容出發，一直走了五、六天。我先沿海岸走到我上次泊船登上小山的地方。這次我用不著照管小船，就抄近路走上前次登過的那座小山崗。當我遠眺伸入海中的岬角時，前面我曾提到、前次到達這兒時我不得不駕船繞道而行，但現在只見海面風平浪靜，那兒既沒有波瀾，也沒有急流，海面平靜如鏡，和別的海域一模一樣。這情景大大出乎我的意料。

對這個現象我感到莫名其妙，決心花些時間留心觀察一下，看看是否與潮水方向有關。不久我就明白了其中的奧妙。原來，從西邊退下來的潮水與岸上一條大河的水流匯合，形成了那股急流；而西風或北風的強度又決定了那股急流離岸的遠近。等到傍晚，我重新登上小山頂。當時正值退潮，我又清楚地看到了那股急流。只不過這一次離岸較遠，約在一海里半處；而我上次來時，急流離岸很近，結果把我的獨木舟沖走了。在別的時候，也許不會發生這種情況。

這次觀察使我確信，只要注意潮水的漲落，我可以很容易把小船弄到我住地所在的那一邊。但當我想把自己的主意付諸實施的時候，又想到了上次所經歷的危險，不由心驚肉跳，連想也不敢想了。於是我作了一個新的決定，那就是再造一艘獨木舟。這樣，我在島的這邊有一艘，島的那邊也有一艘。這樣做雖然比較費力，但卻比較安全。

你們要知道，現在我在島上已有了兩個莊園——我也許可以這麼稱呼我的兩處住所。一處是我的那個小小的城堡或帳篷。這兒，在小山腳下，四周建起了圍牆，後面是一個岩洞，現在，岩洞已擴大成好幾個房間，或者說好幾個洞室，一個套著一個。其中有一間最乾燥最寬大，並有一個門通到圍牆外面，或者說是城堡外面。也就是說，通到了圍牆和山石的連接處。這一間裡，我放滿了前面提到過的那些陶土燒製成的大瓦缸，還放了十四、五個大筐子，每個大筐子能裝五、六蒲式耳糧食，主要裝的是穀物。有的筐子裝著直接從莖稈上摘下來的穗子，有的裝著我用手搓出來的穀粒。

那堵圍牆我當時是用高大的樹樁築成的；現在，這些樹樁已長成了樹，又大又密，誰都看不出後面會住人。

靠近住所，往島內走幾步，有一片地勢較低的地方，有兩塊莊稼地。我按時耕種，按時收穫。如果我需要更多的糧食，毗鄰還有不少同樣相宜的土地可以擴大。

此外，在我的鄉間別墅那邊，現在也有一座像樣的莊園。首先，我有一間茅舍。這間茅舍還不斷加以修理。也就是說，我經常修剪周圍的樹籬，使其保持一定的高度。我的梯子也一直放在樹籬裡面。那些樹起初只不過是一些樹樁，現在卻長得又粗又高了。我不斷修剪樹樁，希望能長得枝多葉茂，生機勃勃。

後來，這些樹眞的長得蔚然成蔭，令我十分稱心如意。樹籬中央，永遠不必修理或重搭。帳篷下放了一張睡榻，那是我用獸皮和其他一些柔軟的材料做成的；那些獸皮當然是我從打死了的野獸身上剝下來的。睡榻上還鋪了一條毛毯，是我從船上的臥具中拿下來的；另外，還有一件很大的值夜衣服用作蓋被。我每次有事離開我的老住所時，就住在這座鄉間別墅裡。

與別墅毗鄰的是我的圈地，裡面放養著山羊。當初爲了圈這塊地，我曾歷盡艱辛。我竭盡全力，把籬笆做得十分嚴密，免得圈在裡面的山羊逃出去。我不遺餘力，辛勤勞作，在籬笆外插滿了小木樁，而且插得又密又多，樣子不像籬牆，倒像是一個柵欄；在木樁與木樁之間，連手都插不進去。後來，在第三個雨季中，這些小木樁都長大了，竟成了一堵堅固的圍牆，甚至比圍牆還堅固。

這一切都可以證明我並沒有偷懶。爲了使生活舒適，凡是必須做的事，我都會不辭辛勞地去完成。我認爲，手邊馴養一批牲畜，就等於替自己建立一座羊肉、羊奶、奶油和奶酪的活倉庫。無論我在島上生活多少年——那怕是四十年——也將取之不盡，用之不竭。同時，我也認爲，要想一伸手就能抓到這山羊，就得把羊圈修築得十分嚴密，絕不能讓牠們到處亂跑。我爲了把這個主意徹底實施，結果把木樁插得太密了，等它們長大後，我還不得不拔掉一些呢！

在這裡，我還種了一些葡萄，我每年冬天貯藏的葡萄乾，主要是從自己葡萄園裡收穫的葡萄曬製而成的。這些葡萄乾我都小心保藏，因爲這是我現有食物中最富營養最可口的食品。葡萄乾不僅好吃，而且營養豐富，袪病提神，延年益壽。

我的鄉間別墅正處於我泊船的地方和我海邊住所的中途，因此每次去泊船處我總要在這裡停留一下。我常去看看那艘獨木舟，並把船裡的東西整理井井有條。有時我也駕起獨木舟出去消遣消遣，但我再也不敢離岸太遠冒險遠航了，唯恐無意中被急流、大風或其他意外事故把我沖走或刮走。然而，正在這時我生活卻發生了新的變化。

一天中午，我正走去看我的船，忽然在海邊上發現一個人的腳印；那是一個赤腳的腳印，清清楚楚地印在沙灘上。這簡直把我嚇壞了。我呆呆地站在那裡，猶如挨了一個晴天霹靂，又像大白天見到了鬼。我側耳傾聽，又環顧四周，但什麼也沒有聽到，什麼也沒有見到。我跑上高地，向遠處眺望，又在海邊來回跑了幾趟，但還是毫無結果。腳印就這一個，再也找不到其他腳印。我跑到腳印前，看看還有沒有別人的腳印，看看它是不是我自己的幻覺。可是，腳印就是腳印。而這腳印是怎麼在這兒留下來的呢？我無法知道，也無從猜測。這使我心煩意亂，像個精神失常的人似的，腦裡盡是胡思亂想，後來就拔腿往自己的防禦工事跑去，一路飛奔，腳不沾地。可是，我心裡又惶恐至極，一步三回頭，看看後面有沒有追上來，連遠處的一叢小樹，一枝枯樹幹，都會使我疑神疑鬼，以爲是人。一路上，我是驚恐萬狀，頭腦裡出現各種各樣的幻景，幻覺裡又出現各種各樣荒誕不經的想法以及無數離奇古怪的妄想，簡直一言難盡。

我一跑到自己的城堡——以後我就這樣稱呼了——一下子就鑽了進去，好像後面眞的有人在追趕似的。至於我是按原來的想法，用梯子爬進去的呢，還是從我打通了的岩洞的門裡鑽進去的，連自己都記不得了，甚至到了第二天早上也想不起來。因爲，我跑進這藏身之所時，心裡恐懼至極，就是一隻受驚的野兔逃進自己的草窩裡，一隻狐狸逃進自己的地穴裡，也沒有像我這樣膽戰心驚。

我一夜都沒合眼。時間越長，我的疑懼反而越大。這似乎有點反常，也不合乎受驚動物正常的心理狀態。原來主要是因爲我自己大驚小怪，因而引起一連串的胡思亂想，結果自己嚇自己；而且，想的時間越長，越是都往壞處想。有時候，我幻想著，那定是魔鬼在作祟；於是，我的理智便隨聲附和，支持我的想法。我想：其他人怎麼會跑到那兒去呢？把他們送到島上來的船在哪裡呢？別的腳印又在什麼地方呢？一個人又怎麼可能到那邊去呢？但是，再一想，要是說魔鬼在那兒顯出人形，僅僅是爲了留下一個人的腳印，那又未免毫無意義，因爲我未必一定會看到它。我想，魔鬼若爲了嚇我，可以找到許多其他辦法，何必留下這個孤零零的腳印呢？何況我住在島的另一頭，魔鬼絕不會頭腦如此簡單，把一個記號留在我十有八九看不到的地方，而且還留在沙灘上，因爲只要一起大風，就會被海潮沖得一乾二淨。這一切看來都不能自圓其說，也不符合我們對魔鬼的一般看法，在我們眼裡，魔鬼總是十分乖戾狡猾的。

所有這一切都使我不得不承認，我害怕那是魔鬼的作爲是毫無根據的。因此，我馬上得出一個結論：那一定是某種更危險的生物，也就是說，一定是海島對岸大陸上的那些野人來跟我作對。他們划著獨木舟在海上閒游，可能捲入了急流，或碰上逆風，偶爾沖到或刮到海島上。上岸後又不願留在這島上，又回到了海上，否則我該發現他們了。

當上述種種想法在我頭腦裡縈回時，我起初還慶幸自己當時沒有在那邊，也沒有給他們發現我的小船。要是他們眞的看到了小船，就會斷定這小島上有人，說不定會來搜尋我。可是，我又胡思亂想起來，出現了一些恐怖的念頭。我想他們可能已發現了我的小船，並且也已發現這島上有人。又想，如果這樣，他們一定會來更多的人把我吃掉；即使他們找不到我，也一定會發現我的圍牆。那樣，他們就會把我的穀物通通毀掉，把我馴養的山羊都劫走；最後，我只好活活餓死了。

恐懼心驅走了我全部的宗教信仰。在此之前，我親身感受到上帝的恩惠，使我產生了對上帝的信仰；現在這種信仰完全消失了。過去，上帝用神蹟賜給我食物；而現在，我似乎認爲祂竟無力來保護祂所賜給我的食物了。於是，我責備自己貪圖安逸的生活，不肯多種一些糧食，只圖能接得上下一季吃的就算了，好像不會發生什麼意外似的，認爲我一定能享用地裡收穫的穀物。這種自我譴責是有道理的，所以我決定以後一定要囤積好兩三年的糧食。這樣，無論發生什麼事，也不致於因缺乏糧食而餓死。

天命難測，使人生顯得多麼光怪陸離，變化無窮啊！在不同的環境下，人的感情又怎樣變幻無常啊！我們今天所愛的，往往是我們明天所恨的；我們今天所追求的，往往邊我們明天所逃避的；我們今天所希冀的，往往是我們明天所害怕的，甚至會嚇得膽戰心驚。現在，我自己就是一個生動的例子。以前，我覺得，我最大的痛苦是被人類社會所拋棄，孤身一人，被汪洋大海所包圍，與人世隔絕，被貶黜而過著寂寞的生活。彷彿上天認定我不足與人類爲伍，不足與其他人交往似的。我當時覺得，假如我能見到一個人，對我來說不亞於死而復生，那將是上帝所能賜給我的最大幸福，這種幸福僅次於上帝饒恕我在人間所犯的罪孽，讓我登上天堂。而現在呢，只要疑心可能會看到人，我就會不寒而慄；只要見到人影，看到人在島上留下的腳印無聲無息地躺在那裡，我就恨不得地上有個洞讓我鑽下去。

人生就是這麼變幻無常。我驚魂甫定之後，產生了關於人生的離奇古怪的想法。我了解到，我當前的境遇，正是大智大仁的上帝爲我安排的。我既然無法預知天命，就該服從上帝的絕對權威。因爲，我既然是上帝創造的，祂就擁有絕對的權力按照祂的旨意支配我和處置我；而我自己又曾冒犯過祂，祂當然有權力給我任何懲罰，這是合情合理的。我自己也理所當然地應接受祂的懲罰，因爲我對上帝犯了罪。

於是，我又想到，既然公正而萬能的上帝認爲應該這樣懲罰我，祂當然也有力量拯救我。如果上帝認爲不應該拯救我，我就應該認命，絕對地、毫無保留地服從上帝的旨意；同時，我也應該對上帝寄予希望，向祂祈禱，靜靜地聽候祂聖意的吩咐和指示。

我就這樣苦思冥想，花去了許多小時，許多天，甚至許多星期，許多個月。思考的結果，在當時對我產生了一種特殊的影響，不能不在這裡提一下。那就是：一天清晨，我正躺在床上想著野人出現的危險，心裡覺得志忑不安。這時，我忽然想到《聖經》上的話：「你在患難的時候呼求我，我就一定會拯救你，而你要頌讚我。」

於是，我愉快地從床上爬起來，不僅心裡感到寬慰多了，而且獲得了指引和鼓舞，虔誠地向上帝祈禱，懇求祂能拯救我。做完祈禱後，我就拿起《聖經》翻開來，首先就看到下面這句話：「等候上帝，要剛強勇敢，堅定你的意志，等候上帝！」這幾句話給我的安慰，非語言所能形容。於是，我放下《聖經》，心裡充滿了感激之情，也不再憂愁哀傷，至少當時不再難過了。

我就這樣一會兒胡猜亂想，一會兒疑神疑鬼，一會兒又反省冥思。忽然有一天，我覺得這一切也許全是我自己的幻覺。那個腳印可能是我下船上岸時自己留在沙灘上的。這個想法使我稍稍高興了一些，並竭力使自己相信，那確實是自己的幻覺，那只不過是自己留下的腳印而已。因爲，我既然可以從那兒上船，當然也可以從那兒下船上岸。更何況，我自己也無法確定哪兒我走過，哪兒我沒走過。如果最終證明那不過是自己的腳印，我豈不成了個大傻瓜，就像那些編造鬼怪恐怖故事的傻瓜，沒有嚇倒別人反而嚇壞了自己！

於是，我又鼓起勇氣，想到外面去看看。我已經三天三夜沒有走出城堡了，家裡快斷糧了，只剩一些大麥餅和水。另外，我還想到，那些山羊也該擠奶了，這項工作一直是我傍晚的消遣。那些可憐的傢伙好久沒擠奶，一定痛苦不安。事實上，由於長久沒有擠奶，有好幾隻幾乎已擠不出奶而糟蹋掉了。

相信那不過是自己的腳印，這一切只是自己在嚇自己，我就壯起膽子重新外出了，並跑到我的鄉間別墅去擠羊奶。我一路上擔驚害怕，一步三回頭往身後張望，時刻準備丟下筐子逃命。如果有人看到我那走路的樣子，一定以爲我做了什麼虧心事，或新近受了什麼極大的驚嚇哩——受驚嚇這倒也是事實。

可是，我一連跑去擠了兩三天奶，什麼也沒有看到，我的膽子稍稍大了一點。我想，其實沒有什麼事情，都是我的想像罷了。但我還不能使自己確信那一定是自己的腳印，除非我再到海邊一趟，親自看看那個腳印，用自己的腳去比一比，看看是不是一樣大。只有這樣，我才能確信那是我自己的腳印。不料，我一到那邊，首先發現的是，當初我停放小船時，絕不可能在那兒上岸；其次，當我用自己的腳去比那腳印時，發現我的腳小得多。這兩個情況又使我馬上胡思亂想起來，並使我憂心忡忡，忐忑不安。結果我嚇得渾身顫抖，好像發瘧疾一樣。我馬上跑回家裡，深信至少一個人或一些人上過岸。總之，島上已經有人了，說不定什麼時候會對我進行突然襲擊，使我措手不及。至於我應採取什麼措施進行防衛，卻仍毫無頭緒。

唉！人在恐懼中所作出的決定是多麼荒唐可笑啊！凡是理智提供他們保護自己的種種辦法，一旦恐懼心佔了上風，他們就不知道如何使用這些辦法了。我的第一個想法，就是把那些圍牆拆掉，把所有的圍地中的羊放回樹林，任憑牠們變成野羊，免得敵人發現之後，爲了掠奪更多的羊而經常上島騷擾；其次，我又打算索性把那兩塊穀物田也挖掉，免得他們在那裡發現這種穀物後，再常常到島上來劫掠。最後，我甚至想把鄉間茅舍和海邊住所的帳篷都通通毀掉，免得他們會發現住人的痕跡，從而會進行搜索，找出住在這裡的人。

這些都是我第二次從發現腳印的海邊回家之後在晚上想到的種種問題。那時候，我又像第一次發現腳印後那樣，驚魂不定，心裡充滿疑慮，心情憂鬱低落。由此可見，對危險的恐懼比看到危險本身更可怕千百倍；而焦慮不安給人的思想負擔又大大超過我們所眞正擔憂的壞事。更糟糕的是，我以前總能聽天由命，從中獲得安慰；而現在禍到臨頭，卻不能使自己聽從天命了，因而也無法獲得任何安慰。我覺得我像《聖經》裡的掃羅，不僅埋怨非利士人攻擊他，並且埋怨上帝離棄他。因爲我現在沒有用應有的辦法來安定自己的心情，沒有在危難中大聲向上帝呼求，也沒有像以前那樣把自己的安全和解救完全交託給上帝，聽憑上帝的旨意。假如我那樣做了，對這新的意料之外的事，我至少會樂觀些，也會有更大的決心度過這一難關。

我胡思亂想，徹夜不眠。到早晨，由於思慮過度，精神疲憊，才昏昏睡去。我睡得很香，醒來之後覺得心裡比以往任何時候都安定多了。我開始冷靜地思考當前的問題。我在內心進行了激烈的爭辯，最後得出了這樣的結論：這個小島既然風景宜人，物產豐富，又離大陸不遠，就不可能像我以前想像的那樣絕無人逶。島上雖然沒有居民，但對面大陸上的船隻有時完全有可能來島上靠岸。那些上島的人，有些可能有一定的目的，有些則可能被逆風刮過來的。

我在這島上住了十五年了，但從未見過一個人影。因爲即使他們偶爾被逆風刮到島上來，也總是盡快離開，看來到目前爲止，他們仍認爲這座孤島是不宜久居的地方。

現在，對我來說最大的危險不過是那邊大陸上偶爾在此登岸的三三兩兩的居民而已。他們是被逆風刮過來的，上島完全是出於不得已，所以他們也不願留下來，上島後只要可能就盡快離開，很少在島上過夜。否則的話，潮水一退，天色黑了，他們要離島就困難了。所以，現在我只要找到一條安全的退路，一看到野人上岸就躲起來，別的事情就用不著操心了。

這時，我深深後悔把山洞挖得太大了，並且還在圍牆和岩石銜接處開了一個門。經過一番深思熟慮後，我決定在圍牆外邊，也就是我十二年前種兩行樹的地方，再築起一道圓形的防禦工事。那些樹原來就種得非常密，所以現在只須在樹幹之間再打一些木樁就可以使樹幹之間的距離變得十分緊密。我很快就把這道圍牆打好了。

現在，我有兩道牆了。我又在外牆上用了不少木料、舊纜索及其他我能想到的東西進一步鞏固，並在牆上開了七個小洞，大小剛好能伸出我的手臂。在圍牆裡面，我又從山洞裡搬了不少泥土倒在牆腳上用腳踩實。這樣，把牆加寬到十多英尺寬。這七個小洞是準備放我的短槍的。我從破船上拿下了七把短槍。現在把這些槍支置在七個洞裡，並用架子支撐好，樣子像七尊大炮。這樣，在兩分鐘之內我可以連開七槍。我辛勤工作了好幾個月，才完成了這類牆；而在沒有完成以前，我一直感到自己不夠安全。

這項工程完成後，我又在牆外空地周圍密密地插了一些楊柳樹樁或樹枝，差不多插了兩萬多支，因爲楊柳樹特別容易生長。在楊柳樹林與圍牆之間，我特地留出一條很寬的空地。如有敵人襲擊，一下子就能發現。因爲他們無法在外牆和小樹間掩蔽自己，這樣就難以接近外牆了。

不到兩年時間，我就有了一片濃密的叢林，不到五、六年工夫，我住所面前便長起了一片森林，又濃密又粗壯，簡直無法通行。誰也不會想到樹林後有什麼東西，更不會想到有人會住在那兒了。在樹林裡我沒有留出小路，因此我的進出辦法是用兩架梯子。一架梯子靠在樹林側面岩石較低的地上；岩石上有一個凹進去的地方，正好放第二架梯子。只要把兩架梯子拿走，誰想走近城堡，誰就難以保護自己不受到我的反擊；就算他能越過樹林，也只是在我的外牆外邊而進不了外牆。

現在，我可以說已竭盡人類的智慧，千方百計地保護自己了。以後可以看到，我這樣做不是沒有道理的，雖然我目前還沒有預見到什麼危險，所感到的恐懼也沒有什麼具體的對象。

進行上述工作時，我也沒有忽略別的事情。我仍十分關心我的羊群，牠們隨時可以充分滿足我的需要，使我不必浪費火藥和子彈，也省得費力氣去追捕野山羊。我當然不願放棄自己馴養山羊所提供的便利，免得以後再從頭開始馴養。

爲此，我考慮良久，覺得只有兩個辦法可以保全羊群。一是另外找個適當的地方，挖一個地洞，每天晚上把羊趕進去；另一個辦法是再圈兩三塊小地方，彼此相隔較遠，愈隱蔽愈好，每個地方養六、七隻羊。萬一羊群遭到不測，我還可以花點時間和精力再恢復起來。這個辦法雖然要付出很多時間和勞力，但我卻認爲是一個最合理的計劃。

因此，我就花了一些時間，尋找島上最深幽之處。我選定了一塊非常隱蔽的地方，完全合乎我的理想。那是一片小小的濕窪地，周圍是一片密林。這座密林正是我上次從島的東部回家時幾乎迷路的地方。這兒我找到一片空地，大約有三英畝大，四周的密林幾乎像是天然的籬牆，至少用不著像我在別的地方圈地那樣費時費力。

於是，我立刻在這塊地上幹起來。不到一個月時間，籬牆就打好，羊群就可以養在裡面了。現在這些山羊經過馴養，已不像以前那樣野了，放在那兒十分安全。因此我一點也不敢耽擱，馬上就移了十隻小母羊和兩隻公羊到那兒去。羊移過去之後，我繼續加固籬牆，做得與第一個圈地的籬牆一樣堅固牢靠。所不同的是，我做第一個籬牆時比較從容不迫，花的時間也多得多。

我辛辛苦苦從事各項工作，僅僅是因爲我看到那個腳印，因而產生了種種疑懼。其實，直到現在，我還沒有看到任何人到島上來過。就這樣在這種志志不安的心情下我又過了兩年。這種不安的心情使我的生活遠遠不如從前那樣舒暢了。這種情況任何人都可以想像的。試想一個人成天提心吊膽地生活，生怕有人會害他，這種生活會有什麼樂趣呢？更令我痛心的是，這種不安的心情大大影響了我的宗教觀念。因爲我時刻擔心落到野人或食人族的手裡，簡直無心祈禱上帝；即使在祈禱的時候，也已不再有以往那種寧靜和滿足的心情了。我祈禱時，心情苦惱，精神負擔很重，彷彿危機四伏，每夜都擔心可能被野人吃掉似的。經驗表明，平靜、感激和崇敬的心情比恐怖和不安的心情更適於祈禱。一個人在大禍臨頭的恐懼下作祈禱，無異於在病榻上作懺悔祈禱，心情同樣不安。這種時候是不宜作祈禱的，因爲，這種不安的心情影響到一個人的心理，正如疾病影響肉體一樣。不安是心靈上的缺陷，其危害性並不亞於肉體上的缺陷，甚至超過肉體上的缺陷。而祈禱是心靈的行爲，不是肉體的行爲。

現在，再接著說說我接下去做的事情。我把一部分家畜安置妥當後，便走遍全島，想再找一片這樣深幽的地方，建立一個同樣的小圈地養羊。我一直往島的西部走，到了一個我從前從未涉足的地方。我往海裡一看，彷彿看到極遠處有一艘船。我曾從破船上一個水手的箱子裡找到了一兩個望遠鏡，可惜沒有帶在身邊。那船影太遠，我也說不準到底是否是船。我一直凝望看，看得我眼睛都痛得看不下去了。當我從山上下來時，那船影似的東西已完全消失了，我也只好隨它去了。不過，我由此下了決心，以後出門衣袋裡一定要帶一副望遠鏡。

我走下山崗，來到小島的盡頭。這一帶我以前從未來過。一到這裡，我馬上明白，在島上發現人的腳印，並不像我原來想像的那樣稀奇。只是老天爺有意安排，讓我漂流到島上野人從來不到的那一頭。否則我早就知道那些大陸上來的獨木舟，有時在海上走得太遠了，偶爾會渡過海峽到島的這一邊來找港口停泊。這是常有的事。而且他們的獨木舟在海上相遇時，經常要打仗，打勝了的部落就把抓到的俘虜帶到島上這邊來，按照他們吃人部落的習慣，把俘虜殺死吃掉。關於吃人肉的事，我下面再談。

再說我從山崗上下來，走到島的西南角，我馬上就嚇得驚惶失措，目瞪口呆了。只見海岸上滿地都是人的頭骨、手骨、腳骨，以及人體其他部分的骨頭，我心裡的恐怖，簡直無法形容。我還看到有一個地方曾經生過火，地上挖了一個鬥雞坑似的圓圈，那些野蠻人大概就圍坐在那裡，舉行殘忍的宴會，吃食自己同類的肉體。

見到這一情景，我簡直驚愕萬分。好久好久，我忘記了自身的危險。想到這種極端殘忍可怕的行爲，想到人性竟然墮落到如此地步，我忘記了自己的恐懼。吃人的事我以前雖然也經常聽人說起過，但今天才第一次親眼看到吃人留下的現場。我轉過臉去，不忍再看這可怕的景象。我感到胃裡東西直往上冒，人也幾乎快暈倒了，最後終於噁心得把胃裡的東西都吐了出來。我吐得很厲害，東西吐光後才略感輕鬆些。但我一分鐘也不忍心再待下去了，所以馬上拔腳飛跑上小山，向自己的家裡走去。

當我略微遠離吃人現場之後，還是驚魂不定，呆呆在路上站了一會兒。直到後來，心情才稍稍安定下來。我仰望蒼天，熱淚盈眶，心裡充滿了感激之情，感謝上帝把我降生在世界上別的地方，使我沒有與這些可怕的傢伙同流合污。儘管我感到自己目前的境況十分悲慘，但上帝還是在生活上給我種種照顧。我不僅不應該抱怨上帝，而且應衷心地感激祂。尤其是，在這種不幸的境遇中，上帝指引我認識祂，祈求祂的祝福，這給了我莫大的安慰。這種幸福足以補償我曾經遭受的和可能遭受的全部不幸還有餘。

我就懷著這種感激的心情回到了我的城堡。我比以往任何時候都感到自己的住所安全可靠，因而心裡也寬慰多了。因爲我看到，那些殘忍的食人部落來到島上並不是爲了尋找什麼他們所需要的東西；他們到這兒來根本不是爲了尋求什麼，需要什麼或指望得到什麼。因爲，有一點是毫無疑問的：那就是他們一般在樹深林密的地方登岸後，從未發現過任何他們所需要的東西。我知道，我在島上已快十八年了，在這兒，我從未見過人類的足跡。只要我自己不暴露自己，只要自己像以前一樣很好地隱蔽起來，我完全可以再住上十八年。何況，我當然絕不會暴露自己，因爲我唯一的目的就是很好地隱蔽自己，除非我發現比食人族更文明的人，才敢與他們交往。

我對這夥野蠻的畜牲，對他們互相呑食這種滅絕人性的罪惡風俗眞是深惡痛絕。所以，差不多有兩年時間，我整天愁眉不展，鬱鬱寡歡，並不敢超越自己的活動範圍。我所謂的活動範圍，就是指我的三處莊園——我的城堡，我的別墅和我那森林中的圈地。這中間，那森林中的圈地，我只是用來養羊，從不派別的用處。因爲我天生憎惡那些魔鬼似的食人畜生，所以害怕看到他們，就像害怕看到魔鬼一樣。這兩年中，我也沒有去看過那艘小船，只想另外再造一艘。我根本不敢再想把那艘小船從海上弄回來，唯恐在海上碰到那些野人。那時候，若落到他們手裡，我的命運就可想而知了。

可是，儘管如此，時間一久，我對食人族的擔心逐漸消失了，更何況我確信自己沒有被他們發現的危險。所以，我又像以前那樣泰然自若地過起生活了。所不同的是，我比以前更小心了，比以前更留心觀察，唯恐被上島的野人看見。特別是，我使用槍時更小心謹愼，以免給上島的野人聽到槍聲。幸好我早就馴養了一群山羊，現在就再也不必到樹林裡去打獵了。這就是說，我用不著開槍了。後來，我也捉過一兩隻野山羊，但用的都是老辦法，即用捕機和陷阱捉到的。因此，此後兩年中，我記得我沒有開過一次槍，雖然每次出門時還總是帶著的。此外，我曾從破船上弄到三把手槍，每次出門，我總至少帶上兩把，掛在腰間的羊皮皮帶上。我又把從船上拿下來的一把大腰刀磨利，繫了一條帶子掛在腰間。這樣，我出門時，樣子實在令人可怕。除了前面我描述過的那些裝束外，又添了兩把手槍和一把沒有刀鞘的腰刀，掛在腰間的一條皮帶上。

這次過了一段時間，除了增加上述這些預防措施外，我似乎又恢復了以前那種安定寧靜的生活方式。這些經歷使我越來越體會到，我的境況與其他人相比，實在說不上怎樣不幸；尤其是與我可能遭到的不幸相比，更應算是萬幸的了。更何況上帝完全可以使我的命運更悲慘。這又使我進行了一番反省。我想，如果大家都把自己的處境與處境更糟的人相比，而不是與處境較好的人相比，就會對上帝感恩戴德，而不會嘟嘟噥噥，怨天尤人了。如果能做到這樣，不論處於何種境況，人們的怨言就會少多了。

就我目前的境況而言，我其實不缺多少東西。可是，我總感到，由於受到那些野蠻的食人族的驚嚇，因而時時爲自己的安全而擔驚受怕。以往，爲使自己的生活過得舒服，我充分發揮了創造發明的才能，但現在就無法充分發揮了。我本來有一個煞費苦心的計劃，想試驗一下能否把大麥製成麥芽，再用麥芽來釀啤酒。現在，這一計劃也放棄了。當然，這實在也是一個荒唐的念頭，連我自己也常責備自己把事情想得太簡單了。因爲我不久就看出，許多釀造啤酒必不可少的材料我都沒有，也無法自己製造。首先，沒有啤酒桶。前面說過，我曾嘗試做木桶，但怎麼也做不抒。我曾花了許多天、甚至許多星期、許多個月，結果還是沒有成功。其次，沒有啤酒花㊱使酒經久不壞，沒有酵母發酵，沒有銅鍋銅罐煮沸。可是，儘管如此，我還是堅信，要是沒有對食人族的驚懼和恐怖，我早就可以著手去做了，甚至也許已做成功了。因爲我的脾氣是，不管什麼事情，一旦決心去做，不成功是絕不罷休的！

但現在我的發明創造能力向另一方面發展了。我日日夜夜都在琢磨，怎樣趁那伙食人惡魔在進行殘忍的人肉宴會時殺掉他們一批；並且，如果可能的話，把他們帶到島上準備殺害的受難者

㊱啤酒花，一種叫啤酒花藤的植物的花幹，用以使啤酒帶苦味。

救出來。我腦子裡想到各種各樣的計畫，想消滅這些野蠻的傢伙，或者至少嚇他們一下，讓他們再也不敢上島來。如果把我醞釀過的計劃通通記載下來的話，那就會比這本書還要厚了。然而，這一切都是不切實際的空想；只想不做，起不了任何作用。更何況如果他們二、三十人成群結夥而來，我孤身一人怎麼能對付他們呢？他們帶著標槍或弓箭之類的武器，射起來能像我的槍打得一樣準。

有時，我又想在他們生火的地方下面挖個小坑，裡面放上五、六磅火藥。等他們生火時必然會引爆火藥，把附近的一切都炸毀。但是，我首先不願意在他們身上浪費這麼多的火藥，因爲我剩下的火藥已不到一桶了。再說，我也不能保證火藥在特定的時間爆炸，給他們一個突然襲擊。可能最多也不過把火星濺到他們的臉上，使他們嚇一跳罷了，絕不會使他們放棄這塊地方，永遠不敢再來。因此，我把這個計劃擱置一邊另想辦法。後來，我又想到可以找一個適當的地方埋伏起來，把三把槍裝上雙倍的彈藥，等他們正熱鬧地舉行那殘忍的儀式時，就向他們開火，一槍準能打死或打傷兩三個。然後帶上我的三支手槍和一把腰刀向他們衝去，如果他們只有一、二十人，準能把他們殺得一個不留。這個妄想使我心裡高興了好幾個星期。我整天整夜想著這個計畫，連做夢也想，以至夢見我向那些野人開槍的情景。

我對這個計畫簡直著了迷，竟費了好幾天的工夫去尋找適當的埋伏地點。我還常到他們吃人的地點去察看，所以對那兒地勢已瞭如指掌。尤其是我報復心切，恨不得一刀殺死他們二、三十個；而在我一次次親臨現場，看到那恐怖的景象，看到那些野蠻的畜生互相吞食的痕跡，更使我怒氣衝天。

最後，我在小山坡上找到了一個地方，可以安全地把自己隱蔽起來，監視他們小船上島的一舉一動。在他們上岸之前，我可藏身在叢林裡，因爲那兒有一個小坑，大小正好能使我藏身。我可以穩穩當當地坐在那裡，把他們食人的殘忍行爲看得一清二楚。等他們湊在一塊兒時，就對準他們頭開槍，準能打中目標，第一槍就能打傷他們三、四個。

於是，我就決定在這兒把計畫付諸實施。我先把兩把短槍和一支鳥槍裝好彈藥，每把短槍裝上雙彈丸和四五顆小子彈，大約有手槍子彈那麼大；在鳥槍裡裝了特大號鳥彈。另外，每把手槍再裝四顆子彈。出發之前，再把彈藥帶足，以作第二、第三次射擊之用。就這樣，我完成了戰鬥準備。

計劃安排已定，我在自己的想像中又一次次地付諸實施。同時，每天上午我都要跑到那小山坡去巡視一番，看看海上有沒有小船駛近小島，或從遠處向小島駛來。我選定的地點離我的城堡有三英里多。一連守望了兩三個月，每天都毫無收穫地回到家裡，我開始對這件苦差使感到厭倦了。這段時間，不僅海岸上或海岸附近沒有小船的影子，就連用眼睛和望遠鏡向四面八方瞭望，整個洋面上也沒有任何船隻的影。

在每天到小山上巡邏和瞭望期間，我始終精神抖擻，情緒高漲，決心實現自己的計畫。我似乎隨時都可以幹得出驚人的壯舉，一口氣殺掉二、三十個赤身裸體的野人。至於他們究竟犯了什麼滔天大罪，我卻從未認眞考慮，只是當初看到這些土人傷天害理的習俗，從心底裡本能地感到厭惡和憤怒罷了。造物主治理世界，當然是英明無比的，但祂似乎已經棄絕了這些土人。任憑他們按照自己令人憎惡的、腐敗墮落的衝動去行事，任憑他們多少世紀以來幹著這種駭人聽聞的勾當，形成這種可怕的風俗習慣。要是他們不是被上天所遺棄，要是他們沒有墮落到如此毫無人性的地步，他們是絕不會落到現在這種境地的。但是，前面提到，我一連兩三個月每天上午都外出巡視，卻始終毫無結果。我開始感到厭倦了。

於是，我對自己的計畫也改變了看法，並開始冷靜地考慮我自己的行動。我想：這麼多世紀以來，上天都容許這些人不斷互相殘殺而不懲罰他們，那我有什麼權力和責任擅自將他們判罪處死，代替上天執行對他們的判決呢？這些人對我又究竟犯了什麼滔天大罪呢？我又有什麼權力參與他們的自相殘殺呢？我經常同自己進行辯論：「我怎麼知道上帝對於這件公案是怎樣判斷的呢？毫無疑問，這些人並不知道他們互相吞食是犯罪行為；他們那樣做並不違反他們的良心，因而他們也不會受到良心的譴責。他們並不知道食人是違背天理的罪行而故意去犯罪，就像我們大多數人犯罪時一樣。他們並不認為殺死戰俘是犯罪行為，正如我們並不認為殺牛是犯罪行為；他們也不認為吃人肉是犯罪行為，正如我們並不認為吃羊肉是犯罪行為。」

我稍稍從這方面考慮了一下，就覺得自己不對了。我覺得他們並不是我過去心目中所譴責的殺人犯。有些基督徒在戰鬥中常常把戰俘處死，甚至在敵人已經丟下武器投降後，還把成隊成隊的敵人毫無人道地殺個精光。從這方面來看，那些土人與戰鬥中殘殺俘虜的基督徒豈不一樣！

其次，我又想到：儘管他們用如此殘暴不仁的手段互相殘殺，於我卻毫無關係。他們並沒有傷害我。如果他們想害我，我為了保衛自己而向他們進攻，那也還說得過去。但現在我並沒有落到他們手裡，他們也根本不知道我的存在，因而也不可能謀害我。在這種情況下，我若主動攻擊他們，那就沒有道理了。我若這樣做，無異於承認那些西班牙人在美洲的暴行是正當的了。大家都知道，西班牙人在美洲屠殺了成千上萬的當地土人。這些土著民族崇拜偶像，確確實實是野蠻民族；在他們的風俗中，有些儀式殘忍野蠻，如把活人祭祀他們的偶像等等。可是對西班牙人而言，他們都是無辜的。西班牙人這種殺人滅種的行爲，無論在西班牙人自己之間，還是在歐洲各基督教國家中談起來，都引起了極端的憎惡和痛恨，認爲這是一種獸性的屠殺，一種人神共恨的殘酷不仁的暴行。「西班牙人」這個名詞，在一切具有人道主義思想和基督徒同情心的人們中，成了一個可怕的字眼，就彷彿只有西班牙這個國家才出這樣的人：他們殘酷不仁，對不幸的人竟毫無憐憫之心；而同情和憐憫正是仁慈品德的標誌。

基於上述考慮，我中止了執行攻擊野人的計畫，或至少在某些方面幾乎完全停止了行動。這樣，我逐漸放棄了這一計畫，因爲，我認爲自己作出襲擊那些野人的決定是錯誤的。我不應干預他們的內部事務，除非他們先攻擊我。我該做的是，只要可能，儘量防止他們攻擊我自己。不過，現在我至少知道，如果自己一旦被發現並受到攻擊，該如何對付他們了。

另外，我也認識到，這種主動攻擊野人的計畫不僅不能拯救自己，反而會完全徹底地毀滅自己。因爲，除非我有絕對把握殺死當時上岸的每一個人，還能殺死以後上岸的每一個人；否則，如果有一個人逃回去，把這兒發生的一切告訴他們的同胞，他們就會有成千上萬的人過來報仇，我這豈不是自取滅亡嗎？這是我當前絕對不應該做的事。

最後，我得出結論：無論在原則上、還是策略上，我都不應該管他們自己的事。我的任務是，採取一切可能的辦法，不讓他們發現我，並且不能留下任何一點細微的痕迹，讓他們懷疑有人住在這小島上。

這種聰明的處世辦法還喚起了我的宗教信念。種種考慮使我認識到，當時我制定的那些殘酷的計劃，要滅絕這些無辜的野人，完全背離了我自己的職責，因爲，他們至少對我是無辜的。至於他們彼此之間所犯的種種罪行，於我毫無關係。他們所犯的罪行，是一種全民性的行爲，我應該把他們交給上帝，聽憑上帝的裁判，因爲上帝是萬民的統治者，上帝知道用什麼樣的全民性的處罰來懲治全民性的犯罪行爲，怎樣公開判決這些在光天化日之下吃人飲血的罪人。

現在，事情在我看來已經非常清楚了。我覺得，上帝沒有讓我幹出這件事來，實是一件最令我慶幸的事情。我了解到，我沒有任何理由去幹這件事；如果我眞的幹了，我所犯的罪行無異於故意謀殺。於是我跪下來，以最謙卑的態度向上帝表示感謝，感謝祂把我從殺人流血的罪惡中拯救出來，並祈禱祂保佑我，不讓我落入野人手裡，以防止我動手傷害他們；除非上天高聲召喚我，讓我爲了自衛才這樣做。

此後，我在這種心情下又過了將近一年。在這段時期，我再也沒有去那座小山視察他們的蹤影，了解他們有沒有人上岸。因爲，一方面我不想碰到這些殘忍的傢伙，不想對他們進行攻擊；另一方面，我生怕自己一旦碰上他們會受不住誘惑，把我原來的計畫付諸實施，生怕自己看到有機可趁時對他們進行突然襲擊。這段期間我只做了一件事：那就是把停放在島那邊的小船轉移到島的東邊來。我在一個高高的岩石下發現了一個小灣，我就把船隱藏在這個小灣裡。那兒有一股急流，我知道那些野人無論如何也不敢或不願坐小船進來的。

同時，我把放在船上的一切東西都搬了下來，因爲一般短途來往不需要這些東西，其中包括我自己做的桅杆和帆，一個錨樣的東西——其實，根本不像錨或搭鉤，但我已盡我所能，做成那個樣子。我把船上所有的東西通通搬下來，免得讓人發現有任何船隻或有人居住的蹤跡。

此外，我前面已提到過，我比以往更深居簡出。除了幹一些日常工作，如擠羊奶，照料樹林中的羊群等，我很少外出了。羊群在島的另一邊，因此沒有什麼危險。因爲那些偶爾上島的野人，從來沒有想在島上找什麼東西，所以他們從不離開海岸向島裡走。我也毫不懷疑，自從我處處小心提防他們之後，他們還照常到島上來過好幾次。眞的，我一想到我過去出遊的情況，不禁不寒而慄。我以前外出只帶一把槍，槍裡裝的也是一些小子彈。就這樣我在島上到處東走走，西瞧瞧，看看能不能弄到什麼吃的東西。在這種情況下，假使碰上他們，或被他們發現，我該怎麼辦呢？因爲，我沒有多少自衛能力。或者假定我當時看到的不是一個人的腳印，而是一、二十個野人，一見到我就向我追來。他們善於奔跑，我是無論如何跑不過他們的，那我必定會落在他們手裡！

有時想到這些，我就會嚇得魂不附體，心裡異常難過，半天都恢復不過來。我簡直不能設想當時會怎麼辦，因爲我不但無法抵抗他們，甚至會因驚惶失措而失去從容應付的能力，更不用說採取我現在經過深思熟慮和充分準備的這些措施了。的確，我認眞地把這些事情思考過後，感到悶悶不樂，有時好半天都排解不開。最後我總是想到上帝，感謝祂把我從這麼多看不到的危險中拯救出來，使我躲開了不少災禍，而我自己是無論如何無法躲避這些災禍的，因爲我完全不可能預見到這些災禍，也完全沒有想到會有這種災禍。

以前，當在生活中遭遇到各種危難時，我開始了解到上帝對我們總是慈悲爲懷，使我們絕處逢生。現在，這種感想又重新回到我的心頭。我覺得，我們經常神奇地逃脫大難，連自己也不知道是怎麼回事。有時，我們會陷入無所適從的境地，躊躇不定不知道該走哪條路才好。這時候，內心常常會出現一種暗示，指示我們走這條路，雖然我們原來想走的是那條路。不僅如此，有時我們的感覺、願望、或我們的任務明明要我們走那條路，可是心裡忽然靈機一動，要我們走這條路；這種靈機也不知道是從哪裡來的，也不知道出自什麼影響，但就是壓倒了原來的一切感覺和願望，使我們走這條路。結果，後來的事實證明，如果我們當初走了我們自己想走的路，或者走了我們心目中認爲應該走的路，我們便早已陷於萬劫不復的境地。反覆思索之後，我自己定下一條規矩：每當自己心裡出現這種神祕的暗示或衝動，指示我應做什麼或不應做什麼，我就堅決服從這種神祕的指示，儘管我不知道爲什麼該這麼做或該這麼走，我知道的只是心裡的這種暗示或衝動。在我一生中，可以找出許許多多這樣的例子，由於我遵循了這種暗示或衝動而獲得了成功，尤其是我流落到這個倒楣的荒島上以後的生活，更證明了這一點。

此外，還有許多例子。當時我若能用現在的眼光去看待，是一定會意識到的。但世上有許多道理，只要有一天能大徹大悟就不算太晚。我奉勸那些三思而後行的人，如果在他們的生活裡，也像我一樣充滿了種種出乎尋常的變故，或者即使沒有什麼出乎尋常的變故，都千萬不要忽視這種上天的啓示，不管這種啓示是什麼看不見的神明發出的。關於這點我不準備在這裡討論，也無法加以闡明。但這種啓示至少可以證明精神與精神之間是可以交往的，有形的事物和無形的事物之間是有神祕的溝通的。而且這種證明是永遠無法推翻的。關於這一點，我將用我後半生的孤寂生活中一些很重要的例子加以證明。

由於我一直生活在危險之中，因而日夜憂慮，寢食不安，這就扼殺了我爲使自己生活舒適方便的發明創造能力。如果我坦誠承認這一點，讀者一定不會感到奇怪。我當前最迫切需要解決的是自己的安全問題，而不是食物問題。我連一個釘子都不敢釘，一塊木頭都不敢劈，生怕聲音被別人聽見；同樣，我更不敢開槍了。尤其叫我擔心的是生火這件事，唯恐煙火在白天老遠就被人看見而把自己暴露。因此我把一切需要生火的事，如用鍋子燒東西或抽菸斗等都轉移到我那林間別墅去做。我在那兒待了一段時期之後，發現了一個天然地穴，這使我感到無限的欣慰。地穴很深。我敢保證，即使野人來到洞口，也不敢進去。說實在的，一般人誰都不敢進去，只有像我這樣一心一意想尋找安全的藏身之所才會冒險深入。

地穴的洞口在一塊大岩石底下。有一天，我正在那兒砍柴，準備用來燒炭，偶然間發現了一個洞口，這一發現我除了歸諸天意外，只能說是偶然了。現在，在我繼續講我的發現之前，必須先談談我為什麼要燒炭。

前面我已經說過，我不敢在我的住所附近生火。可是，那兒是我生活的地方，我不能不烤麵包，不能不煮肉。因此，我計劃按照我在英國看到的辦法，拿一些木頭放在草皮泥層下燒，把木頭燒成木炭，熄火後再把木炭帶回家。這樣，如果家裡要用火，就可用木炭來燒，省得有冒煙的危險。

燒木炭的事就談到這裡。再說有一天，我正在那裡砍柴，忽然發現，在一片濃密的矮叢林後面，好像有一個深坑。我懷著好奇心想進去看看。我費力地走進洞口，發現裡面相當大。我在裡面站直了還綽綽有餘，甚至還能再站一個人。可是說實在的，我一進去就趕緊逃出來，因為我朝地穴深處一看，只見裡面一片漆黑，在黑暗中，忽然看見有兩隻發亮的大眼睛，也不知道是魔鬼的眼睛，還是人的眼睛。在洞口射進去的微弱光線的反射下，那對眼睛像兩顆星星閃閃發光。

儘管這樣，過了一會兒，我又恢復了鎮靜，連聲罵自己是個大傻瓜。我對自己說，誰要是怕魔鬼，誰就不配孤身一人在島上住二十年了。而且，我敢相信，在這洞裡，沒有其他東西會比我自己更令人可怕的了。於是，我又鼓起勇氣，點燃了一個火把，重新鑽進洞去。可是，我剛走出三步，又像第一次那樣嚇得半死。因爲我忽然聽到一聲很響的嘆息聲，就像一個人在痛苦中發出的嘆息。接著是一陣斷斷續續的聲音，好像是半吞半吐的說話聲，然後緊跟著又是一聲深深的嘆息聲。我馬上後退，嚇出了一身冷汗。要是我當時戴帽子的話，一定會嚇得毛髮倒豎，把帽子也掀掉。可是，我還是儘量鼓起勇氣。而且，我想上帝和上帝的神力是無所不在的，祂一定會保護我。這樣一想，也稍稍受到了鼓舞。於是，我高舉火把，向前走了兩步。我借著火光一看，原來地上躺著一隻大得嚇人的公山羊，正在那裡竭力喘氣，快要死了。這山羊大概是在這個洞穴裡找到了一個老死的地方。

我推了推牠，看看能不能把牠趕出去；牠也動了動，想站起來，可是已經爬不起來了。於是我想，就讓牠躺在那裡吧。既然牠把我嚇了一大跳，只要牠一息尚存，也一定會把膽敢闖進來的野人嚇跑。

這時，我從驚恐中恢復過來，開始察看周圍的情況。我發現洞不太大，周圍不過十二英尺，但這完全是一個天然的洞穴，既不方，也不圓，不成什麼形狀，沒有任何人工斧鑿的痕透。我又發現，在洞的盡頭，還有一個更深的地方，但很低，只能俯下身子爬進去。至於這洞通向何處，我當然不得而知。當時我手頭沒有蠟燭，只好暫時不進去，但我決定第二天帶上蠟燭和火絨盒進去。那火絨盒我是用一把短槍上的槍機做成的。另外，我還得帶一盤火種。

第二天，我帶了六支自己做的大蠟燭去了。我現在已經能用羊脂做出很好的蠟燭。我鑽進那低矮的小洞時，得俯下身子，這我前面已提過了。我在地上爬了約十來碼。說起來這實在是一個大膽的冒險舉動，因爲我既不知道要爬多遠，也不知道裡面究竟有什麼東西。鑽過這段通道後，洞頂豁然開朗，洞高差不多有數十英尺。我環顧周圍上下，只見這地下室或地窟的四壁和頂上，在我兩支蠟燭燭光的照耀下，反射出萬道霞光，燦爛耀目；這情景是我上島以來第一次看到的。至於那岩石中是鑽石，寶石，還是金子，我當然不清楚，但我想很可能是這類珍寶。

雖然在洞裡沒有光線，但這卻是一個令人賞心悅目的美麗的洞穴。地上乾燥平坦，表面是一層細碎的沙石，所以不會有令人厭惡的毒蛇爬蟲。洞頂和四壁也十分乾燥。這個洞穴唯一的缺點是入口太小，然而正是因爲進出困難，才使它成爲一個安全隱蔽的地方，而這也是我千方百計尋求的庇護所。所以，這個缺點於我來說反而成了一個優點。我對自己的發現眞是欣喜萬分，決定立刻把我最放心不下的一部分東西搬到洞裡來，特別是我的火藥庫和多餘的槍支，包括兩支鳥槍和三把短槍。因爲我一共有三支鳥槍和八把短槍，在城堡裡留下五把短槍架在外牆洞裡像大炮一樣，作戰中需要時也可隨時拿下來使用。

在這次轉移軍火時，我也順便打開了我從海上撈起來的那桶受潮的火藥。結果發現火藥四周進了三、四寸水，結成了一層堅固的硬殼，但裡面部分卻完好無損，彷彿殼裡的果仁保存得很好。我從桶裡弄到了差不多六十磅好火藥，這眞是一個可喜的收穫。不用說，我把全部火藥都搬了過去。從此以後，我在城堡裡最多只放三磅火藥，唯恐發生任何意外。另外，我又把做子彈的鉛也全部搬了過去。

在我自己的想像中，我成了一個古代的巨人，據說這些巨人住在山岩的洞穴裡，沒有人能攻擊他們。我自己想，只要我待在洞裡，即使有五百個野人來追蹤我，也不會找到我；就是給他們發現了，也不敢向我進攻。

我發現洞穴的第二天，那隻垂死的老山羊就在洞口邊死去了。我覺得與其把牠拖出去，倒不如就地拖個大坑，用土把牠埋起來更省事些。於是，我就地把老山羊埋了，免得我鼻子聞到死羊的臭氣。

我現在在島上已經住了二十三年了，對這個地方以及對自己在島上的生活方式，也已非常適應了。如果我不擔心野人襲擊的話，我寧願在此度過我的餘生，直到生命的最後一刻，就像洞中的那隻老山羊一樣無疾而終。同時，我又想出了一些小小的消遣和娛樂，使我的日子過得比以前快活多了。首先，我前面也提到過，教會了鸚鵡說話。現在她說得又熟練又清楚，實在令人高興。這隻鸚鵡和我一起生活了二十六年。至於牠後來又活了多久，我也不知道了。但巴西人都認爲，鸚鵡可以活上一百年，也許我那可憐的鸚鵡至今還活在島上呢，還在叫著「可憐的魯賓遜」哩！但願沒有一個英國人會這樣倒楣，跑到那裡聽到牠說話。要眞的給他聽到了，他肯定認爲碰上了魔鬼呢！我的狗也討我歡喜，是個可愛的伴侶，跟我不下十六年，後來終於老死了。至於我的那些貓，前面也已說過，由於繁殖太多，我不得不開槍打死了幾隻，免得牠們把我的東西通通吃光。後來我從船上帶下來的兩隻老貓都死了，我又不斷地驅逐那些小貓，不給牠們吃東西，結果牠們都跑到樹林裡去，變成了野貓。只有兩三隻我喜歡的小貓被我留在家裡馴養起來。這些都是我家庭的一部分成員。另外，我身邊還養了兩三隻小山羊，教會牠們在我手裡吃東西。此外還養了兩隻鸚鵡，也會說話，也會叫「魯賓遜」，但都比不上第一隻說得那麼好；當然，我在牠們身上花的功夫也沒有第一隻那麼多。我還養了幾隻海鳥，究竟是什麼鳥，我也不知道。我在海邊把牠們抓住後，剪去了翅膀養起來。現在，我城堡圍牆外打下去的那些小樹樁，已長成濃密的叢林。那些鳥就棲息在矮叢中，並生出了小鳥，非常有趣。所以，正如我前面所說的，只要不擔心受野人的襲擊，我對自己所過的生活，確實感到心滿意足了。

可是，事情的發展卻與我的願望相反。這部小說的讀者一定會得出這樣一個正確的結論：在我們的生活中，我們竭力想躲避的壞事，卻往往是我們獲得拯救的途徑；我們一旦遭到這種惡運，往往會嚇得半死，可是正由於我們陷入了痛苦，才得以解脫痛苦。在我一生離奇的生活中，可以舉出許多這一類的例子，尤其是我孤居荒島最後幾年的生活情況更能證明這一點。

前面我已說過，這是我在荒島上的第二十三個年頭了。當時正是十二月冬至前後。當然，這兒的十二月，根本不能算是冬天，但對我來說，這是收獲莊稼的特殊季節。我必須經常出門到田裡去。一天清晨，天還未大亮，我就出門了。忽然，只見小島盡頭的海岸上一片火光，那兒離我大約有兩英里遠。這使我驚恐萬分。那兒我也發現過野人到過的痕跡。但使我更苦惱的是，火光不是在島的另一邊，而是在我這一邊。

看到這個情景我著實吃驚不小。我立即停住腳步，留在小樹林裡，不敢再往外走，唯恐受到野人的突然襲擊。可是，我心裡怎麼也無法平靜了，我怕那些野人萬一在島上走來走去，發現我的莊稼，看到有些已收割了，有些還沒有收割，或者發現我其他的一些設施，他們馬上會斷定島上有人；那時，他們不把我搜出來是絕不會罷休的。在這危險關頭，我立即跑回城堡，收起梯子，並把圍牆外的一切儘量弄成荒蕪自然的樣子。

然後，我在城堡內做好防禦野人襲擊的準備。我把手槍和所有的炮全都裝好彈藥；所謂炮，就是那些架在外牆上的短槍，樣子像炮，我就這麼叫叫罷了。作好這些準備，伐決心抵抗到最後一口氣。同時，我也沒有忘記把自己託付給神的保護，摯誠地祈求上帝把我從野蠻人的手裡拯救出來。在這種心情和狀態下，我大約等了兩小時，就又急不可耐地想知道外面的情況，因爲我沒有探子派出去爲我打聽消息。

我又在家裡坐了一會，琢磨著該怎樣應付當前的情況。最後，我實在坐不住了，因爲我迫切需要知道外面的情況。於是，我便把梯子搭在山岩旁邊。前面我曾提到過，山岩邊有一片平台，我登上那片平台，再把梯子抽上來放在平台上，然後登上山頂。我平臥在山頂上，取出我特意帶在身邊的望遠鏡，向那一帶地方望去。我立即發現，那兒大約有十來個赤身裸體的野人，圍著一小堆火坐著。他們生火顯然不是爲了取暖，因爲天氣很熱，根本用不著取暖。我想，他們一定是帶來了戰俘在燒烤人肉，至於那些戰俘帶上島時是活是死，我就不得而知了。

他們有兩艘獨木舟，已經拉到岸上。那時正好退潮，他們大概要等漲潮後再走。看到這一情景，我內心慌亂極了；尤其是發現他們到了小島的這一邊，離我住所那麼近，不難想像我是多麼驚慌失措啊！但我後來注意到，他們一定得趁著潮水上島。這一發現使我稍稍安心了一點。只要他們不在岸上，我在漲潮期間外出是絕對安全的。知道這一點，我以後就可以外出安安心心地收獲我的莊稼了。

事情果然不出我所料，當潮水開始西流時，他們就上船划槳離去了。在離開前，他們還跳了一個多小時的舞。從我的望遠鏡裡，可以清楚地看到他們手舞足蹈的樣子。我還可以看到他們都赤身裸體，一絲不掛。可是是男是女，怎麼仔細看也分辨不出來。

一見他們上船離開了，我就拿了兩支槍背在肩上，兩把手槍掛在腰帶上，又取了一把沒鞘的大刀懸在腰間，盡快向靠海的那座小山上跑去，正是在那兒我第一次發現野人的蹤跡。我費了兩個多鐘頭才到達那裡，因為我全副武裝，負擔太重，怎麼也走不快。我一上小山就看到，除了我剛才看到的兩艘獨木舟外，還有另外三艘在那兒。再往遠處看去，只見他們在海面上會合後往大陸方向駛去了。

對我來說，這眞是一個可怕的景象。尤其是我走到岸邊，看到他們所幹的慘絕人寰的殘殺所遺留下來的痕跡，更令人可怕！那血跡，那人骨，那一塊塊人肉！可以想像，那些殘忍的傢伙一邊呑食，一邊尋歡作樂。見此情景，我義憤塡膺。這不禁使我重新考慮：下次再碰到他們過來幹此罪惡勾當，非把他們宰盡殺絕不可，管他們是什麼部落，也管他們來多少人！

但我發現，他們顯然並不經常到島上來，我第二次碰到他們在那裡登岸，是一年零三個月之後的事。這就是說，一年多時間中，我從未再見到過他們，也沒有見過他們的腳印或其他任何上島的痕跡。看來，在雨季，他們肯定是不會出門的，至少不會跑到這麼遠的地方來。然而，在這一年多中，我卻時刻擔心遭到他們的襲擊，所以日子過得很不舒暢。由此，我悟出一個道理：等待大難臨頭比遭難本身更令人痛苦，尤其是無法逃避這種災難而不得不坐等其降臨，更是無法擺脫這種擔驚受怕的恐懼。

這段時間裡，我只是一心想殺這些野人。大部分時間我不幹別的，只是苦思冥想殺人的計劃。我設想種種計謀，下次再看到他們時該怎樣向他們進攻，尤其是要提防他們像上次那樣，分成兩股前來。但我完全沒有考慮到，即使我把他們一股通通殺光，比如說，殺掉十個或二十個，到第二天，或第二個星期，或第二個月，我還得再殺掉他們另一股。這樣一股一股殺下去，永無止境，我自己最後豈不也成了殺人凶手，而且，比那些食人族也許更殘暴！

我現在每天都在疑慮和焦急中過日子，感到自己總有一天會落入那些殘忍無情的傢伙手中。即使偶然大著膽子外出，也總是東張西望，極端小心謹愼。我現在覺得，我老早就馴養了一群羊，眞給了我極大的寬慰，因爲我無論如何也不敢再開槍，尤其是在他們常來的一帶地方，唯恐驚動了那些野人。我知道，即使我暫時把他們嚇跑，不出明天他們就會捲土重來，那時，說不定會來兩三百艘獨木舟，我的結果也就可想而知了。

然而，在一年零三個月中，我從未見到過一個野人。直到後來，才又重新碰到了他們。詳細經過，我下面再談。不錯，在這段時期中，他們很可能來過一兩次。不過，他們大概沒有在島上逗留多久，要不就是我自己沒有聽到他們的動靜。可是現在，我在島上已生活了二十四個年頭了。估計是這一年的五月份，我又見到了那些食人族。這可以說是一次奇遇。下面我就講講這次不期而遇的經過。

在這十五、六個月裡，我極度心煩意亂。晚上我睡不著覺，經常做惡夢，並常從夢中驚醒。白天，我心神不定，坐立不安；夜裡，我在睡夢中大殺野人，並爲自己列舉殺害野人的種種理由。所有這一切，現在先不提。且說到了五月中旬，大約是五月十六日。這是根據我刻在柱上的日曆計算的，我至今還每天在柱上劃刻痕，但已不太準了。五月十六日這一天刮起了暴風雨，整天雷聲隆隆，電光閃閃，直至晚上，依然風雨交加，整夜不停。我也說不清事情究竟是什麼時候發生的，只記得當時我正在讀《聖經》，而且認眞地考慮著自己當前的處境。忽然，我聽到一聲槍響，好像是從海上發出的。這眞大大出乎我的意料。

這個「意外事件」與我以前碰到的任何事件完全不一樣，因而在我頭腦裡所產生的反應也完全不一樣。聽到槍聲後，我一躍而起，轉眼之間就把梯子豎在半山上，登上半山的平台後，又把梯子提起來架在平台上，最後爬上了山頂。就在這一剎那，我又看見火光一閃，知道第二槍又要響了；果然不出所料，半分鐘之後，又聽到了槍聲。從那聲音判斷，知道槍聲正是從我上回坐船被急流沖走的那一帶海上傳來的。

我立即想到，這一定是有船隻遇難了，而且，他們一定有其他船隻結伴航行，因此放槍發出求救信號。我這時非常鎭定，我想即使我無法救助他們，他們倒可能幫助我。於是，我把附近的乾柴通通收集起來，在山上堆成一大堆點起了火。木柴很乾，火一下子就燒得很旺。雖然風很大，火勢依然不減。我確信只要海上有船，他們一定看得見。而他們也確實看到了。因爲我把火一燒起來，馬上又聽見一聲槍聲，接著又是好幾聲槍響，都是從同一個方向傳來的。我把火燒了一整夜，一直燒到天亮。天大亮後，海上開始晴朗起來。這時，我看到在遠處海面上，在小島正東方向，彷彿有什麼東西，不知是帆，還是船。我怎麼看也看不清楚，用望遠鏡也沒有用，因爲距離實在太遠了，而且，天氣還是霧濛濛的；至少海面上霧氣還很濃。

整整一天，我一直眺望著海面上那東西，不久便發現它一直停在原處一動也不動。於是我斷定那一定是一條下了錨的大船。可以想像，我多麼急於把事情搞個水落石出，所以，就拿起槍向島的南邊跑去，跑到我前次被急流沖走的那些岩石前面。到了那裡，天氣已完全晴朗了。我一眼就看到，有一艘大船昨天夜裡撞在暗礁上失事了。這眞叫我痛心；事實上，我上次駕舟出遊時，就發現了那些暗礁。正是這些暗礁，擋住了急流的衝力，形成了一股逆流，使我那次得以死裡逃生。這是我生平從最絕望的險境裡逃出性命的經歷。

由此可見，同樣的險境，對這個人來說是安全的，對另一個人來說則可能意味著毀滅。我想，這些人由於不熟悉地形，那些暗礁又都隱藏在水底下，再加上昨天晚上的東北風很大，所以船觸上了暗礁。如果他們發現這個小島，我想他們一定會用船上的救生艇竭盡全力划到岸上來的。但看來他們一定沒有看到小島，只是鳴槍求救，尤其是他們看到我燃起的火光後，更是多次放槍。由此我頭腦裡出現了種種設想。首先，我想到，他們看到我點燃的火光後，必然會下到救生艇裡拼命向岸上划來，但由於風急浪高，把他們刮走了。一會兒我又猜想，也許他們的救生艇早就沒了，這種情況是經常發生的。當大船遇到驚濤駭浪時，水手們往往得把船上的救生艇拆散，甚至乾脆扔到海裡去。過會兒我又想，也許與他們結伴同行的船隻，在見到他們出事的信號後，已把他們救起來帶走了。我又想到，說不定他們已經坐上救生艇，可是遇到了我上次自己碰上的那股急流，給沖到大洋裡去了。到了大洋裡，他們可就糟了，那是必死無疑的。說不定這會兒他們都快餓死了，甚至可能正在人吃人呢！

所有這些想法，都僅僅是我自己的猜測罷了。在我目前的處境下，只能眼睜睜地看著這夥可憐的人遭難，並從心裡爲他們感到難過，除此之外，我毫無辦法。可是，這件事在我思想上產生了很好的影響。從這次事件中，我進一步認識到上帝對自己的恩惠，我是多麼感激祂對我的關懷啊！儘管我處境悲慘，但我的生活還是過得非常舒適，非常幸福。同時，我也要感謝上帝在船難中僅讓我一人死裡逃生；到目前爲止，我至少已親自見到兩艘船隻在海上遇難，這兩艘船的全體水手無一倖免，唯我獨生。

此外，從這件事中，我再一次認識到，不管上帝把我們置於何等不幸的境地或何等惡劣的生活環境，我們總會親眼看到一些使我們感恩的事，看到有些人的處境比自己更不幸。

就拿這夥人來說吧，我簡直很難想像他們之中有什麼人能死裡逃生，也沒有任何理由指望他們全體生還。對他們來說，唯一的希望是被結伴同行的船隻搭救。可是這種可能性實在太小了，我看不出任何一點被搭救的跡象。

看到這一情景，我心裡產生了一種說不出的求伴求友的強烈慾望，有時竟會脫口而出地大聲疾呼：「啊！哪怕有一兩個人——就是只有一個人能從船上逃出性命也好啊！那樣他能到我這兒，與我作伴，我能有人說說話也好啊！」我多年來過著孤寂的生活，但從來沒有像今天這樣強烈地渴望與人交往，也從來沒有像今天這樣深切地感到沒有伴侶的痛苦。

在人類的感情裡，往往有一種隱祕的原動力，這種原動力一旦被某種目標所吸引，就會以一種狂熱和衝動驅使我們的靈魂向那目標撲去，不管是看得見的目標，還是自己頭腦想像中的看不見的目標；不達目標，我們就會痛苦不堪。

我多麼渴望至少能有一個人生還啊！「啊，哪怕只有一個人也好啊！」這句話我至少重複了上千次。「啊！哪怕只有一個人也好啊！」我的這種願望是多麼急切，因此，每當我咕噥這句話時，不禁會咬緊牙關，半天也張不開來；同時會緊握雙拳，如果手裡有什麼脆軟的東西，一定會被捏得粉碎。

關於這種現象及其產生的原因和表現形式，不妨讓那些科學家去解釋吧。我只能原原本本地把事實講出來。當我初次發現這一現象時，我著實吃了一驚，儘管我不知道發生這種現象的原因，但是，毫無疑問的是，這是我內心熱切的願望和強烈的思緒所產生的結果。因爲我深切地體會到，如果能有一位基督徒與我交談，這對我實在是一種莫大的安慰。

但他們一個人也沒有倖存下來。這也許是他們的命運，也許是我自己的命運，也許是我們雙方都命運不濟，不讓我們能互相交往。直到我在島上的最後一年，我也不清楚那條船上究竟有沒有人生還。更令人痛心的是，過了幾天，我在靠近失事船隻的島的那一頭，親眼看到了一個淹死的青年人的屍體躺在海灘上。他身上只穿了件水手背心，一條開膝麻紗短褲和一件藍麻紗襯衫。從他的穿著看，我無法判別他是哪個國家的人。他的衣袋裡除了兩塊西班牙金幣和一個菸斗外，其他什麼也沒有。這兩樣東西對我來說，菸斗的價值超過西班牙金幣十倍。

這時，海面上已風平浪靜，我很想冒險坐小船上那失事的船上看看。我相信一定能找到一些對我有用的東西。另外，我還抱著一個更爲強烈的願望，促使我非上那艘破船不可。那就是希望船上還會有活人。這樣，我不僅可以救他的命，更重要的是，如果我能救他活命，對我將是個莫大的安慰。這個念頭時刻盤據我心頭，使我日夜不得安寧，只想乘小船上去看看。我想著想著，這種願望如此強烈，已到了無法抵禦的地步，那一定是有什麼隱祕的神力在驅使我要去。這種時候，我如果不去，那就太愚蠢了。所以，我決定上船探看一番，至於會有什麼結果，那就只好聽天由命了。

在這種願望的驅使下，我匆匆跑回城堡作出航的準備。我拿了不少麵包，一大罐淡水，一個駕駛用的羅盤，一瓶甘蔗酒——這種酒我還剩下不少，一滿筐葡萄乾。我把一切必需品都背在身上，就走到我藏小船的地方。我先把船裡的水淘乾，讓船浮起來；然後把所有的東西都放進船裡。接著，我又跑回家去取些其他東西。這一次我拿了一大口袋米，還有那把擋太陽的傘，又取了一大罐淡水，二十多塊小麵包——實際上是一些大麥餅，這次拿得比上次還多。另外又拿了一瓶羊奶，一塊乾酪。我費了不少力氣，流了不少汗，才把這些東西通通運到小船上。然後，我祈禱上帝保佑我一路平安，就駕船出發了。

我沿海岸先把小舟划到小島的東北角。現在，我得把獨木舟駛入大洋中去了；要嘛冒險前進，要嘛知難而退。我遙望著遠處海島兩邊日夜奔騰的兩股急流，回想起上次遭到的危險，不由得有點害怕了。因爲我可以想見，只要被捲入這兩股急流中的任何一股，小舟一定會被衝進外海，到那時，我就再也看不到小島，再也回不到小島了。我的船僅僅是一艘小小的獨木舟，只要大海上稍稍起一陣風，就難免覆沒了。

我愈想壓力愈大，不得不考慮放棄原定的計畫。我把小船拉進沿岸的一條小河裡，自己邁步上岸，在一塊小小的高地上坐下來沉思。我心情憂鬱，心緒不寧。我害怕死，又想前去探個究竟。正當我沉思默想之際，只見潮流起了變化，潮水開始上漲。這樣，我一時肯定走不成了。這時，我忽然想到，應該找一個最高的地方，上去觀察一下潮水上漲時那兩股急流的流向，從中我可以作出判斷，萬一我被一股急流沖入大海，是否有可能被另一股急流沖回來。

我剛想到這一層，就看見附近有一座小山；從山上可以看到左右兩邊的海面，並對兩股急流的流向可以一目了然，從而可以確定我回來時應走哪一個方向。到了山上，我發現那退潮的急流是沿著小島的南部往外流的，而那漲潮的急流是沿著小島的北部往裡流的。這樣，我回來時，小舟只要沿著北部行駛，自然就可以被漲潮的急流帶回來。

經過觀察，我大受鼓舞，決定第二天早晨趁第一次潮汐出發。我把水手值夜的大衣蓋在身上，在獨木舟裡過了一夜。第二天一早，我就駕舟出發了。最初，我一出海就朝正北駛去，走沒多遠，就進入了那股向東流動的急流；小舟在急流中向前飛駛，可是流速沒有上回島南邊那股急流那麼大，所以我尚能掌握住小舟。我以槳代舵，使勁掌握航向，朝那失事的大船飛駛過去。不到兩小時，我就到了破船跟前。

眼前的景象一片淒涼。從那條船的構造外形來看，是一條西班牙船，船身被緊緊地夾在兩塊礁石之間。船尾和後艙都被海浪擊得粉碎，那擱在礁石中間的前艙，由於猛烈撞去，上面的前桅和主桅都折斷倒在了甲板上，但船首的斜桁仍完好無損，船頭也還堅固。我靠近破船時，船上出現了一隻狗。牠一見到我駛近，就汪汪吠叫起來。我向牠一呼喚，牠就跳到海裡，游到我的小船邊來，我把牠拖到船上，只見牠又飢又渴，快要死了。我給了牠一塊麵包，牠就大吃大嚼起來，活像一隻在雪地裡餓了十天半月的狼。我又給牠喝了點淡水，牠就猛喝，要是我不制止牠的話，真的可以喝得把肚子都漲破。

接著，我就上了大船。我第一眼看到的，是兩個淹死的人；他們緊緊地抱在一起，躺在前艙的廚房裡。看來，船觸礁時，海面上狂風暴雨，海浪接連不斷地打在船上，船上的人就像被埋在水裡一樣，實在受不了最後窒息而死。除了那條狗，船上沒有任何其他生還的生物。船上所有的貨物，也都讓海水給浸壞了，只有艙底下幾桶酒因海水已退而露在外面，也不知道是葡萄酒還是白蘭地。那些酒桶很大，我沒法搬動它們。另外，我還看見了幾個大箱子，可能是水手的私人財物。我搬了兩個到我的小船上，也沒有來得及檢查一下裡面究竟裝的是什麼東西。

要是觸礁的是船尾，撞碎的是船首，我此行收穫就大了。從兩個箱子裡找出來的東西看，我完全可以斷定，船上裝的財富十分可貴。從該船所走的航線來看，我也不難猜想它是從南美巴西南部的布宜諾斯艾斯㊲或拉布拉他河口㊳出發的，準備開往墨西哥灣的哈瓦那㊴，然後也許再從那兒駛向西班牙。所以船上無疑滿載金銀財寶，可是這些財富目前對任何人都毫無用處。而船上的人究竟發生了什麼情況，我當然無從得知了。

除了那兩個箱子，我還找到了一小桶酒，約有二十加侖。我費了九牛二虎之力，才把酒桶搬到小船上。船艙裡還有幾支短槍和一支盛火藥的大角筒，裡面約有四磅火藥。短槍對我來說已毫無用處。因此我就留下了，只取了盛火藥的角筒。另外我又拿了一把火爐鏟和一把火鉗，這兩樣正是我十分需要的東西。我還拿了兩把小銅壺，一只煮巧克力的銅鍋和一把烤東西用的鐵鉬。我

㊲布宜諾斯艾利斯：阿根廷首都。

㊳拉布拉他河：（南美東南部）巴拉那河與烏拉圭河的河口部分。

㊴哈瓦那：中美古巴首都。

把這些貨物通通裝進我的小船，再帶著那隻狗，就準備回家了。這時正值漲潮，潮水開始向島上流。天黑後不到一小時我就回到了岸上，但人已勞累得疲倦不堪了。

當晚在小船上安歇了一夜。第二天早晨，我決定把運回來的東西都放到新發現的地穴裡去，而不是放到城堡裡去。我先吃了點東西，把所有的東西都搬到岸上，並仔仔細細地查看了一番。我搬回來的那桶酒是一種甘蔗酒，但與我們巴西的甘蔗酒不一樣，這種酒非常難喝。可是我打開那兩個大箱子後，找到了幾樣東西對我非常有用。例如，在一個箱子裡，有一個精緻的小酒箱，裡面的酒瓶也十分別緻，裝的是上等的提神烈性甜酒，每瓶約三品脫，瓶口上還鑲銀；還有兩罐上好的蜜餞，因爲封口很好，鹹水沒有進去。另外還有兩罐卻已被海水泡壞了。我又找到一些很好的襯衫，這正是我求之不得的東西。還有一打半白麻紗手帕和有色的領巾。麻紗手帕我也十分需要，大熱天拿來擦臉眞是再爽快也沒有了。此外在箱子的錢箱裡，有三大袋西班牙銀幣，約一千一百多枚，其中一袋裡有六塊西班牙金幣和一些小塊的金條，都包在紙裡，估計約有一磅重。

在另一個大箱子裡找到了一些衣服，但對我來說都沒有多大用處。看樣子，這個箱子是屬於船上的副炮手的。箱子裡沒有很多火藥，只有兩磅壓成細粒的火藥，裝在三只小瓶裡；我想大概是裝鳥槍用的。總的來說，我這趟出海弄到的東西有用的不太多。至於錢幣，對我當然毫無用處，眞是不如糞土！我寧願用金部金幣銀幣來換三、四雙英國襪子和鞋子，因爲這些都是我迫切需要的東西，我已經好幾年沒有鞋襪穿了。不過，我還是弄到了兩雙鞋子，那是我從遇難船上兩個淹死的水手的腳上脫下來的。另外，在這個大箱子裡還找到兩雙鞋，這當然也是求之不得的。但這兩雙鞋子都沒有英國鞋子舒適耐穿，因爲不是一般走路穿的鞋子，只是一種便鞋而已。在這個船員的箱子裡，我另外又找到了五十多枚西班牙銀幣，但沒有金幣。我想這個箱子的主人一定比較貧寒，而另一個箱子的主人一定是位高級船員。

不管怎麼說，我還是把所有的錢搬回了山洞，像以前一樣妥善收藏好。可惜的是，我無法進入破船的其他部分；否則的話，我準可以用我的獨木舟一船一船地把錢幣運到岸上。如果有一天我能逃回英國，就是把這些錢都放在這裡也非常安全，等以後有機會再回來取也不遲。

我把所有的東西運到岸上安置妥當後，就回到小船上。我沿著海岸，划到原來停泊的港口，把船纜繫好。然後，我拖著疲憊的身子回到了我的老住所。到了那裡，只見一切平安無事。於是我開始休息，並又像過去一樣照常度日，料理家務。有這麼一段短短的時期，我日子過得非常優閒自在，只是比以前較謹慎罷了。我時時注意外面的動靜，也很少外出。即使有時大膽到外面活動，也只是到小島的東部走走，因爲我確信野人從未到過那兒，因此用不著處處提防，也用不著帶許多武器彈藥。要是到其他地方去，只帶少許武器彈藥就不行了。

我在這種情況下又過了將近兩年。在這兩年裡，我頭腦裡充塞著各種各樣的計畫，一心設法逃離孤島，儘管我自己也知道，我那倒楣的頭腦似乎生來就是爲了折磨我的肉體。有時候，我還想上那條破船去察看一番，儘管我也知道，船上已沒有什麼東西值得我再次冒險出海了。有時候，我又想乘小舟東逛逛西走走。我毫不懷疑，如果我現在有我從薩累逃出來時坐的那艘小船，早就冒險出海了；至於去什麼地方，我也顧不得了。

一般人往往有一種通病，那就是不知足，老是不滿於上帝和大自然對他們的安排。現在我了解到，他們的種種苦難，至少有一半是由於不知足這種毛病造成的。患有這種病的人大可以從我的一生經歷中得到教訓。就拿我自己來說吧，正是由於我不滿自己原來的境況，又不聽父親的忠告——我認爲我有悖教訓，實爲我的「原罪」❹⓪；再加上我後來又犯了同樣的錯誤，才使自己落到今天這樣悲慘的地步。當時，造物主已安排我在巴西做了種植園主。如果我自己不痴心妄想發財，而是滿足於逐漸致富，這時候我也許已成了巴西數一數二的種植園主了，而現在我卻白白地在這荒島上流落了這麼多年，過著悲慘孤寂的生活。而且，我在巴西經營時間不長；就是在這段短短的時間裡，我也獲利不少。因此我確信，要是我繼續經營下去的話，到現在一定擁有十幾萬葡萄牙金幣的家財了。當時，我的種植園已走上了軌道，並且日益興旺。可是我偏偏把這一切丟棄，甘願去當一名船上的管貨員，只是爲了到幾內亞去販賣黑奴。現在想來，我爲什麼要這樣做呢？要是我守住家業，只要有耐心，經過一段時間之後，同樣可以積聚大筆財富，我不是也可以在自己的家門口，從那些黑奴販子手裡買到黑奴嗎？雖說價錢貴一點，但這點差價絕不值得自己去冒這樣大的風險！

然而，這正是一般不懂世事的年輕人共同的命運。他們不經過多年的磨鍊，不用高昂的代價獲得人生的閱歷，是不會明白自己的愚蠢行爲的。我現在的情況就是這樣。我生性不知自足，一直到現在還不能安於現狀。所以，我頭腦裡老是盤算著逃離荒島的種種辦法和可能性。爲了使讀者對我後面要敘述的故事更感興趣，在這兒我不妨先談一下我這種荒唐的逃跑計畫最初是怎樣形

❹⓪原罪：基督教的重要教義之一，指亞當和夏娃違反上帝告誡，偷吃了伊甸園的禁果，而被逐出伊甸園。

成的，後來又是怎樣實施的，以及我實施這一計畫的根據。

這次去破船上的航行回來之後，我又回到城堡裡過起隱居生活來。我把獨木舟按原來的辦法沉入水底隱藏好，過著以前那樣平靜的日常生活。現在，我比以前更有錢了，但並不因此而更富有，因爲金錢對我毫無用處，就像祕魯的印第安人，在西班牙人來到之前，金錢對他們也是毫無用處的。

我來到這孤島上已二十四年了。現在正値雨季三月。一天夜裡，我躺在吊床上，輾轉反側，難以入睡。我很健康，沒有病痛，沒有什麼不舒服，心情也很平靜，可是怎麼也合不上眼，就是睡不著。可以這麼說，整個晚上都沒打過盹。

那天晚上，我心潮起伏，思緒萬千，思前想後，實在一言難盡。我粗略地回顧了自己一生的歷程。我回想起自己怎樣流落到這荒島上，又怎樣在這兒過了二十四年的孤寂生活。我想到，來到島上的最初幾年，我怎樣過著無憂無慮的快樂生活；後來，在沙灘上發現了人的腳印後，又怎樣焦慮恐懼，過著憂心忡忡的生活。我也知道，多少年來，那些食人族經常到島上來，有時甚至成千上百登上岸來。但在此之前，我不知道這件事，當然也不會擔驚受怕。那時我儘管有危險，但自己不知道，所以也活得快活自在。我想，如果不知道有危險，就等於沒有危險，生活就照樣無憂無慮，十分幸福。由此，我悟出不少有益的道理。造物主統治人類，把人類的認識和知識局限在狹隘的範圍內，這正是造物主的英明之處。實際上，人類往往生活在種種危險之中，如果讓人類發現這些危險，那一定會使人人心煩意亂，精神不振。但造物主不讓人類看清事實眞相，使他們全然不知道四周的危險，這樣，人們就過著泰然寧靜的生活。

我這樣想了一段時間後，就開始認眞地考慮到這麼多年來我在這荒島上一直所面臨的危險。這種危險是實實在在的，可是，我過去卻經常坦然自若地在島上走來走去。實際上，可能只是一座小山，一棵大樹，或是夜正好降臨，才使我免遭殺害，而且，將會是以一種最殘忍的方式的殺害：那就是落入食人族手裡。如果落到他們手裡，他們就會把我馬上抓起來，就像我抓隻山羊或海鱉一樣。同時在他們看來，把我殺死吃掉，也不是什麼犯罪行爲，就像把一隻鴿子或鷸殺了吃掉在我看來也不是什麼犯罪行爲一樣。我必須恭恭敬敬地承認，我之所以在不知不覺中免於大難，完全是由於救世主的保佑，要是沒有祂的保佑，我早就落入野人的毒手了。

這些念頭想過之後，我又想到了那些畜生的天性——那些食人族的天性。我想，主宰萬物的上帝怎麼會容忍自己所創造的生物墮落到這樣毫無人性的地步，幹出人吃人的禽獸不如的殘酷行徑。我考慮來，考慮去，最後還是不得其解。於是，我又想到另一些問題：這些畜生究竟住在什麼地方？他們住在對面的大陸上，這一點不錯。但他們住的地方離海岸究竟有多遠？他們老遠從家裡跑出來，究竟有什麼目的？他們所乘的船，又是什麼樣子？我又想，他們既然可以到我這邊來，爲什麼我不設法到他們那邊去呢？

可是，我從來沒有考慮過一旦到了那裡我該怎麼辦；也沒有考慮過萬一落入野人手裡結果會如何；也沒有考慮過萬一他們追殺我，我又該怎樣逃命。不但如此，我甚至一點也沒有考慮到，我一上大陸，那些食人族必然會追殺我，不管他們來自什麼部落，所以，我是絕無逃生希望的。何況，即使不落到他們的手裡，我也沒有東西吃，也不知道往哪裡走。總之，所有這些，我都沒有想過。當時，我只是一心一意想乘上小舟渡過海峽到達對面的大陸上。我認爲，自己目前的處境是世界上最悲慘不過的了，除了死，任何其他不幸都比我目前的境況強。我想，只要一上大陸，我就會得救；或者，我可以像上次在非洲那樣，讓小舟沿海岸行駛，一直駛到有居民的地方，從而可以獲救。而且說不定還會碰到文明世界的船隻，他們就一定會把我救出來。最壞的結果也不過是死，一死倒好，一了百了，種種苦難也算到了盡頭。

請讀者注意。我當時心煩意亂，性情急躁，是因爲長期以來生活一直不順利，加上最近我上那條遇難船後感到萬分失望，因而心情更加煩躁不安。因爲我原來指望在船上能找到一兩個活人，這樣我總算可以找到說說話的伴侶，並可從他們那兒了解一些情況，譬如我目前究竟在哪裡，有沒有脫險的可能等等。這些都是我冒險上船所迫切追求的目的，可是結果一無所獲。所有這些都使我頭腦發昏，感情衝動。在此之前，我已心情平靜，只想聽天由命，一切憑上天作主；可現在，心情怎麼也安定不下來了。我彷彿無法控制自己的思想，整天只想著怎樣渡海到對面的大陸上去。而且，這種願望越來越強烈，簡直使我無法抗拒。

有兩三小時工夫，強烈的欲望使我激動得心跳加劇，熱血沸騰，像得了熱病一樣。當然這只是我頭腦發熱罷了。我就這麼想啊、想啊，直想得精疲力竭，直至昏昏睡去。也許有人以爲我在睡夢中也會登上大陸。可是我沒做這樣的夢，卻做了一個與此毫不相干的夢。我夢見自己像往常一樣，一大早走出城堡，忽然看見海面上有兩艘獨木舟載著十一個野人來到島上；他們另外還帶來了一個野人，準備把他殺了吃掉。突然他們要殺害的那個野人一下子跳起來，拼命奔逃。

睡夢中，我恍惚見他很快就跑到我城堡外的濃密的小樹林裡躲起來。我發現只有他一個人，其他野人並沒有過來追他，便走出城堡，向他招手微笑，並叫他不要怕。他急忙跪在地下，彷彿求我救救他。於是我向他指指我的梯子，叫他爬上去，並把他帶到我住所的洞穴裡。因此，他就成了我的僕人。我一得到這個人，心裡就想，現在，我眞的可以冒險上大陸了。這個野人可以做我的嚮導，告訴我該如何行動，什麼地方可弄到食物，告訴我什麼地方可去，以免被野人吃掉，什麼地方不可去。正這樣想著，我就醒來了。起初我覺得自己大有獲救的希望，高興得無法形容；等到我清醒過來，發現原來不過是一場夢境，不禁又極度失望，懊喪不已。

但是，這個夢境卻給了我一個啓示：我若想擺脫孤島生活，唯一的辦法就是盡可能弄到一個野人；而且如果可能的話，最好是一個被其他野人帶來準備殺了吃掉的俘虜。但要實現這個計劃也有其困難的一面，那就是要進攻一大隊野人，並且把他們殺得一個不留。

這種做法可以說是孤注一擲之舉，難保不出差錯；不僅如此，而且從另一方面來說，這種做法是否合法，也還値得懷疑。一想到要殺這麼多人，流這麼多血，我的心不由得顫抖起來，儘管這樣做是爲了使自己獲救。我前面也已經談到過我爲什麼不應該主動去攻擊野人的種種理由，所以我不必在此再嚕嗦了。另外，我現在還可以舉出種種其他理由來說明爲什麼我該攻擊這些野人。譬如說，這些野人是我的死敵，只要有可能，他們就會把我吃掉；再譬如說，我這樣做只不過是爲了保護自己的生命，是爲了拯救自己，這是一種自衛的行動。因爲，他們若向我進攻，我也不得不還擊。如此等等，理由還可以舉出一大堆。可是，一想到爲了自己獲救，非得別人流血，我就感到可怕，好久好久都想不通。

我內心進行了激烈的思想鬥爭，心裡十分矛盾，各種理由在我頭腦裡反覆鬥爭了好久。最後，要使自己獲救的迫切願望終於戰勝了一切，我決定不惜一切代價，弄到一個野人。現在，第二步就是怎樣實施這一計劃。這當然一時難以決定。由於想不出什麼妥當的辦法，我決定先進行守候觀察，看他們什麼時候上岸，其餘的事先不去管它，到時候見機行事。

這樣決定之後，我就經常出去偵察。我一有空就出去。時日一久，就又感到厭煩起來。因爲這一等又是一年半以上，差不多每天都要跑到小島的西頭或西南角去，看看海面上有沒有獨木舟出現。可是，這麼長時間中一次也沒有看到，眞是令人灰心喪氣，懊惱至極。但這一次我沒有像上次那樣完全放棄希望，相反，等待時日愈久，我愈急不可待。總之，我從前處處小心，儘量避免碰到野人；但現在卻急於要同他們碰面了。

此外，我認爲自己有充分的能力駕馭一個野人，甚至兩三個野人也毫無問題，只要我能把他們弄到手就行，我可以叫他們完全成爲我的奴隸，要他們做什麼就做什麼，並且任何時候都可以防止他們傷害我。我爲自己的這種想法大大得意了一番。可是，事情連影子也沒有，一切都只是空想，計劃當然也無從實現，因爲很久很久野人都沒出現。

我自從有了這些想法之後，平時就經常會想到這件事，可是因爲沒機會付諸實施，因此一直都毫無結果。這樣大約又過了一年半光景。一天清晨，我忽然發現有五艘獨木舟在島這頭靠了岸，船上的人都已上了島，但卻不知道他們去哪兒了。他們來的人這麼多，把我的計劃徹底打破了。因爲我知道，一艘獨木舟一般載五、六個人，有時甚至更多。現在一下子來了這麼多船，少說也有二、三十個人，我一個人單槍匹馬，如何能對付他們呢！因此，我只好悄悄躲到城堡裡去，坐立不安，一籌莫展。可是我還是根據過去的計劃，進行作戰準備，以便一有機會，立即行動。我等了好久，留神聽他們的動靜，最後，實在耐不住了，就把槍放在梯子腳下，像平時那樣，分作兩步爬上小山頂。我站在那裡，儘量不把頭露出來，唯恐被他們看見。我拿起望遠鏡進行觀察，發現他們不下三十人，並且已經生起了火，正在煮肉。至於他們怎樣煮的，煮的又究竟是什麼肉，我就不得而知了。這時，只見他們正手舞足蹈，圍著火堆跳舞。他們做出種種野蠻難看的姿勢，按自己的步法，正跳得不亦樂乎。

正當我觀望的時候，從望遠鏡裡又看到他們從小船上拖出兩個倒楣的野人來。這兩個野人大概是他們事先放在船上的，現在拖上岸來準備屠殺了。我看到其中一人被木棍或木刀亂打一氣，立即倒了下去。接著便有兩三個野人一湧而上，動手把他開膛破腹，準備煮了來吃。另一個俘虜被擱在一邊，到時他們再動手拿他開刀。這時，這個可憐的傢伙看見自己手腳鬆了綁，無人管他，不由起了逃命的希望。他突然跳起身奔逃起來；他沿著海岸向我這邊跑來，其速度簡直驚人。我是說，他正飛速向我的住所方向跑來。

我得承認，當我見他朝我這邊跑來時，著實吃驚不小；因為我認為，那些野人必然全部出動來追趕他。這時，我看到，我夢境中的一部分開始實現了：那個野人必然會在我城堡外的樹叢中躲起來。可是，夢境中的其餘部分我可不敢相信——也就是那些野人不會來追他，也不會發現他躲在樹叢裡。我仍舊站在原地，一動也不動。後來，我發現追他的只有三個人，膽子就大一點了。尤其是我發現那個野人跑得比追他的三個人快得多，而且把他們愈甩愈遠了。只要他能再跑上半小時，就可完全擺脫他們了，這不由使我勇氣倍增。

在他們和我的城堡之間，有一條小河。這條小河，我在本書的開頭部分曾多次提到過；我把破船上的東西運下來的時候，就是進入小河後搬上岸的。我看得很清楚，那逃跑的野人必須游過小河，否則就一定會被他們在河邊抓住。這時正值漲潮，那逃跑的野人一到河邊，就毫不猶豫縱身跳下河去，只划了三十來下便游過了河。他一爬上岸，又迅速向前狂奔。後面追他的那三個野人到了河邊。其中有兩個會游水，另一個卻不會，只好站在河邊，看其他兩個游過河去。又過了一會，他一個人就悄悄回去了。這實在救了他一命。

我注意到，那兩個會游水的野人游得比那逃跑的野人慢多了；他們至少花了一倍的時間才游過了河。這時候，我腦子裡突然產生一個強烈的、不可抗拒的欲望：我要找個僕人，現在正是時候；說不定我還能找到一個同伴，一個幫手哩。這明明是上天召喚我救救這個可憐蟲的命呢！我立即跑下梯子，拿起我的兩支槍——前面我已提到，這兩支槍就放在梯子腳下。然後，又迅速爬上梯子，翻過山頂，向海跑去。我抄了一條近路，跑下山去，插身在追蹤者和逃跑者之間。我向那逃跑的野人大聲呼喚。他回頭望了望，起初彷彿對我也很害怕，其程度不亞於害怕追趕他的野人。但我用手勢召喚他過來，同時慢慢向後面追上來的兩人野人迎上去。等他倆走近時，我一下子衝到前面的一個野人跟前，用槍桿子把他打倒在地。我不想開槍，怕槍聲讓其餘的野人聽見。其實距離這麼遠，槍聲是很難聽到的；即使隱隱約約聽到了，他們也看不見硝煙，所以肯定會弄不清是怎麼回事。第一個野人被我打倒之後，同他一起追來的那個野人就停住了腳步，彷彿嚇住了。於是我又急步向他迎上去。當我快走近他時，見他手裡拿起弓箭，準備拉弓向我放箭。我不得不先向他開槍，一槍就把他打死了。那逃跑的野人這時也停住了腳步。這可憐的傢伙雖然親眼見到他的兩個敵人都已經倒下，並且在他看來已必死無疑，但卻給我的槍聲和火光嚇壞了。他站在那裡，呆若木雞，既不進也不退，看樣子他很想逃跑而不敢走近我。我向他大聲招呼，做手勢叫他過來。他明白了我的意思，向前走幾步停停，又走幾步又停停。這時，我看到他站在那裡渾身發抖。他以爲自己成了我的俘虜，也將像他的兩個敵人那樣被殺死。我又向他招招手，叫他靠近我，並做出種種手勢叫他不要害怕。他這才慢慢向前走，每走一二十步便跪一下，好像是感謝我救了他的命。我向他微笑，作出和藹可親的樣子，並一再用手招呼他，叫他再靠近一點。最後，他走到我跟前，再次跪下，吻著地面，又把頭貼在地上，把我的一隻腳放在他的頭上，好像在宣誓願終身做我的奴隸。我把他扶起來，對他十分和氣，並千方百計叫他不要害怕。

但事情還沒結束。我發現我用槍桿打倒的那個野人並沒有死。他剛才被我打昏了，現在正甦醒過來。我向他指了指那個野人，表示他還沒有死。他看了之後，就嘰哩咕嚕向我說了幾句話。雖然我不明白他的意思，但對我來說聽起來特別悅耳，因爲這是我二十五年來第一次聽到別人和我說話，以前我最多也只能聽到自己自言自語的聲音。當然現在不是多愁善感的時候。那被打倒的野人已完全清醒，並從地上坐了起來。我發現被我救出的野人又有點害怕的樣子，便舉起另一支槍準備射擊。這時我那野人（我現在就這樣叫他了）做了個手勢，要我把掛在腰間的那把沒鞘的刀借他。於是我把刀給了他。他一拿到刀，就奔向他的敵人，手起刀落，一下子砍下了那個野人的頭，其動作乾脆俐落，勝過德國劊子手。這使我大爲驚訝，因爲，我完全可以相信，這個人在此之前，除了他們自己的木刀外，一生中從未見過一把眞正的刀。但現在看來，他們的木頭刀也又快又鋒利，砍頭殺人照樣一刀就能讓人頭落地。後來我了解到，事實也是如此。他們的刀是用很硬的木頭做成的，又沉重又鋒利。再說我那野人砍下了敵人的頭，帶著勝利的笑聲回到我跟前。他先把刀還給了我，然後做了許多莫名其妙的手勢，把他砍下來的野人頭放在我腳下。

但是最使他感到驚訝的是我怎麼能從這麼遠的距離把另一個野人打死。他用手指了指那個野人的屍體，做著手勢要我讓他過去看看。我也打著手勢，竭力讓他懂得我同意他過去。他走到那死人身邊，簡直驚呆了。他兩眼直瞪瞪地看著死人，然後又把屍體翻來翻去，想看個究竟。他看了看槍眼，子彈正好打中那野人的胸部，在那裡穿了個洞，但血流得不多，因爲中彈後人馬上死了，血就流到體內去了。他取下那野人的弓箭回到我跟前，我就叫他跟我離開這地方。我用手勢告訴他，後面可能有更多的敵人追上來。

他懂了我的意思後，就用手勢表示要把兩個屍體用沙土埋起來，這樣追上來的野人就不會發現蹤逃。我打手勢叫他照辦。他馬上幹起來，不到一會兒功夫，就用雙手在沙土上創了一個坑，剛好埋一個野人。他把屍體拖進去，用沙土蓋好。接著又如法炮製，埋了第二個野人的屍體。我估計，他總共只花了一刻鐘，就把兩具屍體埋好了。然後，我叫他跟我一起離開這兒。我沒有把他帶到城堡去，而是帶到島那頭的洞穴裡去。我這樣做是有意不讓自己的夢境應驗，因爲在夢裡，他是跑到城堡外面的樹叢中躲起來的。

到了洞裡，我給他麵包和一串葡萄乾，又給他水。因爲我見他跑了半天，已經飢渴不堪了。他吃喝完畢後，我又指了指一個地方，做著手勢叫他躺下來睡一覺。那兒鋪了一堆乾草，上面還有一條毯子，我自己有時也在上面睡覺。於是，這個可憐的傢伙一倒下去就呼呼睡著了。

這個野人生得眉清目秀，非常英俊。他身材合宜，四肢挺直又結實，但並不顯得粗壯。他個子很高，身體健康，年紀看來約二十六歲。他五官端正，面目一點也不猙獰可憎，臉上有一種男子漢的英勇氣概，又具有歐洲人那種和藹可親的樣子，這種溫柔親切的樣子在他微笑的時候表現得更爲明顯。他的頭髮又黑又長，但不像羊毛那樣鬈；他的前額又高又大，目光銳利而又活潑。他的皮膚不怎麼黑，略帶棕色，然而不像巴西人或弗吉尼亞人或美洲其他土人的膚色那樣黃褐色的，令人生厭，是一種深茶青色的，油光烏亮，令人賞心悅目，很難以用言語形容。他的臉圓圓胖胖的，鼻子卻很小，但又不像一般黑人的鼻子那樣扁；他的嘴形長得也很好看，嘴唇薄薄的，牙齒又齊又白，白得如同象牙。他並沒有睡得死死的，實際上只打了半小時的盹就醒來了。他一醒來就跑到洞外來找我，因爲當時我正在擠羊奶，我的羊圈就在附近。他一見到我，立刻向我奔來，爬在地上，做出各種各樣的手勢和古怪的姿勢，表示他臣服感激之心。最後，他又把頭放在地上，靠近我的腳邊，然後又像上次那樣，把我的另一隻腳放到他的頭上，這樣做之後，又向我作出各種姿勢，表示順從降服，願終身做我的奴隸，爲我效勞。他的這些意思我都明白了。我告訴他我對他非常滿意。不久我就開始和他談話，並教他和我談話。

首先我告訴他，他的名字叫「星期五」，這是我救他命的一天，這樣取名是爲了紀念這一天。我教他說「主人」，並告訴他這是我的名字。我還教他「是」和「不是」，並告訴他這兩個詞的意思。我拿出一個瓦罐，盛了些羊奶給他。我先喝給他看，並且把麵包浸在羊奶裡吃給他看。然後，我給了他一塊麵包，叫他學我的樣子吃。他馬上照辦了，並向我做手勢，表示很好吃。

晚上，我和他一起在地洞裡睡了一夜。天一亮，我就叫他跟我一起出去，並告訴他我要給他一些衣服穿。他明白了我的意思後，顯得很高興，因爲他一直光著身子，一絲不掛。當我們走過他埋下兩個屍體的地方時，他就把那地方指給我看，並告訴我他所做的記號。他向我做著手勢，表示要把屍體掘出來吃掉！對此，我表示十分生氣，我向他表明，對人吃人這種殘忍的行爲我深惡痛絕。我做出一想到這種惡罪勾當就要嘔吐的樣子。然後，我向他招手，叫他馬上走開。他立即十分馴服地跟著我走了。我把他帶到小山頂上，看看他的敵人有沒有走。我拿出望遠鏡，一眼就看到了他們昨天聚集的地方。但那些野人和獨木舟都不見了。顯然他們上船走了，並且把他們的兩個同伴丟在島上，連找都沒有找他們。

我對這一發現並不感到滿足。現在，我勇氣倍增，好奇心也隨之增大。因此，我帶了我的奴隸星期五，準備到那邊看個究竟。我給了他一把刀，讓他拿在手裡，他自己又把弓箭揹在背上——我已經了解到，他是一個出色的弓箭手。另外，我還叫他給我揹一支槍，而我自己則揹了兩支槍。這樣武裝好之後，我們就向那些野人昨天聚集過的地方出發了，因爲我很想獲得有關那些野人充分的情報。一到那裡，呈現在我面前的是一片慘絕人寰的景象，我血管裡的血不由得都冰冷了，連心臟也停止了跳動。那眞是一幅可怕的景象，至少對我而言實在慘不忍睹，可是對星期五來說，根本不當一回事。那兒遍地都是死人骨頭和人肉，鮮血染紅了土地；那大片大片的人肉，有的吃了一半，有的砍爛了，有的燒焦了，東一塊西一塊的，一片狼籍。總之，到處都是他們戰勝敵人之後舉行人肉宴的痕跡。我看到一共有三個骷髏，五隻人手，三、四根腿骨和腳骨，還有不少人體的其他部分。星期五用手勢告訴我，他們一共帶來了四個俘虜來這兒舉行人肉宴，三個已經吃掉了。他是第四個。說到這裡，他還指了指自己。他又告訴我，那些野人與他們的部族的新王發生了一次激烈的戰爭，而他自己是新王的臣民。他們這一邊也抓了大批俘虜；這些俘虜被帶到不同的地方殺掉吃了，就像那些野人把他們帶到這兒殺了吃掉一樣。

我讓星期五把所有的骷髏、人骨和人肉以及那些野人吃剩下來的東西收集在一起，堆成一堆，然後點上火把它們通通燒成灰燼。我發現星期五對那些人肉仍垂涎欲滴，不改他吃人的天性。但我明顯地表現出對吃人肉的事極端憎惡，不要說看到這種事，甚至連想都不願想。我還設法讓他明白，如果他敢再吃一口人肉，我就把他殺了，這才使他不敢有所表示。

辦完這件事後，我們就回到城堡裡去了。一到那裡，我就開始為星期五的穿著忙碌起來。首先，我給了他一條麻紗短褲。這條短褲是我從那條失事船上死去的炮手箱子裡找出來的。這件事我前面已提到過了。短褲略改一下，剛剛合他的身。然後，我又用羊皮給他做了件背心。我盡我所能縫製這件背心。應該說，我現在的裁縫手藝已相當不錯了。另外，我又給了他一頂兔皮帽子，戴起來挺方便，樣子也很時髦。現在，他的這身穿戴也還過得去了。他看到自己和主人幾乎穿得一樣好，心裡十分高興。說句實話，開始他剛穿上這些衣服時，深感行動不便；不但褲子穿起來感到很彆扭，而且，背心的袖筒磨痛了他的肩膀和胳肢窩。後來我把那使他難受的地方略微放寬了一些，再加上對穿衣服也感到慢慢習慣了，他就喜歡上他的衣著了。

回到家裡第二天，我就考慮怎樣安置星期五的問題。我又要讓他住得好，又要保證自己絕對安全。為此，我在兩道圍牆之間的空地上，給他搭了一個小小的帳篷，也就是說，這小帳篷搭在內牆之外，外牆之內。在內牆上本來就有一個入口通進山洞。因此，我在入口處做了個門檻和一扇木板門。門是從裡面開的。一到晚上，我就把門從裡面閂上，同時把梯子也收了進來。這樣，如果星期五想通過內牆來到我身邊，就必然會弄出許多聲響，也就一定會把我驚醒。因爲我在內牆和岩壁之間用長木椽作椽子搭了一個屋頂，把我的帳篷完全遮蓋了起來。椽子上又橫搭了許多小木條，上面蓋了一層厚厚的、像蘆葦一樣結實的稻草。在我用梯子爬進爬出的地方，又裝了一個後門。從外面把門打開，是絕對不可能的，這樣做，活門就會自動落下來，從而發出很大的聲響。此外，我每夜都把武器放在身邊，以備不時之需。

其實，對星期五，我根本用不著採取任何防範措施。任何其他人都不可能有像星期五這樣忠誠老實、聽話可愛的僕人。他沒有脾氣，性格開朗，不懷鬼胎，對我又順從又熱心。他對我的感情，就像孩子對父親的感情，一往情深。我可以說，無論何時何時，他都寧願犧牲自己的生命來保護我。後來，他的許多表現都證明了這一點，並使我對此毫不懷疑。因此，我深信，我對他根本不用防備。

這不由得使我經常想到，上帝對世事的安排，自有其天意，在其對自己所創造的萬物的治理中，一方面祂剝奪了世界上許多生物的才幹和良知，另一方面，祂照樣賦予他們與我們文明人同樣的能力，同樣的理性，同樣的感情，同樣的善心和責任感，也賦予他們同樣的嫉惡如仇的心理；他們與我們一樣知道感恩圖報，誠懇待人，忠貞不渝，相互爲善。而且，當上帝給他們機會表現這些才幹和良知時，他們和我們一樣，立即把上帝賦予他們的才幹和良知發揮出來做各種好事，甚至可以說比我們自己發揮得更充分。對此，我不能不感到驚訝。

同時，想到這些，我又感到有些悲哀，因爲許多事實證明，我們文明人在發揮這些才幹和良知方面，反而顯得非常卑劣。儘管我們不僅有能力，而且，我們受到上帝的教誨，上帝的聖靈和上帝的語言的啓示，這使我們能有更深刻的認識。同時，我也感到奇怪，爲什麼上帝不給這成千上百萬的生靈以同樣的教誨和啓示，使他們懂得贖罪的道理。我覺得，如果我以這可憐的野人作爲判斷的依據，那麼，他們實在能比我們文明人做得更好。

關於這些問題，我有時甚至會想過頭，以至冒犯了上帝的統治權，認爲祂對世事的安排欠公正，因爲祂把祂的教誨賜予了一部分人，而不賜予另一部分人，但卻又要這兩部分人負起同樣的義務。但我終於打消了這種想法，並得出了以下的結論：

第一，我們不知道上帝根據什麼神意和律法來給這些人定罪。上帝既然是神，祂必然是無限神聖、無限公正的。假如上帝作出判決，不把祂的教誨賜給這些人，那一定是因爲他們違反了上帝的教誨，也就是違反了《聖經》上所說的他們自己的律法；而上帝的判決，也是以他們的良心所承認的法則爲標準，雖然這些法則所依據的原則我們還不了解。第二，上帝就像陶匠，我們都是陶匠手裡的陶土；沒有一樣陶器可以對陶匠說：「你爲什麼把我做成這個樣子？」

現在再來談談我的新伙伴吧。我對他非常滿意，並決定教會他做各種各樣的事情，使他成爲我有用的助手，特別是要教會他說英語，並聽懂我說的話。他非常善於學習，尤其是學習時總是興致勃勃，誠誠懇懇；每當他聽懂了我的話，或是我聽懂了他的話，他就歡天喜地，十分高興。因此，與他談話對我來說實在是一件樂事。現在，我生活變得順心多了。我甚至對自己說，只要不再碰到那批食人族，哪怕是永遠不離開這個地方，我也不在乎。

回到城堡兩三天之後，我覺得應該戒掉星期五那種可怕的吃相，尤其是要戒掉他吃人的習慣。爲此，我想應該讓他嘗嘗別的肉類的味道。所以，一天早晨，我帶他到樹林裡去。我原來想從自己的羊圈裡選一隻小羊，把牠殺了帶回家煮了吃。可是，走到半路上，我發現有一隻母羊躺在樹蔭下，身邊還有兩隻小羊坐在那兒。我一把扯住星期五，並對他說：「站住別動。」同時打手勢，叫他不要動。接著我舉起槍，開槍打死了一隻小羊。

可憐的星期五上次曾看到我用槍打死了他的敵人，但當時他站在遠處，弄不清是怎麼回事，也想像不出我是怎樣把他的敵人打死的。但這一次他看到我開槍，著實吃驚不少；他渾身顫抖，簡直嚇呆了，差一點癱倒在地上。他既沒有去看我開槍射擊的那隻小羊，也沒有看到我已把小羊打死了，只顧扯開他自己的背心，在身上摸來摸去，看看自己有沒有受傷。原來他以爲我要殺死他。他跑到我跟前，撲通一聲跪下來抱住我的雙腿，嘴裡嘰哩咕嚕說了不少話，我都聽不懂。但我不難明白他的意思，那就是求我不要殺他。

我馬上想出辦法使他相信，我絕不會傷害他。我一面用手把他從地上扶起來，一面哈哈大笑，並用手指著那打死的小羊，叫他跑過去把牠帶回來。他馬上跑過去。他在那裡查看小山羊是怎樣被打死的，並感到百思不得其解。這時我趁此機會重新把槍裝上了子彈。不久，我看見一隻大鳥，樣子像一隻蒼鷹，正落在我射程內的一棵樹上。爲了讓星期五稍稍明白我是怎樣開槍的，就叫他來到我跟前。我用手指了指那隻鳥——現在我看清了，其實那是一隻鸚鵡，而我原先把牠當作蒼鷹了。我剛才說了，我用手指了指那隻鸚鵡，又指了指自己的槍和鸚鵡身子底下的地方，意思是說，我要開槍把那隻鳥打下來。於是，我開了槍了，並叫他仔細看好。他立即看到那鸚鵡掉了下來。他再次嚇得站在那裡呆住了，儘管我事先已把事情給他交待清楚了。尤其使他感到驚訝的是，他沒有看到我事先把彈藥裝到槍裡去，因此就以爲槍裡一定有什麼神奇的致命的東西，可以把人哪、鳥哪、野獸哪，以及遠遠近近的任何生物都殺死。他這種驚訝好久好久都不能消失。我相信，如果我讓他這樣下去，他一定會把我和我的槍當神一樣來崇拜呢！至於那支槍，事後好幾天，他連碰都不敢碰它，還經常一個人嘮嘮叨叨地跟它說話談天，彷彿槍會回答他似的。後來我才從他口裡知道，他是在祈求那支槍不要殺害他。

當時，我等他的驚訝心情略微平靜下來之後，就用手指了指那隻鳥掉下去的地方，叫他跑過去把鳥取來。於是他去了好半天才回來。原來那隻鸚鵡還沒有一下子死掉，落下來之後，又拍著翅膀掙扎了一陣子，撲騰到別處去了。可是星期五還是把牠找到了，並取來給了我。我見他對我的槍感到神祕莫測，就趁他去取鳥的機會重新裝上彈藥，並不讓他看見我是怎樣裝彈藥的，以便碰到任何其他目標時可以隨時開槍。可是，後來沒有碰到任何可以值得開槍的目標，就只把那隻小羊帶回了家。當晚我就把牠剝皮，把肉切好。我本來就有一個專門煮肉的罐子，就把一部分肉放到裡面煮起來，做成了鮮美的羊肉湯。我先吃了一點，然後也給了點他吃。他吃了之後，感到非常高興，並表示很喜歡吃。但最使他感到奇怪的是，他看到我在肉和肉湯裡放鹽。他向我做手勢，表示鹽不好吃。他把一點鹽放在嘴裡，做出作嘔的樣子，呸呸地吐了一陣子，又趕緊用清水嗽了嗽口。我也拿了一塊沒有放鹽的肉放在嘴裡，也假裝呸呸地吐了一陣子，表示沒有鹽肉就吃不下去，正像他有鹽吃不下去一樣。但是沒用，他就是不喜歡在肉裡或湯裡放鹽。過了很長一段時間之後，他也只是放很少一點鹽。

吃過煮羊肉和羊肉湯之後，我決定第二天請他吃烤羊肉。我按照英國的烤法，在火的兩邊各插一根有叉的木竿，上面再搭上一根橫竿，再用繩子把肉吊在橫竿上，讓它不斷轉動。星期五對我這種烤肉方法十分驚異。但當他嘗了烤羊肉的味道後，用各種方法告訴我他是多麼愛吃這種味道；我當然不可能不了解他的意思。最後，他告訴我，他從此之後再也不吃人肉了。聽到他講這句話，我感到非常高興。

第二天，我叫他去打穀，並把穀篩出來。篩穀的辦法我前面已提到過了，我讓他照著我的辦法做。不久他打穀篩穀就做得和我一樣好，尤其當他懂得這項工作的意義後幹得更賣力。因爲我等他打完穀之後，就讓他看看我做麵包、烤麵包。這時他就明白，打穀是爲了做麵包用的。沒多久，他也能做麵包、烤麵包了，而且做得和我一樣好。

這時，我也考慮到，現在既然添了一張嘴吃飯，就得多開一點地，多種一點糧食。於是，我又劃了一塊較大的地，像以前一樣把地圈起來。星期五對這工作幹得又主動，又賣力，而且幹起活來總是高高興興的。我又把這項工作的意義告訴他，使他知道現在添了他這個人，就得多種些糧食，多做些麵包，這樣才夠我們兩個人吃。他似乎很能領會這個意思，並表示他知道，我爲他幹的活比爲我自己幹的活還多。所以，只要告訴他怎麼幹，他一定會盡心竭力地去幹。

這是我來到荒島上度過的最愉快的一年。星期五的英語已說得相當不錯了，也差不多完全能明白我要他拿的每一樣東西的名稱和我差他去的每一個地方，而且，還喜歡一天到晚跟我談話。以前，我很少有機會說話；現在，我的舌頭終於又可以用來說話了。我與他談話眞是快樂無比。不僅如此，我對他的人品也特別滿意。相處久了，我越來越感到他是多麼地天眞誠實，我眞的打心底裡喜歡上了他。同時，我也相信，他愛我勝過愛任何人。

有一次，我有心想試試他，看他是否還懷念自己的故鄉。這時，我覺得他英語已講得相當不錯了，幾乎能回答我提出的任何問題。我問他，他的部族是否在戰爭中從不打敗仗。聽了我的問題，他笑了。他回答說：「是的，是的，我們一直打得比人家好。」他的意思是說，在戰鬥中，他們總是占優勢。由此，我們開始了下面的對話——

「你們一直打得比人家好，」我說，「那你怎麼會被抓住當了俘虜呢，星期五？」

星期五：我被抓了，但我的部族打贏了。

主人：怎麼打贏的呢？如果你的部族打贏了，你怎麼會被他們抓住呢？

星期五：在我打仗的地方，他們的人比我們多。他們抓住了一個、兩個、三個，還有我。在另一個地方，我的部族打敗了他們。那兒，我們抓了他們一兩千人。

主人：可是，你們的人爲什麼不把你們救回去呢？

星期五：他們把一個、兩個、三個，還有我，一起放到獨木舟上逃跑了。我們的部族那時正好沒有獨木舟。

主人：那麼，星期五，你們的部族怎麼處置抓到的人呢？他們是不是也把俘虜帶到一個地方，像你的那些敵人那樣，把他們殺了吃掉？

星期五：是的，我們的部族也吃人肉，把他們通通吃光。

主人：他們把人帶到哪兒去了？

星期五：帶到別的地方去了，他們想去的地方。

主人：他們到這個島上來過嗎？

星期五：是的，是的，他們來過。也到別的地方去。

主人：你跟他們來過這兒嗎？

星期五：是的，我來過這兒（他用手指了指島的西北方。看來，那是他們常去的地方。）。

透過這次談話，我了解到，我的僕人星期五，以前也經常和那些食人族一起，在島的另一頭上岸，幹那吃人的勾當，就像他這一次被帶到島上來，差點也給別的食人族吃掉。過了幾天後，我鼓起勇氣，把他帶到島的那一頭，也就是我面前提到過的那地方。他馬上認出了那地方。他告訴我，他到過這地方一次，吃了二十個男人、兩個女人和一個小孩。他還不會用英語數到二十，所以用了許多石塊在地上排成了長長的一行，用手指了指那行石塊告訴我這個數字。

我把這一段談話敘述出來，是因爲它與下面的事情有關。那就是，在我與他談過這次話之後，我就問他，小島離大陸究竟有多遠，獨木舟是否經常出事？他告訴我沒有任何危險，獨木舟也從未出過事。但是在離小島不遠處，有一股急流和風，上午是一個方向，下午又是一個方向。

起初我還以爲這不過是潮水的關係，有時往外流，有時往裡流。後來我才弄明白，那是由於那條叫作奧里諾科河[41]的大河傾瀉入海，形成回流之故。而我們的島，剛好在該河的一處入海口上。我在西面和西北面看到的陸地，正是一個大島，叫特里尼達島，[42]正好在河口的北面。我向星期五提出了無數的問題，問到這一帶的地形、居民、海洋、海岸，以及附近居住著什麼民族。

---

[41] 奧里諾科河，在南美洲北部，是委內瑞拉的主要河流，分成17股水道注入大西洋。

[42] 特立尼達島，在南美委內瑞拉的巴里灣口，前爲英領地小安提斯群島中最大的島，現爲拉丁美洲島國特立尼達和多巴哥。

他毫無保留地把他所知道的一切都告訴了我，態度十分坦率。我又問他，他們的民族分成多少部落，叫什麼名字。但問來問去只問出一個名字，就是加勒比人㊸。於是我馬上明白他所說的是加勒比群島，在我們的地圖上，是屬於美洲地區；這些群島從奧里諾科河河口一直延伸到圭亞那，再延伸到聖馬大㊹。他還指著我的鬍子對我說，在月落的地方，離這兒很遠很遠，也就是在他們國土的西面，住著許多像我這樣有鬍子的白人。又說，他們在那邊殺了很多很多的人。從他的話裡，我明白他指的是西班牙人。他們在美洲的殺人暴行在各民族中臭名遠揚，並且在這些民族中世代相傳。

我問他能不能告訴我怎樣才能從這個島上到那些白人那邊去。他對我說：「是的，是的，可以坐兩艘獨木船去。」我不明白「坐兩艘獨木船去」是什麼意思，也無法使他說明「兩艘獨木船」的意思。到最後，費了好大的勁，我才弄清楚他的意思。原來是要用一艘很大很大的船，要像兩艘獨木船那樣大。

星期五的談話使我很感興趣。從那時起，我就抱著一種希望，但願有一天能有機會從這個荒島上逃出去，並指望這個可憐的野人能幫助我達到目的。

現在，星期五與我在一起生活了相當長一段時間，他漸漸會和我談話了，也漸漸聽得懂我的話了。在這段時間裡，我經常向他灌輸一些宗教知識。特別有一次，我問他：他是誰創造出來

㊸ 加勒比人，南美洲東北部的印第安人，現住亞馬遜河流域、加勒比海諸島嶼和圭亞那等地。
㊹ 聖馬大：哥倫比亞一海岸小鎮。

的？這可憐的傢伙一點也不明白我的意思，以爲我是在問他誰是他的父親。我就換一個方法問他：大海，我們行走的大地、高山、樹林，都是誰創造出來的？他告訴我，是一位叫貝納木基的老人創造出來的，這位老人住在很遠很遠的地方。但無法告訴我這位偉大的老人究竟是怎麼樣的一個人，只是說他年紀很大很大，比大海和陸地、月亮和星星年紀都大。我又問他：「既然這位老人家創造了萬物，萬物爲什麼不崇拜他呢？」他臉上馬上顯出既莊重又天眞的神氣說：「萬物都對他說『哦』。」於是我又問他：在他們國家裡，人死之後都到什麼地方去了？他說：「是的，都到貝納木基老人那裡去了。」接著我又問他：他們吃掉的人是不是也到那裡去了？他說：「是的。」

從這些事情入手，我逐漸教導他，使他認識眞正的神是上帝。我指著天空對他說，萬物的偉大創造者就住在天上，並告訴他上帝用神力和神意創造了世界，治理著世界。我還告訴他，上帝是萬能的，祂能爲我們做任何事情，祂能把一切都賜予我們，也能把一切從我們手裡奪走。就這樣，我逐漸使他睜開了眼睛。他專心致志地聽我講，並且很樂意接受我向他灌輸的觀念：基督是被派來替我們贖罪的。他也樂意學著向上帝祈禱，並知道，上帝在天上能聽到他的祈禱。

有一天，他對我說，上帝能從比太陽更遠的地方聽到我們的話，他必然是比貝納木基更偉大的神。因爲貝納木基住的地方不算太遠，可他卻聽不到他們的話，除非他們到他住的那座山裡去向他談話。我問他；他可曾去過那兒與他談過話？他說：沒有，青年人從來不去，只有那些被稱爲奧烏卡兒的老人才去。經過他解釋，我才知道，所謂奧烏卡兒，就是他們部族的祭司或僧侶。據他說，他們到那兒去說「哦」，（他說，這是他們的祈禱）然後就回來，把貝納木基的話告訴

上帝留著我們，是讓我們自己有機會懺悔，有機會獲得赦免。」他把我的話想了好半天，最後，他顯得很激動，並對我說：「對啦，對啦，你、我、魔鬼都有罪，上帝留著我們，是讓我們懺悔，讓我們都獲得赦免。」

談到這裡，我又被他弄得十分尷尬。他這些話使我充分了解到，雖然天賦的觀念可以使一般有理性的人認識上帝，可以使他們自然而然地對至高無上的上帝表示崇拜和敬禮，然而，要認識到耶穌基督，要認識到祂曾經替我們贖罪，認識到祂是我們同上帝之間所立的新約的中間人，認識到祂是我們在上帝寶座前的仲裁者，那就非要神的啓示不可。這就是說，只有神的啓示，才能使我們在靈魂裡形成這些認識。因此，只有救主耶穌的普渡衆生的福音，只有上帝的語言和上帝的聖靈，才能成爲人類靈魂絕對不可少的引導者，幫助我們認識上帝拯救人類的道理，以及我們獲救的方法。

因此，我馬上把我和星期五之間的談話岔到別的事情上去。我匆匆忙忙站起來，彷彿突然想到一件什麼要緊的事情，必須出去一下。同時，我又找了一個藉口，把他差到一個相當遠的地方去辦件什麼事。等他走後，我就十分摯誠地祈禱上帝，祈求祂賜予我教導這個可憐的野人的好方法，祈求祂用祂的聖靈幫助這可憐無知的人從基督身上接受上帝的眞理，和基督結合在一起；同時祈求祂指導我用上帝的語言同這個野人談話，以便使這可憐的傢伙心悅誠服，睜開眼睛，靈魂得救。當星期五從外面回來時，我又同他進行了長時間的談話，談到救世主耶穌代人贖罪的事，談到從天上來的福音的道理，也就是說，談到向上帝懺悔、信仰救主耶穌等這一類事情。然後，我又盡可能向他解釋，爲什麼我們的救主不以天使的身分出現，而降世爲亞伯拉罕的後代，爲什麼那些被貶謫的天使不能替人贖罪，以及耶穌的降生是爲了挽救迷途的以色列人等等道理。

事實上，在教導他的時候，我所採用的方法，誠意多於知識。同時我也必須承認，在向他說明這些道理時，我自己在不少問題上也獲得了很多知識；這些問題有的我過去自己也不了解，有的我過去思考得不多，現在因爲要教導星期五，自然而然地進行了深入的思考。我想，凡是誠心幫助別人的人，都會有這種邊教邊學的體會。我感到自己現在探討這些問題的熱情比以前更大了。所以不管這個可憐的野人將來對我是否有幫助，我也應該感謝他的出現。

現在，我不再像以前那樣整日愁眉苦臉了，生活也逐漸愉快起來。每當我想到，在這種孤寂的生活中，我不但自己靠近了上帝，靠近了造物主，而且還受到了上帝的啓示，去挽救一個可憐的野人的生命和靈魂，使他認識了基督教這個唯一正宗的宗教和基督教義的眞諦，使他認識了耶穌基督，而認識耶穌基督就意味著獲得永生。每當想到這裡，我的靈魂便充滿快樂，這是一種眞正內心感覺到的歡愉。現在我覺得我能流落到這荒島上來，實在是一件值得慶幸的事，而在此之前，我卻認爲是我生平最大的災難呢！

我懷著這種感恩的心情，度過了我在島上的最後幾年。在我和星期五相處的三年中㊺因爲有許多時間和他談話，日子過得圓滿幸福——如果在塵世生活中眞有「圓滿幸福」的話。這個野人現在已成了一個虔誠的基督徒，甚至比我自己還要虔誠。當然，我完全有理由希望，並爲此我要

㊺笛福在時日的計算上經常不太精確。實際上魯賓遜與星期五這時在島上才共同度過了兩年，儘管他後面總提到是三年。

感謝上帝，我們兩人都能成爲眞正悔罪的人，並從悔罪中得到安慰，徹底洗心革面，改過自新。在這裡，我們有《聖經》可讀，這就意味著我們離聖靈不遠，可以獲得祂的教導，就像在英國一樣。

我經常誦讀《聖經》，並儘量向他解釋《聖經》的詞句的意義。星期五也認眞鑽研，積極提問。這使我對《聖經》的知識比一個人閱讀時鑽研得更深，了解得更多了。這一點我前面也已提到。此外，根據我在島上這段隱居生活的經歷，我還不得不提出一點自己的體會。我覺得關於對上帝的認識和耶穌救人的道理，在《聖經》中寫得這樣明明白白，這樣容易接受，容易理解，這對人類實在是一種無限的、難以言喻的幸福。

因爲僅僅閱讀《聖經》，就能使自己認識到自己的責任，並勇往直前地去擔負起這樣一個重大的任務：眞誠地懺悔自己的罪行，依靠救主耶穌來拯救自己，在實踐中改造自己，服從上帝的一切指示；而所有這些認識，都是在沒有別人的幫助和教導下獲得的（這兒的「別人」，我是指自己的同類——人類），只要自己閱讀《聖經》就能無師自通。而且這種淺顯明白的教導，還能啓發這個野人，使他成爲我生平所少見的虔誠的基督徒。

至於世界上所發生的一切有關宗教的爭執、糾纏、鬥爭和辯論，無論是教義上微細的分歧，還是教會行政上的種種計謀，對我們來說，都毫無用處。並且，在我看來，對世界上其他人也毫無用處。我們走向天堂最可靠的指南就是《聖經》——上帝的語言。感謝上帝，上帝的聖靈用上帝的語言教導我們，引導我們認識眞理，使我們心悅誠服地服從上帝的指示。所以，即使我們十分了解造成世界上巨大混亂的那些宗教上的爭執，在我看來對我們也毫無用處。現在，我還是把一些重要的事情，按發生的先後順序，繼續講下去吧。

我和星期五成了好朋友，我說的話，他幾乎都能聽懂；他自己的英語儘管說得不太道地，但已能相當流利地與我交談了。這時，我就把自己的身世告訴了他，特別是我怎樣流落到這小島上來，怎樣在這兒生活，在這兒已多少年了等等。我又把火藥和子彈的祕密告訴了他，因為，在他看來，這確實是個祕密，並教會了他開槍。我還給了他一把刀，對此他高興極了。我又替他做了一條皮帶，皮帶上掛了一個佩刀的搭環，就像在英國我們用來佩刀的那種搭環。不過，在搭環上，我沒有讓他佩腰刀，而是給他佩了把斧頭，因為斧頭不僅在戰鬥時可以派用場，而且在平時用處更多。

我把歐洲的情況，特別是我的故鄉英國的情況，說給他聽，告訴他我們是怎樣生活的，我們怎樣崇拜上帝，人與人之間怎樣互相相處，以及怎樣乘船到世界各地做生意。我又把我所乘的那條船出事的經過告訴他，並指給他看沉船的大致地方。至於那條船，早已給風浪打得粉碎，現在連影子都沒有了。

我又把那艘小艇的殘骸指給他看，也就是我們逃命時翻掉的那艘救生艇。我曾經竭盡全力想把它推出海裡去，但怎麼使勁小艇都分毫不動。現在，這小艇也已差不多爛成碎片了。星期五看到那艘小艇，站在那裡出神了好一會兒，一句話也不說。我問他在想些什麼。他說：「我看過這樣的小船到過我們的地方。」

我好半天都不明白他的意思。最後，絕過詳細追問，我才明白他的意思：曾經有一艘小艇，同這艘一模一樣，在他們住的地方靠岸，而且，據他說，小艇是給風浪沖過去的。由此，我馬上聯想到，這一定是一艘歐洲的商船在他們海岸附近的海面上失事了，那小艇是被風浪打離了大船，漂到他們海岸上。當時，我的頭腦眞是遲鈍極了，我怎麼也沒有想到有人也許從失事的船隻上乘小艇逃生，到了他們那邊。至於那是些什麼人，我當然更是想都沒有想過。因此，我只是要星期五把那艘小艇的樣子詳詳細細地給我描繪一番。

星期五把小艇的情況說得很清楚。後來，他又很起勁起補充說：「我們又從水裡救出了一些白人。」這才使我進一步了解了他的意思。我馬上問他小艇上有沒有白人。他說：「有，滿滿一船，都是白人。」我問他有多少白人，他用手指頭扳著告訴我，一共有十七個。我又問他們現在的下落。他回答說：「他們都活著，他們就住在我們的部落裡。」

他的話馬上使我產生了新的聯想。我想，那些白人一定是我上次在島上看出事的那條大船上的船員。他們在大船觸礁後，知道船早晚會沉沒，就上小艇逃生了。他們到了野人聚居的蠻荒的海岸上了岸。

因此，我更進一步仔仔細細地打聽了那些白人的下落。星期五再三告訴我，他們現在仍住在那裡，已經住了四年了。野人們不去打擾他們，還供給他們糧食吃。我問他，他們爲什麼不把那些白人殺了吃掉呢？星期五說：「不，我們和他們成了兄弟。」對此我的理解是，他們之間有一個休戰協議。接著，他又補充說：「他們只是打仗時吃人，平時是不吃人的。」這就是說，他們只吃戰爭中所抓到的俘虜，平時一般是不吃人的。

此後過了很久，有一天，天氣晴朗，我和星期五偶然走上島東邊的那座小山頂。在那兒，也是在一個晴朗的日子裡，我曾看到了美洲大陸。當時，星期五全神貫注地朝大陸方向眺望了一會兒，忽然出乎意外地手舞足蹈起來，還把我叫了過去，因爲我恰好不在他身邊，離開他還有幾步路。我問他是怎麼回事。他說：「噢，眞高興！眞快活！我看到了我的家鄉，我看到了自己的部落了！」

這時，我見他臉上現出一種異乎尋常的欣喜。他雙眼閃閃發光，流露出一種熱切興奮和神往的神色，彷彿想立刻返回他故鄉去似的。看到他這樣，我不禁胡思亂想起來。我對星期五不由起了戒心，因而與他也不像以前那樣融洽了。我毫不懷疑，只要星期五能回到自己的部落去，他不但會忘掉他的宗教信仰，而且也會忘掉他對我的全部義務。他一定會毫不猶豫地把我的情況告訴他部落裡的人，說不定還會帶上一兩百同胞到島上來拿我來開一次人肉宴。那時，他一定會像吃戰爭中抓來的俘虜那樣一樣興高采烈。

我的這些想法實在大大冤枉了這個可憐的老實人，後來爲此對他感到十分抱歉。可是，當時我的疑慮有增無已，一連好幾個星期都不能排除。我對他採取了不少防範的措施，對待他也沒有像以前那樣友好，那樣親熱了。這樣做，我又大大地錯了。其實，他和從前一樣，既忠實，又感恩，根本就沒有想到這些事情上去。後來的事實也證明，他既是一位虔誠的基督徒，又是一位知恩圖報的朋友。他的人品實在使我非常滿意。

可是，在我對他的疑懼沒有消除之前，我每天都要試探他，希望他無意中會暴露出自己的思想，以證實我對他的懷疑。可是我卻發現，他說的每一句話都那麼誠實無瑕，實在找不出任何可以讓我疑心的東西。因此，儘管我心裡很不踏實，他還是贏得了我的信任。在此期間，他一點也沒有看出我對他的懷疑，我也沒有根據疑心他是在裝假。

有一天，我們又走上了那座小山。但這一次海上霧濛濛的，根本看不見大陸。我對星期五說：「星期五，你想回到自己的家鄉，回到自己的部族去嗎？」他說：「是的，我很想回到自己的部族去。」我說：「你回去打算做什麼呢？你要重新過野蠻生活，再吃人肉，像從前那樣做個食人族嗎？」他臉上馬上顯出鄭重其事的樣子，拼命搖著頭說：「不，不，星期五要告訴他們做好人，告訴他們要祈禱上帝，告訴他們要吃穀物麵包，吃牛羊肉，喝牛羊奶，不要再吃人肉。」我說：「那他們就會殺死你。」他一聽這話，臉上顯出很莊重的神氣說：「不，他們不會殺我。他們愛學習。」

他的意思是說，他們願意學習。接著，他又補充說他們已經從小艇上來的那些有鬍子的人那兒學了不少新東西。然後，我又問他是否想回去。他笑著對我說，他不能游那麼遠。我告訴他，我可以給他做艘獨木舟。他說，如果我願意跟他去，他就去。「我去？」我說，「我去了，他們不就把我吃掉了？」

「不會的，不會的，」他說，「我叫他們不吃你。我叫他們愛你，非常非常愛你！」他的意思是說，他會告訴他們我怎樣殺死了他的敵人，救了他的命。所以，他會使他們愛我。接著，他又竭力描繪他們對待那十七個白人怎麼怎麼好。那些白人是在船隻遇難後上岸到他們那兒的，他叫他們「有鬍子的人」。

從這時起，我得承認，我很想冒險渡海過去，看看能否與那些有鬍子的人會合。我毫不懷疑，那些人不是西班牙人，就是葡萄牙人。我也毫不懷疑，一旦我能與他們會合，就能設法從這兒逃走。因為，一方面我們在大陸上；另一方面，我們成群結夥，人多勢眾。這要比我一個人孤立無援，從離大陸四十海里的小島上逃出去容易多了。所以，過了幾天之後，我又帶星期五外出工作，談話中我對他說，我將給他一條船，可以讓他回到自己的部族那兒去。爲此，我把他帶到小島另一頭存放小船的地方。我一直把船沉在冰底下，所以，到了那兒，我先把船裡的水排乾，再讓船從水裡浮上來給他看，並和他一起坐了上去。

我發覺他是一個駕船的能手，能把船划得比我快一倍。所以，在船上，我對他說：「好啦，星期五，我們可以到你的部族去了嗎？」聽了我的話，他楞住了。看來，他似乎是嫌這船太小，走不了那麼遠。這時，我又告訴他，我還有一艘大一點的船。於是，第二天，我又帶到他到我存放我造的第一艘船的地方，那艘船我造了卻無法下水。他說船倒是夠大，可是，我一直沒有保護它，在那兒一躺就是二十二、三年，放太陽晒得到處乾裂並朽爛了。星期五告訴我，這樣的船就可以了，可以載「足夠的食物、飲水和麵包。」他是這樣說的。

總之，我這時一心一意打算和星期五一起到大陸上去。我對他說我們可以動手造一艘跟這一樣大的船，讓他坐著回家。他一句話也不說，臉上顯出很莊重、很難過的樣子。我問他怎麼啦。他反問我道：「你爲什麼生星期五的氣？我做錯了什麼事？」我問他這麼說是什麼意思，並且告訴他我根本沒有生他的氣。「沒有生氣！沒有生氣！」他把這句話說了一遍又一遍。「沒有生氣爲什麼要把星期五打發回家？」我說：「星期五，你不是說你想回去嗎？」

「是的，是的，」他說，「我想我們兩個人都去，不是星期五去，主人不去。」總而言之，沒有我，他是絕不想回去的。

我說：「我去？星期五，我去那兒做什麼呢？」他馬上回答說：「你可以做很多、很多的好事。你可以教我們這些野人，使他們成爲善良的人，有頭腦的人，和氣的人。你可以教他們認識上帝，祈禱上帝，使他們過一種新的生活。」

「唉，星期五，」我說，「你不知道你在說些什麼啊？我自己也是個無知的人啊！」

「你行，你行，」他說，「你能把我教好，也就能把他們大家都教好。」

「不行，不行，星期五，」我說，「你一個人去吧，讓我一個人留在這兒，仍像以前一樣過日子吧。」他聽了我的話，又給弄糊塗了。他登時跑去把他日常佩帶的那把斧頭取來交給我。

「給我斧頭幹什麼？」我問他。「拿著它，殺了星期五吧！」他說。「我爲什麼要殺星期五呢？」我又說。他馬上回答說：「你爲什麼要趕走星期五呢？拿斧頭殺了星期五吧，不要趕他走。」他說這幾句話的時候，態度十分誠懇，眼睛裡噙著眼淚，簡而言之，我一眼就看出他對我眞是一片眞情，不改初衷。因此我對他說，只要他願意跟我在一起，我再也不打發他走了。這話我後來還經常反反覆覆對他說了無數次。

總之，從他全部的談話看來，他對我的情意是堅定不移的，他絕對不願離開我。他之所以想回到自己的家鄉去，完全是出於他對自己部族的熱愛，並希望我一起去對他們有好處。可是，我去了是否對他們會有用處，我自己卻毫無把握，因此，我也不想爲此而去對面的大陸。但是，我心裡一直有一種強烈的願望，希望我能從這兒逃走。這種願望的根據，就是從他的談話裡得知那邊有十七個有鬍子的人。因此我馬上就跟星期五一起，去找一棵可以砍伐的大樹，拿它造條大一點的獨木舟，以便駕著它到對面的大陸上去。這島上到處是樹木，足夠用來造一支小小的船隊，而且不僅僅是造一支獨木舟的船隊，而是可以造一支大船的船隊。但我的主要目的，是要找一棵靠近水邊的樹。這樣，造好之後就可以下水，避免我上次犯的錯誤。

最後，星期五終於找到了一棵。用什麼木料造船，他要比我內行得多。直到今天，我還說不上我們砍下來的那棵樹叫什麼名字，只知道樣子像熱帶美洲的黃木，或者是介於黃木和中南美紅杉之間的樹。那種紅杉又稱巴西木，因爲這樹的顏色和氣味都與這兩種樹相似。星期五打算用火把這棵樹燒空，造成一艘獨木舟，但我教他用工具來鑿空。我把工具的使用方法告訴他之後，他立即很機靈地使用起來了。經過一個月左右的辛勤勞動，我們終於把船造好了，而且造得很好看。我教星期五怎樣使用斧頭後，我倆用斧頭把獨木舟的外殼砍削得完全像一條正規的小船。這以後，我們差不多又花了兩星期的工夫，用大轉木一寸一寸地推到水裡去。一旦小船下水，我們發現它載上二十個人也綽綽有餘。

船下水後，雖然很大，可是星期五駕著它回旋自如，搖槳如飛，眞是靈巧又敏捷，使我大爲驚異。於是我就問他，我們能不能坐這艘船過海。「是的，」他說，「我們能乘它過海，就是有風也不要緊。」可是，我對船另有設計，星期五對此就一無所知了。我要給獨木舟裝上桅杆和船帆，還要配上錨和纜索。說到桅杆，那倒容易。我選了一根筆直的小杉樹，這種樹島上到處都是，附近就找到了一棵。我讓星期五把樹砍下來，並教他削成桅杆的樣子。可是船帆就有點傷腦筋了。我知道我藏了不少舊船帆，或者說有不少塊舊帆布。但這些東西已放了二十六年了，也沒有好好保管，因爲以前我從來沒有想到這些東西還會有什麼用處。因此，我毫不懷疑，那些帆布早已爛掉了。事實上，大部分也的確爛掉了。可是，從這些爛帆布中間，我還是找到了兩塊帆布，看上去還不錯，於是就動手用來做船帆。因爲沒有針，縫製起來就十分費力費時。花了不少力氣才勉強做成一塊三角形的東西，樣子醜陋不堪。船帆的樣子像我們英國的三角帆；用的時候，帆杆底下裝一根橫木，船篷上再裝一根橫木，就像我們大船的救生艇上裝的帆一樣。這種帆我是駕輕就熟了。因爲我從薩累逃出來的那艘長艇上，裝的就是這種帆。關於這件事，我在本書的第一部分已詳細敘述過了。

這最後一項工作，差不多花了我兩個月左右的功夫，因爲我想把製造和裝備桅杆和船帆的工作做得盡可能完美無缺。此外，我還配上小小的桅索以幫助支撐桅杆。我在船頭還做了個前帆，以便逆風時行船。尤其重要的是，我在船尾還裝了一個舵，這樣轉換方向時就能駕御自如了。我造船的技術當然不能算高明，然而知道這些東西非常有用，而且是必不可少的，也就只好不辭辛勞，盡力去做了。在製造過程中，我當然幾經試驗和失敗。如果把這些都計算在內，所花費的時間和力氣，和造這條船本身相差無幾。

小船裝備完畢，我就把使用帆和舵的方法教給星期五。他當然是個划船的好手，可是對使用帆和舵卻一竅不通。他見我用手掌舵，駕著小舟在海上往來自如，又見那船帆隨著船行方向變化，一會兒這邊灌滿了風，一會兒那邊灌滿了風，不禁大爲驚訝——簡直驚訝得有點發呆了。可是不久我就教會了他使用舵和帆，很快他就能熟練駕駛，成了一個出色的水手。只是羅盤這個東西，我卻始終無法使他理解它的作用，好在這一帶很少有雲霧天氣，白天總能看到海岸，晚上總能看到星星，所以也不大用得著羅盤。當然雨季情況就不同了，可是雨季一般誰都不出門，不要說出海航行了，就是在島上走走也很少。

我流落到這個荒島上，現在已經是第二十七個年頭了，雖然最後三年似乎可以不算在裡面。

因爲自從我有了星期五作伴，生活和以前大不相同了。我像過去一樣，懷著感激的心情，度過了我上島的紀念日。假如我過去有充分的理由感謝上帝的話，那現在就更如此了。因爲現在我有更多的事實表明上帝對我的關懷，並且在我面前已呈現了極大的希望，我可以很快脫離大難，成功的可能性也極大。我心裡已明確地感覺到我脫離大難的日子爲期不遠，知道自己在這兒不會再待上一年了。儘管如此，我仍像過去一樣，照樣耕作、挖土、種植、打圍籬。另外就是採集和晒製葡萄乾這些日常工作，一切都如常進行。

雨季快到了，那時我們大部分時間都只好待在家裡，爲此，我得先把我們的新船放置妥當。我把船移到從前卸木排的那條小河裡，並趁漲潮時把它拖到岸上。我又叫星期五在那裡挖了一個小小的船塢，寬度剛好能容得下小船，深度剛好在把水放進來後能把船浮起來。然後，趁退潮後，我們又在船塢口築了一道堅固的堤壩擋住海水。這樣，即使潮水上漲，也不會浸沒小船。爲了遮住雨水，我們又在船上面放了許多樹枝，密密層層地堆了好幾層，看上去像個茅草屋的屋頂。就這樣，我們等候著十一月和十二月的到來：那是我準備冒險的日期。

旱季快到了。隨著天氣日漸轉好，我又忙著計劃冒險的航行。我做的第一件事，就是儲備起足夠的糧食供航行之用，並打算在一兩星期內掘開船塢，把船放到水裡去。一天早晨，我正忙著這類事情，就叫星期五去海邊抓個海鱉。我們每星期總要抓一兩隻回來，吃牠的蛋和肉。星期五去了不久，就飛也似地跑回來，一縱身跳進外牆，他跑得飛快，彷彿腳不著地似的。我還來不及問他是怎麼回事，他就大叫道：「主人，主人，不好了，不好了！」我說：「什麼事，星期五？」他說：「那邊有一隻，兩隻，三隻獨木船，一隻，兩隻，三隻！」我聽了他這種說法，還以爲有六艘獨木船呢；後來又問了問，才知道只有三艘。我說：「不要害怕，星期五。」我儘量給他壯膽。可是，我看到這可憐的傢伙簡直嚇壞了，因爲他首先想到的是，這些人是來找他的，並準會把他切成一塊塊吃掉。他一直渾身發抖，簡直叫我對他毫無辦法。我儘量安慰他，告訴他我和他一樣有危險，他們也會吃掉我。「不過，」我說：「星期五，我們得下定決心與他們打一仗。你能打嗎，星期五？」他說：「我會放槍，可他們來的人太多。」我說：「那不要緊，我們的槍就是不打死他們，也會把他們嚇跑。」於是我又問他，如果我決心保衛他，他是否會保衛我，站在我一邊，聽我的吩咐。他說：「你叫我死都行，主人。」於是我拿了一大杯甘蔗酒讓他喝下去。我甘蔗酒一向喝得很省，因此至今還剩下不少。等他把酒喝下去之後，我叫他去把我們平時經常攜帶的那兩支鳥槍拿來，並裝上大號的沙彈；那些沙彈有手槍子彈那麼大。接著，我自己也取了四把短槍，每把槍裡都裝上兩顆彈丸和五顆小子彈，又把兩把手槍各裝了一對子彈。此外，我又在腰間掛了那把沒有刀鞘的大刀，給了星期五那把斧頭。

作好戰鬥準備，我就拿了望遠鏡跑到山坡上去看動靜。從望遠鏡裡，我一下子就看出，一共來了二十來個野人，帶了三個俘虜。他們一共有三艘獨木舟。看樣子，他們來這兒的目的是要拿這三個活人開一次勝利的宴會。這眞是一種野蠻的宴會。不過我也知道，對他們而言，這是習以爲常的事情。

我還注意到，他們這次登陸的地點，不是上回星期五逃走的那地方，而是更靠近我那條小河的旁邊。那一帶海岸很低，並且有一片茂密的樹林一直延伸到海邊。看到他們登岸，想到這些畜生所要幹的殘忍的勾當，眞令人打心底裡感到憎惡。我怒氣沖天，急忙跑下山來，告訴星期五，我決心把那些畜生斬盡殺絕，問他肯不肯站在我一邊。這時星期五已消除了他恐懼的心情，又因爲我給他喝了點甘蔗酒，精神也大大振奮。聽了我的話，他大爲高興，並一再向我表示，就是我叫他死，他也情願。

我當時眞是義憤塡膺。我先把已裝好彈藥的武器分作兩份。交給星期五一把手槍，叫他插在腰帶上，又交給他三把長槍，讓他揹在肩上。我自己也拿了一把手槍和三把長槍。我們就這樣全副武裝出發了。我又取了一小瓶甘蔗酒放在衣袋裡，並把一大袋火藥和子彈交給星期五拿著。我告訴星期五要聽我指揮，命令他緊跟在我身後，沒有我的命令，不得亂動，不得隨便開槍，不得任意行動，也不許說話。就這樣，我向右繞了一個圈子，差不多有一英里，以便越過小河，鑽到樹林裡去。我要在他們發現我之前，就進入射擊他們的距離，因爲根據我用望遠鏡觀察，這一點是很容易做到的。

在前進過程中，我過去的一些想法又回到了我的心頭，我的決心動搖了。這倒不是我怕他們人多，因爲他們都是赤身露體，沒有武器，我對他們可以占絕對優勢，這是毫無疑問的，哪怕我一個人也不成問題。可是我想到的是我究竟有什麼使命、什麼理由、什麼必要去殺人流血，去襲擊這些人呢？他們既沒有傷害過我，也無意要傷害我。對我而言他們是無辜的。至於他們那種野蠻的風俗，也只是他們自己的不幸，只能證明上帝有意讓他們和他們那一帶民族停留於愚昧和野蠻的狀態。上帝並沒有召喚我，要我去判決他們的行爲，更沒有要我去執行上帝的律法。任何時候，只要上帝認爲適當，祂大可以親自執法，對他們全民族所犯的罪行，進行全民性的懲罰。即使那樣，也與我無關。當然，對星期五來說，他倒是名正言順的，因為他和這群人是公開的敵人，和他們處於交戰狀態。他要攻擊他們，倒是合法的。但對我來說情況就不同了。我一邊往前走，一邊被這些想法糾纏著。最後我決定先站在他們附近，觀察一下他們野蠻的宴會，然後根據上帝的指示見機行事。我決定，若非獲得上帝感召，絕不去干涉他們。

這樣決定之後，我就進入了樹林。星期五緊隨我身後，小心翼翼、悄然無聲地往前走。我們一直走到樹林的邊緣，那兒離他們最近，中間只隔著一些樹木，是樹林邊沿的一角。到了那裡後，我就悄悄招呼星期五，指著林角上最靠外的一棵大樹，要他隱蔽在那樹後去觀察一下，如果能看清楚他們的行動，就回來告訴我。他去了一會兒工夫，就回來對我說，從那兒他看得很清楚，他們正圍著火堆吃一個俘虜的肉，另外還有一個俘虜，正躺在離他們不遠的沙地上，手腳都捆綁著。照他看來，他們接著就要殺他了。我聽到這兒，不禁怒火中燒。他又告訴我，那躺著的俘虜不是他們部落的人，而是他曾經對我說過的坐小船到他們部落裡去的那種有鬍子的人。我聽是有鬍子的白人，不禁大為驚訝。我走進那棵大樹背後用望遠鏡一看，果然看見一個白人躺在海灘上，手腳被菖蒲草一類的東西捆綁著。同時我還看出他是個歐洲人，身上穿著衣服。在我前面還有一棵樹，樹前頭有一小叢灌木，比我所在的地方離他們要近五十碼。我只要繞一個小圈子就可以走到那邊，而且不會被他們發覺。只要一到那邊，我和他們的距離就不到一半的射程。這時我已怒不可遏了，但還是強壓心頭的怒火，往回走了二十多步，來到一片矮樹叢後面。靠著這片矮樹叢的掩護，我一直走到那棵大樹背後，那裡有一片小小的高地，離那些野人大約有八十碼遠。我走上高地，把他們的一舉一動看得清清楚楚。

事情已發展到萬分緊急的關頭了，因爲我看到有十九個野人擠在一起坐在地上，他們派出另外兩個野人去宰殺那可憐的基督徒。看來，他們是要肢解，一條胳膊一條腿地拿到火上去烤。我看到那兩個野人這時已彎下腰，解著那白腳人上綁的東西。我轉頭對星期五說：「聽我的命令行動。」星期五說他一定照辦。我就說：「好吧，星期五，你看我怎麼辦就怎麼辦，不要誤事。」於是，我把一把短槍和一支鳥槍放在地下，星期五也跟著把他的一支鳥槍和一把短槍放在地下。我用剩下的一把短槍向那些野人瞄準，並叫星期五也用槍向他們瞄準。然後，我問星期五是否準備好了，他說：「好了。」我就說：「開火！」同時我自己也開了槍。

星期五的槍法比我強多了。射去的結果，他那邊打死了兩個，傷了三個，我這邊只打死了一個，傷了兩個。不必說，那群野人頓時嚇得魂飛天外，那些未死未傷的全部從地上跳了起來，不知道往哪兒跑好，也不知道往哪兒看好，因爲他們根本不知道這場災禍是打哪兒來的。星期五一雙眼睛緊盯著我，因爲我吩咐過他，注意我的動作。我放完第一槍，馬上把手裡的短槍丟在地下，拿起一支鳥槍；星期五也照著做了。他看見我閉起一雙眼瞄準，他也照樣瞄準。

我說：「星期五，你預備好了嗎？」他說：「好了。」我就說：「憑上帝的名義，開火！」說著，我就向那群驚慌失措的畜生又開了一槍，星期五也開了槍。這一次，我們槍裡裝的都是小鐵沙或手槍子彈。所以，只打倒了兩個，但受傷的卻很多。只見他們像瘋子似地亂跳亂叫，全身是血，大多數受了重傷；不久，其中有三個也倒下了，雖然還沒有完全死去。

我把放過的鳥槍放下來，把那支裝好彈藥的短槍拿在手裡，對星期五說：「現在，星期五，你跟我來！」他果然勇敢地跟著我，於是我衝出樹林，出現在那些野人面前。星期五緊跟在我後面，寸步不離。當我看到他們已經看見我們時，我就拼命大聲吶喊，同時叫星期五也跟著我大聲吶喊。我一面吶喊，一面向前飛跑。其實我根本跑不快，因爲身上的槍械實在太重了。我一路向那可憐的俘虜跑去。前面已經說過，那可憐的有鬍子的人這時正躺在野人們所坐的地方和大海之間的沙灘上。那兩個正要動手殺他的屠夫，在我們放頭一槍時，早已嚇得魂不附體。他們丟開了俘虜，拼命向海邊跑去，跳上了一艘獨木船。這時，那群野人中也有三個向同一方面逃跑。我回頭吩咐星期五，要他追過去向他們開火。他立即明白了我的意思。向前跑了約四十碼，跑到離他們較近的地方，就向那批野人開槍。起初我以爲他把他們通通打死了，因爲我看到他們一下子都倒在船艙裡，彷彿死了一般。

當星期五向那批逃到獨木舟上的野人開火時，我拔出刀子，把那可憐的傢伙身上捆著的菖蒲草割斷，把他的手腳鬆了綁，然後把他從地上扶起來。我用葡萄牙話問他是什麼人。他用拉丁話回答說：「基督徒。」他疲憊不堪，渾身癱軟，幾乎站都站不起來，甚至連話都說不出來。我從口袋裡拿出那瓶酒，作手勢叫他喝一點。他馬上喝了幾口。我又給了他一塊麵包，他也吃了下去。於是，我問他是哪個國家的人，他說：「西班牙人。」這時他精神稍稍有些恢復，便做出各種手勢，表示他對我救他的命如何如何感激。「先生，」我把我會講的西班牙語通通搬了出來，「這些我們回頭再說吧。現在打仗要緊。要是你還有點力氣的話，就拿把手槍和這把刀殺過去吧！」他馬上把武器接過去，表示十分感激，他手裡一拿到武器，就彷彿滋生了新的力量，頓時就向他的仇人們撲過去，一下子就砍倒了兩個，並把他們剁成肉泥。因爲，事實上，我們所進行的這場攻擊實在太出乎他們的意料之外了，這班可憐的傢伙被我們的槍聲嚇得東倒西歪，連怎樣逃跑都不知道，就只好拿他們的血肉之軀來抵擋我們的槍彈。星期五在小船上打死打傷的那五個情形也一樣。他們中有三個確實是受了傷倒下的，另外兩個卻是嚇昏了倒下的。

這時候，我手上仍拿著一支槍，但我沒有開槍，因爲我已把手槍和腰刀給了那西班牙人，手裡得留一隻裝好彈藥的槍，以防萬一。我把星期五叫過來，吩咐他趕快跑到我們第一次放槍的那棵大樹邊，把那幾支槍拿過來。他一下子就取回來了。於是，我把自己的短槍給他，自己坐下來給所有的槍再次裝上彈藥，並告訴他需要用槍時可隨時來取。

正當我在裝彈時，忽然發現那個西班牙人在和一個野人扭作一團，打得不可開交。那個野人手裡拿著一把木頭刀跟西班牙人拼殺。這種木頭刀，正是他們剛才準備用來殺他的那種武器，要不是我及時出來阻止，早就把他殺死了。那西班牙人雖然身體虛弱，卻異常勇猛。我看到他時，已和那野人惡戰了好一會了，並在那野人頭上砍了兩個大口子。可是，那野人強壯無比，威武有力，只見他向前猛地一撲，就把西班牙人摶倒在地上，並伸手去奪西班牙人手中的刀。那西班牙人被他壓在底下，急中生智，連忙鬆開手中的刀，從腰間拔出手槍，沒等我來得及跑過去幫忙，他早已對準那野人，一槍結果了敵人的性命。

星期五趁這時沒人管他，手裡只拿了一把斧頭，便向那些望風而逃的野人追去。他先用斧頭把剛才受傷倒下的三個野人結果了性命，然後把他能追趕得上的野人殺個精光，一個不留。這時候，那西班牙人跑過來向我要槍。我就給了他一支鳥槍。他拿著鳥槍，追上了兩個野人，把他們都打傷了，但因爲他已沒有力氣再跑了，那兩個受傷的野人就逃到樹林裡去了。這時星期五又追到樹林裡，砍死了一個；另一個卻異常敏捷，雖然受了傷，還是跳到海裡，努力向留在獨木舟上的那兩個野人游去。這三個人，連同一個受了傷而生死不明的野人，從我們手中逃出去了，二十一名中其餘的十七人都被我們打死了。全部戰果統計如下：

被我們從樹後第一槍打死的，三名；

第二槍打死的，二名；

被星期五打死在船上的，二名；

受傷後被星期五砍死的，二名；

被西班牙人殺死的，三名

在各處因傷斃命或被星期五追殺而死的，四名；

在小船裡逃生的，共四名；其中一名雖沒有死，也受了傷。以上共計二十一名。

那幾個逃上獨木舟的野人，拼力划著船，想逃出我們的射程。雖然星期五向他們開了兩三槍，但我沒看到他打中任何人。星期五希望用他們的獨木船去追殺他們。說實在的，放這幾個野人逃走，我心裡也很有顧慮。因為若把消息帶回本部落，說不定他們會坐上兩三百艘獨木船捲土重來。那時，他們將以多勝少，把我們通通殺光吃掉，所以，我也同意星期五到海上去追他們。我立刻跑向一艘獨木船跳了上去，並叫星期五也一起上來。可是，我一跳上獨木舟，就發現船上還躺著一個俘虜，眞是大大出乎我的意外，那俘虜也像那西班牙人一樣，手腳都被捆綁著，等著被殺了吃掉。因為他無法抬頭看看船外邊的情況，所以不知道究竟發生了什麼事，人已嚇得半死；再加上脖子和腳給綁得太緊，而且也綁得太久，所以只剩一口氣了。

我立刻把捆在他身上的菖蒲之類的東西割斷，想把他扶起來，但是他連說話的力氣都沒有了，更不要說站起來了。他只是一個勁兒地哼哼著，樣子可憐極了，因爲他還以爲給他鬆綁是準備拿他開刀呢！

星期五一上船，我就叫星期五跟他講話，告訴他已經遇救了。同時，我又把酒瓶掏出來，叫星期五給這可憐的野人喝兩口。那野人喝了酒。又聽見自己已經獲救，不覺精神爲之一振，居然馬上坐了起來。不料，星期五一聽見他說話，把他的臉一看，立刻又是吻他，又是擁抱他，又是大哭大笑，又是大喊大叫；接著又是一個勁兒地亂跳狂舞，大聲唱歌；然後又是大哭大嚎，又是扭自己的兩手，打自己的臉和頭，繼而又是高聲大唱，又是亂跳狂舞，活像個瘋子，他那樣子，任何人看了都要感動得流淚。他這樣發瘋似地鬧了好半天，我才使得他開口，讓他告訴我究竟是怎麼回事。他稍稍鎮靜了一會，才告訴我，這是他父親。

我看見這可憐的野人見到他父親，見到他父親已絕處逢生，竟流露出如此無限的孝心，簡直欣喜若狂，我內心所受感動實難言表。不僅如此，在他們父子相逢之後，他那種一往情深，不能自禁的樣子，我更是無法形容。只見他一會兒跳上小船，一會兒又跳下來，這樣上上下下，不知折騰了多少趟。每次一上船，他總要坐到他父親身邊，袒開胸膛，把父親的頭緊緊抱在胸口，一抱就是半個鐘頭。他這樣做是爲了使父親感到舒服些。然後，他又捧住他父親被綁得麻木和僵硬的手腳，不停地搓擦。我看他這樣，就把酒瓶裡的甘蔗酒倒了一些出來給他，叫他用酒來按摩，這樣效果果然好多了。

發生了這件事，我們就沒能再去追那條獨木舟上的野人了。他們這時也已划得很遠很遠，差不多連影子都看不見了。事實上，我們沒有去追擊，倒是我的們的運氣。因爲不到兩小時海上就刮起了大風，我們估計那些逃跑的野人還沒有走完四分之一的路程。大風刮了整整一夜，還是西北風，對他們來說正是逆風，所以我估計，他們的船就是不翻也到不了自己的海岸了。

現在再回過頭來談談星期五吧。他這時正圍著他父親忙得不可開交，使我不忍心差他去做什麼事。等我覺得他可以稍稍離開一會時才把他叫過來。他過來了，又是跳，又是笑，一副興高采烈的樣子。我問有沒有給他父親吃麵包。他搖頭說：「沒有，我這醜狗頭把麵包吃光了。」於是我從自己特意帶出來的一只小袋裡掏出一塊麵包給他，又給了他一點酒，叫他自己喝。可是他連嘗都不肯嘗一下，一古腦兒拿到他父親那裡去了。我衣袋裡還有兩三串葡萄乾，我給了他一把，叫他也拿給他父親吃。

他把這把葡萄乾送給他父親之後，馬上又跳出小船，像著了魔似地向遠處跑去，而且跑得飛快。他眞是我生平見到過的唯一的飛毛腿，一下子就跑得無影無蹤了。儘管我對著他大聲叫喊，他還是頭也不回地一個勁往前跑。不到一刻鐘工夫，他跑回來了，不過速度已經沒有去的時候那麼快了。當他走近時，我才發現原來他手裡還拿著東西。所以跑得不那麼快了。

他走到我面前我才知道，原來他是跑回家去拿一個泥罐，替他父親弄了些淡水來，並且又帶來了兩塊麵包。他把麵包交給我把水送給他父親。我這時也感到很渴了，就順便喝了一口。他父親喝了點水後，精神好多了，比我給他喝酒還有效，因爲他確實渴得快要昏過去了。

他父親喝完水，我便把星期五叫過來，問他罐子裡還有沒有水。他說：「有。」我就叫他把水給那西班牙人去喝，因爲他也和星期五的父親一樣快渴死了。我又叫他把他帶來的麵包也送一塊給那西班牙人吃。這時，那西班牙人已經一點也沒力氣了，正躺在一棵樹底下的綠草地上休息。他的手腳因剛剛被綁得太緊，現在又腫又硬。我看到星期五把水給他送過去，他就坐起來喝水，並把麵包接了過去，開始吃起麵包了。我走到他面前，又給了他一把葡萄乾。他抬起頭來望著我，臉上露出無限感激的樣子。可是他身子實在太虛弱了，儘管他在與野人戰鬥時奮力拚搏，但現在卻連站都站不起來。他試了兩三回，可是腳踝腫脹得厲害，痛得根本站不住。我叫他坐下別動，要星期五替他搓腳踝，就像他替父親搓擦手腳那樣。我還讓他用甘蔗酒擦洗擦洗。

我發現，星期五眞是個心地誠摯的孝子。他一邊爲西班牙人搓擦，一邊頻頻回頭看他的父親是否還坐在原來的地方。有一次，他忽然發覺他父親不見了，就立即跳起來，一句話也不說，飛跑到他父親那邊，他跑得飛快，簡直腳不點地。過去一看，原來他父親爲了舒舒手腳的筋骨，躺了下去。他這才放心，又趕緊回來。這時我對西班牙人說，讓星期五扶他走到小船上去，然後坐船到我們的住所，這樣我可照顧他。不料星期五力大無比，一下子把那西班牙人揹在身上，向小船那邊走去。到了船邊，星期五把西班牙人朝裡輕輕放到船沿上，又把他拖起來往裡一挪，安置在他父親身旁。然後，星期五立即跳出小船，把船推到水裡，划著它沿岸駛去。儘管這時風已刮得很大了，但他划得比我走還快。他把他倆安全地載到那條小河裡，讓他們在船裡等著，他自己又馬上翻身回來，去取海邊的另一艘獨木舟。我在半路遇上他，問他上哪兒去。他說：「去取那隻小船。」說完又一陣風似地跑了，比誰都跑得快，甚至可以說比馬都跑得快。我從陸路剛走到小河邊，他就已經把另一艘獨木船划進河裡了。他先把我渡過小河，又去幫助我們兩位新來的客人下了船。可是他倆都已無法走動，把可憐的星期五弄得一籌莫展。

爲了解決這一問題我便開始動腦筋。我讓星期五叫他倆坐在河邊，讓他自己到我身邊來。不久，我們便做了一副類似擔架的東西。我們把他倆放上去。我和星期五一前一後抬著他倆往前走。可是，抬到住所圍牆外面時，我們卻又不知怎麼辦才好了。因為要把他們兩人揹過牆去是絕對不可能的，但我又不願拆壞圍牆。於是，我和星期五只好動手搭個臨時帳篷。不到兩小時帳篷就搭成了，而且樣子也挺不錯。帳篷頂上蓋的是舊帆布，帆布上又鋪上樹枝。帳篷就搭在我們外牆外面的那塊空地上；也就是說，在外牆和我新近種植起來的那片幼林之間。在帳篷裡，我們用一些現在的稻草搭了兩張地鋪，上面各鋪了一條毯子墊著，再加一上條毯子作蓋被。

現在，我這小島上已經有了居民了；我覺得自己已有了不少百姓。我不禁覺得自己猶如一個國王。每想到這裡，心裡有一種說不出的喜悅。首先，整個小島都是我個人的財產，因此，我對所屬的領土擁有一種毫無異議的主權；其次，我的百姓對我都絕對臣服，我是他們的全權統治者和立法者。他們對我都感恩戴德，因為他們的性命都是我救下來的。假如有必要，他們個個都甘心情願為我獻出他們的自己的性命。

還有一點值得一提的是，我雖然只有三個臣民，但他們卻分屬三個不同的宗教：星期五是新教徒；他的父親是異教徒，而且還是個吃人的食人族；而那個西班牙人卻又是個天主教徒。可是，在我的領土上，我允許宗教信仰自由。當然，這些只是在這兒順便提提罷了。

我解救出來的俘虜們身體已十分虛弱。我首先把他們安頓好，使他們有遮風避雨和休息的地方，然後，就想到給他們弄點吃的東西。我先叫星期五從羊圈裡挑了一隻不大不小的山羊把牠宰了。我把山羊的後半截剁下來，切成小塊，叫星期五加上清水煮，又在湯裡加了點小麥和大米。製成味道鮮美的羊肉糊湯。這頓飯是在露天做的。因為我從不在內牆裡生火做飯。羊肉糊湯燒好後，我就端到新帳篷裡去，又在那裡替他們擺上一張桌子，坐下來和他們一塊吃起來，同時和他們又說又笑，盡可能鼓起他們的精神。談話時，星期五就充當我的翻譯，除了把我的話翻給父親聽以外，有時也翻給那西班牙人聽，因爲那西班牙人說他們部落的話已相當不錯了。

吃完了中飯，或者不如說吃完了晚飯，我就命令星期五駕一艘獨木船，把我們的短槍和其他槍枝搬回來，因爲當時時間倉促，這些武器仍留在戰場上。第二天，我又命令他把那幾個野人的屍體埋掉，因爲屍體在太陽下曝曬，不久就會發臭。我也叫他把他們那場野蠻的人肉宴所剩下來的殘骨剩肉也一起順便埋掉。我知道那些殘骸還剩不少，但我實在不想自己親自動手去埋掉——不要說埋，就是路過都不忍看一眼。所有的工作，星期五都很快就完成了，而且他把那群野人留在那一帶的痕跡都消滅得乾乾淨淨。後來我再到那邊去時，要不是靠了那片樹林的一角辨別方向，簡直認不出那個地方了。

我和我兩個新到的臣民進行了一次簡短的談話，首先，我讓星期五問問他父親，那幾個坐獨木船逃掉的野人會有什麼結果，並問他，他是否認爲，他們會帶大批野人捲土重來，人數可能會多得我們難以抵抗。他的第一個反應是，那條小船必然逃不過那天晚上的大風；那些野人不是淹死在海裡，就是給大風刮到南方其他海岸上去了。假如被刮到那邊去的，他們必然會被當地的野人吃掉；而如果他們的小船出事的話，也必然會淹死。至於說，萬一他們眞能平安抵達自己的海岸，他們可能會採取什麼行動，星期五的父親說，那他就很難說了。不過，照他看來，他們受到我們的突然襲擊，被我們的槍聲和火光已嚇得半死，所以他相信，他們回去以後，一定會告訴自己部落裡的人，說那些沒有逃出來的人，是給霹靂和閃電打死的，而不是給敵人打死的。

至於那兩個在他的面前出現的人，也就是我和星期五，他們一定以爲是從天上下來消滅他們的天神或復仇之神，因爲他親耳聽到他們用自己部族的土話把這意思傳來傳去。他們怎麼也不能想像，人居然又會噴火，又會放雷，而且連手都不抬一下，就會在遠處把人打死。這位年邁的野人說的果然不錯。因爲，後來事實證明，那些野人再也不敢到島上來了。看來，那四個人居然從風浪裡逃出性命，回到了自己的部落。部落裡的人聽了他們四人的報告，簡直嚇壞了。他們一定相信，任何人到這魔島上來，都會被天神用火燒死。

當然，我開始不知道上述情況。所以，有很長一段時間，整天提心吊膽，帶著我的全部軍隊嚴加防守。我認爲，我們現在已有四個人了，哪怕他們來上一百人，只要在平坦空曠的地方，我都敢跟他們幹一仗。

過了一些時候，並沒有看見野人的獨木舟出現，我害怕他們反攻的擔心也就漸漸消失了，並重又開始考慮坐船到大陸上去的老問題。我之所以重新考慮這個問題，還有另一個原因，那就是，星期五的父親向我保證，我若到他們那兒去，他們全部族的人一定會看在他的面上，十分友好地接待我。

可是，當我和那西班牙人認眞交談之後，又把這個念頭暫時收起來了。因爲他告訴我，目前他們那邊還有十六個西班牙人和葡萄牙人，他們從船隻遇難，逃到那邊之後，確實也和那些野人相處得很好，但生活必需品卻十分匱乏，連活都活不下去了。我仔細詢問了他們的航程，才知道他們搭的是一條西班牙船，從拉布拉他河㊻出發，前往哈瓦那準備在哈瓦那卸貨，船上主要裝的是皮貨和銀子，然後再看看有什麼歐洲貨可以運回去。他們船上有五個葡萄牙水手，是從另一條遇難船上救下來的。後來他們自己的船也出事了，淹死了五個西班牙船員，其餘的人經過無數艱難危險，逃到那些食人族聚居的海岸，幾乎都快餓死了；上岸後，他們也無時無刻不擔心給那些野人吃掉。

他又告訴我，他們本來也隨身帶了一些槍械，但因爲既無火藥，又無子彈，所以毫無用處。原來他們所有的彈藥都給海水浸濕了，身邊僅剩的一點點，也在他們初上岸時打獵充飢用完了。

我問他，在他看來，那些人結果會怎樣，有沒有逃跑的打算，他說，他們對這件事也曾商量過許多次，但一沒船，二沒造船的工具，三沒糧食，所以商量來商量去，總是沒有結果，往往以眼淚和失望收場。

我又問他，如果我向他們提出一個使他們逃生的建議，在他看來，他們會接受嗎？如果讓他們都到我這島上來，這件事能否實現？我很坦率地告訴他，我最怕的是，一旦我把自己的生命交到他們的手裡，他們說不定會背信棄義，恩將仇報。因爲感恩圖報並非是人性中固有的美德，而且，人們往不是以其所受的恩惠來行動，更多的時候，他們是根據他們所希望獲得的利益來行動的。我又告訴他，假如我幫助他們脫離險境，而結果們反而把我當作俘虜，押送到新西班牙㊼

㊻ 拉布拉他河：在南美洲東南部，是巴拉那河和烏拉圭河的河口部份。

㊼ 新西班牙。指在新大陸的西班牙殖民地。

去，那對我來說處境就相當危險了。因爲英國人一到那裡，就必定會受到宗教迫害，不管他是出於不得已的原因去的，還是偶然到那裡的。

我說，我寧可把生命交給那些野人，讓他們活活把我吃掉，也不願落到那些西班牙僧侶的手裡，受宗教法庭的審判。我又補充說，假如他們不會背棄我的話，我相信只要他們到島上來，我們有這麼多人手，就一定可以造一艘大船把我們大家一齊載走，或向南開往巴西，或向北開往西印度群島或西班牙海岸。可是，如果們把武器交到他們手中，他們反而恩將仇報，用武力把我劫持到西班牙人那裡去，我豈不是好心沒好報，處境反而比以前更糟了嗎？

聽了我的話，他回答說，他們當前處境非常悲慘，而且吃足了苦頭，所以他深信，他們對任何能幫助他們脫險的人，絕不會有忘恩負義的念頭。他說這些話時，態度極爲誠懇坦率。同時，他又說，如果我願意的話，他可以同老黑人一起去見他們，同他們談談這件事，然後把他們的答覆帶回來告訴我。他說他一定會跟他們訂好條件，叫他們鄭重宣誓，絕對服從我的領導，把我看作他們的司令和船長；同時還要讓他們用《聖經》和《福音書》宣誓對我效忠到底，不管我叫他們到哪一個基督教國家去，要毫無異議地跟我去，並絕對服從我的命令，直到他們把我送到所指定的地方平安登陸爲止。最後，他又說，他一定要叫他們親手簽訂盟約，並把簽約帶回來見我。

接著，他又對我說，他願意首先向我宣誓，沒有我的命令，他一輩子也不離開我；萬一他的同胞有什麼背信棄義的事情，他將和我一起戰鬥，直至流盡最後一滴血。他還告訴我，他們都是很文明、很正直的人，目前正在危難之中；他們既沒有武器，也沒有衣服，也沒有食物，命運完全掌握在野人的手裡。他們沒有重返故鄉的希望。因此，他敢保證，只要我肯救他們脫離大難，他們一定願意跟我一起出生入死。

聽了他這一番保證，我決定盡一切可能冒一下險救他們出來，並想先派那老野人和這位西班牙人渡海過去跟他們交涉。可是，當我們一切準備妥當正要派他們出發時，那個西班牙人忽然自己提出了反對意見。他的意見不僅考慮愼重周到，而且出乎至誠，使我十分高興。於是，我聽從了他的勸告，把搭救他同伴的計劃延遲了一年半。情況是這樣的。

這位西班牙人和我們一起，已生活了個把月了。在這一個月裡，我讓他看到，在老天爺的保佑下，我是用什麼方法來維持自己的生活的。同時，他也清楚地看到我的糧食儲備究竟有多少。這點糧食我一個人享用當然綽綽有餘，但如果不厲行節約，就不夠現在一家人吃了，因爲我現在家裡的成員已加到四口人。如果他的幾位同胞從對岸一起過來，那是肯定不夠吃的。據他說他們那邊還有十四個人活著㊽。如果我們還要造艘船，航行到美洲的一個基督教國家的殖民地去。這點糧食又怎麼夠船的人一路上吃呢？

因此，他對我說，他認爲最好讓他和星期五父子再開墾一些土地，把我能省下來的糧食全部做種子，通通播下去，等到再收穫一季莊稼之後，再談這個問題。這樣，等他的同胞過來之後就有足夠的糧食吃了。因爲缺乏生活必需品，往往會引起大家的抱怨，或者他們會以爲自己出了火坑，又被投入了大海。「你知道，」他說，「以色列人當初被救出埃及時是很高興沒錯，但是在曠野裡缺乏麵包時，他們甚至反叛了拯救他們的上帝。」

㊽ 從前後數次提到的人數來看，應該是「還有十六個人活著」。

他的顧慮完全是合情合理的，他的建議也非常好，所以，我不僅對他的建議非常賞識，而且對他的忠誠也極爲滿意。於是，我們四個人就一齊動手用那些木頭工具掘地。不到一個月工夫，就開墾一大片土地，趕在播種季節之前，正好把地整理好。我們在這片新開墾的土地上，種下了二十三斛大麥和十六罐大米。

總之，我們把能省下來的全部糧食都當作種子用了。實際上，在收穫之前的六個月中間，我們所保留下來的大麥甚至還不夠我們吃的。這六個月，是指從我們把種子儲存起來準備播種算起；在這種熱帶地區，從播種到收穫是不需要六個月的。

現在，我們已有不少居民，即使那些野人再來，也不用害怕了，除非他們來的人數特別多。所以，我們只要有機會，就可在全島到處自由來往，由於我們的腦子裡都想著逃走和脫險的事情，所以大家無時無刻不想辦法，至少我自己是如此。

爲了這個目的，我把幾棵適於造船的樹做了記號，叫星期五父子把它們砍倒。然後，我又把自己的意圖告訴那西班牙人叫他監督指揮星期五父子工作。我把自己以前削好的一些木板拿給他們看，告訴他們我是怎樣不辭辛勞地把一棵大樹削成木板的，並叫他們照著去做。最後他們居然用橡樹做成了十二塊很大的木板，每塊約二英尺寬，三十五英尺長，二至四英寸厚。至於這項工作究竟花費了多麼艱巨的勞動，那就可想而知了。

同時，我又想盡辦法把我那小小的羊群繁殖起來。爲此，我讓星期五和那西班牙人頭一天出去，我和星期五的父親第二天出去，採用這種輪流出動的辦法，捉了二十多隻小山羊，把牠們和原有的羊圈養在一起。因爲每當我們打到母羊，就把小羊留起來送到羊群中去飼養。此外，更重要的是，當曬製葡萄的季節到來時，我叫大家採集了大量的葡萄，把它們掛在太陽底下曬乾。要是我們在生產葡萄乾著稱的阿利坎特㊾，我相信我們這次製成的葡萄乾可以足足裝滿六十至八十大桶。葡萄乾和麵包是我們日常生活的主要食品，而且葡萄乾又好吃，又富於營養，對改善我們的生活起很大的作用。

收獲莊稼的季節到了，我們的收成不錯的，儘管這不能說是島上的豐收年，但收穫的糧食也足夠應付我們的需要了。我們種下去的二十斛大麥，現在居然收進並打出來了二百二十多斛；稻米收成的比例也差不多。這些存糧，就是那邊十六個西班牙人通通到我們這邊來，也足夠我們吃到下一個收穫季節；或者，如果我們準備航海的話，也可以在船上裝上足夠的糧食。有了這些糧食，我們可以開到世界上任何地方去——我是說，可以開到美洲大陸的任何地方。

我們把收穫的糧食收藏妥當後，大家又動手編製更多的藤器——也就是編製一些大筐子用來裝存糧。那西班牙人是個編藤器的好手，做得又好又好，而且老怪我以前沒有編更多的藤器作防禦之用，但我看不出有什麼必要。

現在，我們已有了的糧食，足夠供應我所盼望的客人了，我就決定讓那西班牙人到大陸上去走一趟，看看有什麼作法幫助那批還留在那邊的人過來。臨行之前，我向他下了嚴格的書面指示，即任何人，如果不先在他和那老野人面前發誓，表明上島之後絕不對我進行任何傷害或攻擊的，都不得帶到島上來。因為我是好心把他們接過來，準備救他們脫險的。同時，還要他們發

㊾阿利坎特，西班牙東南部省名。

誓，在遇到有人叛變的時候，一定要和我站在一起，保衛我，並且無論到什麼地方，都要絕對服從我的指揮。我要求他們把這些條件寫下來，並親筆簽名。我知道他們那邊既無筆，也無紙，他們怎麼能把這一切寫下來並親筆簽名呢？可是，這一點我們大家都沒有問過。

那個西班牙人和那個老野人，也就是星期五的父親，在接受了我的這些指示後就出發了。他們坐的獨木船，當然就是他們上島時坐的其中的一艘。更確切地說，當初他們是被那夥野人當作俘虜用其中的一艘獨木船，而那夥野人把他們載到島上來是準備把他們殺了吃掉的。

我還給了他們每人一把短槍，都帶著燧發機，又給了他們八份彈藥，吩咐他們儘量節約使用，不到緊急關頭都不要用。

這是一件令人愉快的工作，因為二十七年來，這是第一次我為解救自己所採取的實際步驟。我給了他們許多麵包和葡萄乾，足夠他們吃好幾天，也足夠那批西班牙人吃上七、八天。於是，我祝他們一路平安，送他們動身。同時，我也同他們約定好他們回來時船上應懸掛的信號。這樣，他們回來時，不等靠岸我老遠就可把他們認出來了。

他們出發時正好是順風，據我估計，那是十月中旬月圓的一天。至於準確的日期，自從我把日曆記錯後，就再也弄不清楚了；我甚至連年份有沒有記錯都沒有把握。但後來我檢查我的紀錄時，發現年份倒沒有記錯。

他們走後，我剛剛等到第八天，忽然發生了一件意外的事情。這件事那麼奇特，那麼出人意料，也許是有史以來聞所未聞的。那天早晨，我在自己的茅舍裡睡得正香，忽然星期五跑進來，邊跑邊嚷：「主人，主人，他們來了！他們來了！」

我立即從床上跳了起來，不顧一切危險，急忙披上衣服，穿過小樹林（現在它已長成一片濃密的樹林了）跑了出來。我說不顧一切危險，意思是我連武器都沒有帶就跑出來了。這完全違反了我平時的習慣。當我放眼向海上望去時，不覺大吃一驚。只見四、五海里之外，有一艘小船，正掛著一副所謂「羊肩帆」向岸上駛來。當時正好順風，把小船直往岸上送。接著我就注意到，那小船不是從大陸方向來的，而是從島的最南端駛過來的。於是我把星期五叫到身邊，叫他不要離開我。因爲這些人不是我們所期待的人，現在還不清楚他們是敵是友。

然後，我馬上回家去取望遠鏡，想看看清楚他們究竟是些什麼人。我搬出梯子，爬上山頂。每當我對什麼東西放心不下，想看個清楚，而又不想被別人發現，就總是爬到這山上來查探。

我一上小山，就看見一艘大船在我東南偏南的地方停泊著，離我所在處大約有七、八海里，離岸最多四、五海里。我一看就知道，那是一艘英國船，而那艘小船樣子也是一艘英國長艇。

我當時混亂的心情實難言表。一方面，我看到了一艘大船，而且有理由相信船上有我的同胞，是自己人，心裡有一種說不出的高興。然而，另一方面，我心裡又產生了一種懷疑。我不知道這種懷疑從何而來，但卻促使我警惕起來。首先，我想，一艘英國船爲什麼要開到這一帶來呢？因爲這兒不是英國人在世界上貿易往來的要道。其次，我知道，近來並沒有發生過什麼暴風雨，不可能把他們的船刮到這一帶來。如果他們眞的是英國人，他們到這一帶來，一定沒安好心。我與其落到盜賊和罪犯手裡，還不如像以前那樣過下去。

有時候，一個人明明知道不可能有什麼危險，但心裡卻會受到一種神祕的暗示，警告我們有危險。對於這種暗示和警告，任何人都不能輕視。我相信，凡是對這類事情稍稍留意的人，很少人能否認可以得到這種暗示和警告。同時，不容置疑的是，這種暗示和警告來自一個看不見的世界，是與幽靈或天使的交流。如果這種暗示是向我們發出警告，要我們注意危險，我們何不這樣猜想，這種暗示和警告來自某位友好的使者呢？至於這位使者是至高至上，還是低微下賤，那無關緊要；重要的是，這種暗示和警告是善意的。

當前發生的情況，充分證明我這種想法完全正確。不管這種神祕的警告從何而來，要是沒有這一警告，我就不可能分外小心，那我早已大禍臨頭，陷入比以往更糟的處境了。我這麼說是完全有理由的，下面我要敍述的情況就完全可以證明這一點。

我在小山上望了沒多久，就看見那艘小船駛近小島。他們好像在尋找河灣，以便把船開進來上岸。但他們沿著海岸走得不太遠，所以沒發現我從前卸木排的那個小河灣，只好把小船停在離我半英里遠的沙灘上靠岸。這對我來說是十分幸運的。因爲，如果他們進入河灣，就會在我的家門口上岸。那樣的話，他們就一定會把我從城堡裡趕走，說不定還會把我所有的東西搶光呢！

他們上岸之後，我看出他們果然都是英國人，至少大部分是英國人。這使我非常高興。其中有一兩個看樣子像荷蘭人，但後來證明倒並不是荷蘭人。他們共有十一個人，其中三個好像沒有帶武器，而且彷彿被綁起來似的。船一靠岸，就有四、五個人首先跳上岸，然後把三個人押下船來。我看到其中有一個正在那裡比手劃腳，作出種種懇求、悲痛和失望的姿勢，其動作眞有點過火。另外兩個人我看到有時也舉起雙手，顯出很苦惱的樣子，但沒有第一個人那樣激動。

我看到這幅情景，眞有點莫名其妙，不知他們究竟在搞什麼名堂。星期五在旁邊一直用英語對我喊道：「啊，主人，你看英國人也吃俘虜，同野人一樣！」

「怎麼，星期五，」我說，「你以爲他們會吃那幾個人嗎？」

「是的，」星期五說，「他們一定會吃的。」

「不會，不會，星期五，我看他們會殺死他們，但絕不會吃他們，這我敢擔保！」

這時，我不知道眼前發生的一切究竟是怎麼回事，只是站在那裡，看著這可怕的情景發抖，並一直擔心那三個俘虜會給他們殺掉。有一次，我看到一個惡棍甚至舉起一把水手們稱爲腰刀的那種長刀，向其中一個可憐的人砍去，眼看他就要倒下來了。這使我嚇得不寒而慄！

我這時恨不得那西班牙人和那老野人還在我身邊，可惜他們一起走掉了；我也恨不得自己能有什麼辦法神不知鬼不覺地走到他們前面，走到我槍彈的射程以內，把那三個人救出來。因爲我看到他們這夥人都沒有帶槍支。但後來我想到了另外的辦法。

我看到，那夥盛氣凌人的水手把那三個人橫暴地虐待一番之後，都在島上四散走開了，好像想看看這兒的環境。同時，我也發現，那三個俘虜的行動也很自由，但他們三個人都在地上坐了下來，一副心事重重和絕望的樣子。

這使我想起自己第一次上岸的心情。那時，我舉目四顧，認定自己必死無疑了；我惶惶然四處張望，最後怕給野獸吃掉，提心吊膽地在樹上棲息了一夜。

那天晚上，我萬萬沒有想到，老天爺會讓風暴和潮水把大船沖近海岸，使我獲得不少生活必需品；後來正是靠了這些生活必需品我才活了下來，並一直活到今天。同樣，那三個可憐的受難者也不會想到，他們一定會獲救，而且不久就會獲救。他們也絕不會想到，就在他們認爲肯定沒命或毫無出路時，他們實際上是完全安全了。

有時，我們的目光是多麼短淺啊！而我們應該完全信任造物主的理由又是多麼充分啊！造物主從來不會讓祂自己所創造的生靈陷於絕境。即使是在最惡劣的環境裡，祂總會給他們一線生路；有時候，他們的救星往往近在眼前，比他們想像的要近得多。不但如此，他們有時似乎已陷入絕境，而實際上卻是給他們安排好的獲救的出路。

這些人上岸時正時潮水漲得最高的時候。他們之中一部分人站在那裡向俘虜談判，另一部分人在四周東逛西逛，看看他們究竟到了什麼地方，無意間錯過了潮汛。結果海水退得很遠，把他們的小船擱淺在沙灘上。

他們本來有兩個人留在小船上。可是，據我後來了解，他倆因白蘭地喝得多了點而睡著了。後來，其中一個先醒來，看見小船擱淺了，但推又推不動，就向那些四散在各處的人大聲呼喚。於是，他們馬上都跑到小船旁去幫忙。可是，小船太重，那一帶的海岸又是鬆軟的沙土，簡直像流水一樣。所以，他們怎麼使勁也無法把船推到海裡去。

水手大概是全人類中最顧前不顧後的傢伙了。因此，在這種情況下，他們乾脆放棄了這個工作，又去四處遊蕩了。我聽見其中一個水手向另一個水手大聲說話，叫他離開小船：「算了吧，傑克，別管它了。潮水上來，船就會浮起來的。」我一聽這兩句話，就證實他們是哪國人了。

到目前爲止，我一直把自己嚴密地隱蔽起來，除了上小山頂上的觀察所外，不敢離開自己的城堡一步。想到城堡的防禦工事非常堅固，我心裡感到很高興。我知道那小船至少要過十小時才能浮起來。到那時，天也差不多黑了，我就可以更好地觀察他們的行動，偷聽他們的談話了。

與此同時，我像以前那樣作好戰鬥準備。這一次我比過去更加小心，因爲我知道，我要對付的敵人與從前是完全不一樣的。現在，我已把星期五訓練成一個很高明的射手了。我命令他也把自己武裝起來。我自己拿了兩支鳥槍，給了他三把短槍。我現在的樣子，眞是猙獰可怕：身上穿件羊皮襖，樣子已夠嚇人，頭上戴頂大帽子，那股怪勁兒我前面也曾提到過。腰間照常掛著一把沒有刀鞘的刀，皮帶上插了兩把手槍，雙肩上各揹了一支槍。

上面我已經說過，我不想在天黑之前採取任何行動。下午兩點鐘左右，天氣最熱。我發現他們都三三兩兩地跑到樹林裡，大概去睡覺了。那三個可憐的人，深爲自己目前的處境憂慮，睡也睡不著，只好在一棵大樹的樹蔭下呆呆地坐著，離我大約有一百多碼遠。而且，看樣子其他人看不見他們坐的地方。

看到這種情況，我決定走過去了解一下他們的情況。我馬上向他們走過去。我上面說了，我的樣子猙獰可怕；我的僕人星期五遠遠地跟在我後面，也是全副武裝，樣子像我一樣可怕，但比我稍好一些，不像我那樣，像個怪物。

我悄悄走近他們，還沒等到他們看見我，我就搶先用西班牙語向他們喊道：「先生們，你們是什麼人？」

一聽到喊聲，他們吃了一驚，但一看到我的那副怪模樣，更是驚恐萬分，連話都說不出了。我見他們要逃跑的樣子，就用英語對他們說：「先生們，別害怕。也許，你們想不到，在你們眼前的人，正是你們的朋友呢！」

「他一定是天上派下來的，」其中一個說，並脫帽向我致禮，神情十分認眞。「因爲我們的處境非人力所能挽救得了。」

「一切拯救都是來自天上，先生，」我說，「你們看來正在危難之中，你們願意讓一個陌生人來幫助你們嗎？你們上岸時，我早就看見了。你們向那些蠻橫的傢伙哀求的時候，其中有一個人甚至舉起刀來要殺害你們呢！這一切我都看到了。」

那可憐的人淚流滿面，渾身發抖，顯得十分驚異。他回答說：「我是在對上帝說話呢，還是在對人說話？你是人，還是天使？」

「這你不用擔心，先生，」我說，「如果上帝眞的派一位天使來拯救你們，他的穿戴一定會比我好得多，他的武器也一定完全不一樣。請你們放心吧。我是人，而且是英國人。你們看，我是來救你們的。我有一個僕人。我們都有武器。請你們大膽告訴我們，我們能爲你們效勞嗎？你們到底發生了什麼事？」

「我們的事，先生，」他說，「說來話長，而我們的凶手又近在咫尺。現在就長話短說吧，先生。我是那艘船的船長，我的手下反叛了。我好不容易才說服他們不殺我。最後，他們把我和這兩個人一起押到這個島上來。他們一個是我的大副，一個是旅客。我們想，在這個荒島上，我們一定會餓死的。我們相信這是一個沒有人煙的荒島，眞不知道怎麼辦呢！」

「你們的敵人，也就是那些暴徒，現在在什麼地方？」我問，「他們到哪兒去啦？」

「他們正在那邊躺著呢，先生。」他指著一個灌木林說，「我現在心裡嚇得直發抖，怕他們看到我們，聽到你說話。要那樣的話，我們通通沒命了！」

「他們有沒有槍支？」我問。他回答說他們只有兩支槍，一支留在船上了。「那就好了，」

我說，「一切由我來處理。我看到他們現在都睡著了，一下子就能把他們都殺掉。不過，是不是活捉更好？」他對我說，其中有兩個是亡命之徒，絕不能饒恕他們。只要把這兩個壞蛋解決了，其餘的人就會回到自己的工作崗位上去。我問是哪兩個人。他說現在距離太遠，看不清楚，不過他願意服從我的指揮行動。「那好吧，」我說，「我們退遠一點，免得給他們醒來時看到或聽到。回頭我們再商量辦法吧。」於是，他們高興地跟著我往回走，一直走到樹林後面隱蔽好。

「請你聽著，先生，」我說，「我如果冒險救你們，你們願意和我訂兩個條件嗎？」他沒等我把條件說出來，就搶先說，只要把大船收復回來，他和他的船完全聽從我的指揮。如果船收復不回來，他也情願與我共生死，同存亡；我要上哪兒就上哪兒。另外兩個人也這樣說。

「好吧，」我說，「我只有兩個條件。第一，你們留在島上期間，絕不能侵犯我在這裡的主權；如果我發給你們武器，無論什麼時候，只要我向你們要回，你們就得交還給我。你們不得在這島上反對我或我手下的人，並必須完全服從我的管理。第二，如果那艘大船收復回來，你們必須把我和我的僕人免費送回英國。」

他向我提出了種種保証，凡是想得到和使人信得過的保證，通通提出來了。他還說我的這些要求是完全合情合理的，他將會徹底履行；同時，他還要感謝我的救命之恩，終身不忘。

「那好吧，」我說，「現在我交給你們三把短槍，還有火藥和子彈。現在，你們看下一步該怎麼辦？」他一再向我表示感謝，並說他情願聽從我的指揮。我對他說，現在的事情很棘手。不過，我認爲，最好趁他們現在還睡著，就向他們開火。如果第一排槍放過後還有活著的，並且願意投降，那就可饒他們的命。至於開槍之後能打死多少人，那就只好聽從上帝的安排了。

船長心地十分善良。他說，能不殺死他們就儘量不要殺死他們。只是那兩個傢伙是是不可救藥的壞蛋，是船上暴動的禍首。留著他們，我們自己必定會遭殃，他們回到船上，就會發動全體船員反叛，把我們通通殺掉！「那好吧，」我說，「我的建議也是出於不得已，因爲這是救我們自己的唯一的辦法。」然而，我看他還是很不願意殺人流血，所以便對他說，這事不妨由他們自己去辦，怎樣幹方便就怎樣幹吧。

正當我們在談話的時候，聽見他中間有幾個人醒來了。又過了不一會兒，看到有兩個人已經站了起來。我問船長，這兩個人中有沒有謀反的頭子。他說沒有。「那好吧，」我說，「你就讓他們逃命吧。看樣子是老天爺有意叫醒他們，讓他們逃命的。可是，如果你讓其餘的人跑掉，那就是你的錯了。」

聽了我的話，他受到了激勵，就把我給他的短槍拿在手裡，又把一支手槍插在皮帶上。他的兩個伙伴也跟著他一起去，每人手裡也都拿一把槍。他那兩個伙伴走在前面，大概弄出了一點聲響，那兩個醒來的水手中，有一人聽到響動，轉過身來看到了他們，就向其餘的人大聲叫喚，但已經太遲了。他剛一叫出聲，他們就開槍了。開槍的是船長的兩個伙伴。至於那船長，他很仁慈，沒有開槍。他們都瞄得很準，當場打死了一個，另一個也受了重傷，但還沒死。他一頭爬起來，急忙向其餘的人呼救。這時船長已一步跳到他跟前，對他說，現在呼救已太晚了，他應該祈求上帝寬恕他的罪惡。說著，船長用槍把一下子把他打倒在地，叫他再也開不了口。跟那兩個水手在一起的還有其餘三個人，其中有一個已經受了輕傷。

就在這時，我也到了。他們看到了危險臨頭，知道抵抗也沒用了，就只好哀求饒命。船長告訴他們，他可以饒他們的命，但他們得向他保證，表示痛恨自己所犯的反叛的罪行，並宣誓效忠船長，幫他把大船奪回來，然後再把他們開回牙買加㊿去，因為他們正是從牙買加來的。他們竭力向船長表示他們的誠意，船長也願意相信他們，並饒他們的命。對此我也並不反對，只是要求船長在他們留在島上期間，應把他們的手腳綁起來。

與此同時，我派星期五和船長手下的大副到那小船上去，命令他們把船扣留起來，並把上面的幾隻槳和帆拿下來。他們都一一照辦了。不一會兒，另外三個在別處閒逛的人因聽到了槍聲，這時也回來了。算他們走運，沒有跟其餘人在一塊。他們看見他們的船長，不久前還是他們的俘虜，現在卻一下子變成了他們的征服者，也就俯首就縛。這樣，我們就大獲全勝。

現在，船長和我已經有時間來打聽彼此的情況了。我先開口，把我全部經歷告訴了他。他全神貫注地聽著我講，顯出無限驚異的神情。特別是在我講到怎樣用奇妙的方式弄到糧食和庫房時，更顯得驚訝萬分。他聽了我的故事，大為感動，因為我的經歷，實在是一連串的奇蹟。可是當他從我的故事聯想到自己的遭遇，想到上帝彷彿有意讓我活下來救他的命時，他不禁淚流滿面，連話都說不出來了。

談話結束後，他把他和他的兩個伙伴帶到我的住所。我照樣用梯子翻牆而過。到了家裡，我拿出麵包和葡萄乾之類我常備的食品招待他們，還把我多年來製造的種種設備指給他們看。

我的談話，以及我所做的一切，都使他們感到十分驚訝。船長特別欣賞我的防禦工事，欣賞

㊿ 牙買加，原英屬西印度大安地列斯島中最大的島，在古巴東南。現為拉丁美洲的一個島國。

我用一片小樹林把住宅完全隱蔽起來。這片小樹林現在已經栽了二十年了，由於這裡樹木比英國長得快，現在已經成了一片小小的森林，而且十分茂密。我在樹林裡保留了一條彎彎曲曲的小徑，其他任何地方都走不進來。我告訴他，這是我的城堡和住宅，但是，像許多王公貴人一樣，我在鄉間還有一所別墅。如果需要，我可以去那兒休養一段時期。我說，以後有時間，我可以帶他們到那兒去看看，但目前我們的首要任務是要考慮收復那艘大船的問題。

船長同意我的看法，可是他說他一時想不出什麼辦法，因爲大船上還有二十六個人。他們既已參加了叛亂，在法律上已犯了死罪，因此已別無出路，只好一不做二不休，硬幹到底。因爲，他們知道，如果失敗了，一回英國或任何英國殖民地，他們就會被送上絞架。但光靠我們這幾個人，是無法向他們進攻的。

我對他的話沉思了一會兒，覺得他的結論很有道理，因而覺得必須迅速作出決定。一方面，可以用出其不意的辦法，把船上的那夥人引入某種圈套；另一方面，得設法阻止他們上岸攻打我們，消滅我們。這時候，我立刻想到，再過一會兒，大船上的船員不見小船和他們夥伴的動靜，一定會感到奇怪；那時，他們就會坐上大船上的另一艘長艇上岸來找他們。他們來時，說不定還會帶上武器，實力就會大大超過我們。船長聽了我的話，認爲很有道理。

於是，我告訴他，我們首先應該把擱淺在沙灘上的那艘小船鑿破，把船上所有的東西都拿下來，使它無法下水，他們就無法把它划走。於是我們一齊上了小船，把留在上面的那支槍拿了下來，又把上面所能找到的東西通通拿下來。其中有一瓶白蘭地，一瓶甘蔗酒，幾塊餅乾，一角火藥，以及一大包用帆布包著的糖，大約有五、六磅重。這些東西我都非常需要，尤其是糖和白蘭地，我已吃光好多年了。

船上的槳呀，桅杆呀，帆呀，舵呀等東西，早已經拿走了。所以，我們把剩下的這些東西搬上岸之後，又在船底鑿了一個大洞。這樣一來，即使他們有充分的實力戰勝我們，也沒法把小船划走。

說實話，我認爲收復大船的把握不大。我的看法是，只要他們不把那艘小船弄走，我們就可把它重新修好。那樣的話，我們就可乘它去利華德群島51，順便把那些西班牙朋友也帶走。因爲我心裡還時刻記著他們。

我們立即按計畫行事。首先，我們竭盡全力，把小船推到較高的沙灘上。這樣，即使潮水上漲，也不致把船浮起來；何況，我們已在船底鑿了個大洞，短時間內無法把洞補好。正當我們坐在地上，尋思著下一步計畫時，只聽見大船上放了一槍，並且搖動旗幟發出信號，叫小船回去。可是，他們看不見小船上有任何動靜。

於是，接著又放了幾槍，並向小船又發出了一些別的信號。

最後，他們見信號和放槍都沒有用處，小船還是沒有任何動靜。我們在望遠鏡裡看見他們把另一艘小船放下來，向岸上搖來。當我們逐漸靠近時，我們看出小船上載著不下十來人，而且都帶著槍支。

---

51 利華德群島，又稱背風群島，在拉丁美洲小安的列斯群島北部，處於東北信風帶內，但比其南面的向風群島更爲隱蔽，故名北風群島。

那艘大船停在離岸大約六海里的地方。他們坐小船划過來時，我們看得清清楚楚，連他們的臉也認得出來。他們向岸上划來時，潮水把他們沖到第一艘小船的東邊。於是他們又沿著海岸往西划，直奔第一艘小船靠岸和停泊的地方。

這就是說，我們把他們看得一清二楚，船長說得出船上的人誰是誰，以及他們的性格品行。他說，其中有三個人非常老實；他相信他們之所以參與謀反，是因為受到其他人的威嚇，而他們又人少勢單，因而是被迫的。

那水手長似乎是他們的頭目。他和其餘的幾個人都是船員中最凶狠的傢伙。現在，他們既然發動了叛亂，就一定要硬幹到底了。因此，船長非常擔心，他們實力太強，我們難以取勝。

我向他微微一笑，對他說，處於我們這種境遇的人，早已無所畏懼了。反正任何一種遭遇都比我們當前的遭遇要強些，因此，我們應有心理準備，不管結果是死是活，對我們來說都是一種解脫。我問他對我的處境有何看法，為了獲得解脫，是否值得冒險？「先生，」我說，「你剛才還認為，上帝讓我活在這裡，是為了拯救你的生命，你才稍稍振作了一下精神。現在，你的這種信念到哪裡去了呢？對我來說只有一件事使我感到遺憾。」

「什麼事？」他問。「那就是你說的，他們當中有三個老實人，我們應饒他們的命。如果他們也都是暴徒，我真會認為是上帝有意把他們挑出來送到你手裡來的呢！因為，我敢擔保，凡是上岸的人，都將成為我們的俘虜。他們是死是活，要看他們對我們的態度而定了。」

我說話時，聲音很高，臉帶笑容。這大大鼓起了船長的勇氣。於是，我們立即開始作戰鬥準備。當我們一看到他們放下小船，就考慮到要把俘虜分散。這件事我們已作了妥善的安置。

俘虜中有兩個人，船長特別對他們不放心，我派星期五和船長手下的一個人把這兩個人送到我的洞室裡去。那地方很遠，絕不會被人發現，或聽到他們的呼救聲；他們自己即使能逃出洞外，在樹林裡也找不到出路。他們把這兩個人都綁了起來安置在洞裡，但照樣供給他們吃喝，並答應他們，如果他們安安靜靜地待在洞裡，一兩天之後就恢復他們的自由；但如果他們企圖逃跑，就格殺勿論。他們都老老實實地保證，願意被關起來，耐心等待，並感謝我們對他們的優待，給他們吃喝，還給他們點燈。因爲星期五還給了他們幾支蠟燭，都是我們自己做的，這樣不致讓他們在黑暗中受煎熬。當然，他萬萬沒有想到，星期五一直在洞口站崗，看守著他們。

其餘的俘虜受到的待遇要好些。有兩個一直沒有鬆綁，因爲船長對他們仍不放心，但另外兩個受到了我的錄用，這是由於船長的推薦。同時，他們本人也愼重宣誓，要與我們共存亡。因此，加上他們和船長一夥好人，我們一共是七個人，都是全副武裝。我毫不懷疑，我們完全能對付即將上島的那十來個人，更何況船長說過，其中還有三、四個好人呢！

那批人來到頭一艘小船停泊的地方，馬上把他們自己的小船推到沙灘上，船上的人也通通下了船，一齊把小船拉到岸上。看到這一情況，我心裡非常高興。因爲我就怕他們把小船在離岸較遠的地方下錨，再留幾個人在船上看守，那我們就沒法奪取小船了。

一上岸，他們首先一齊跑去看前一艘小船。不難看出，當他們發現船上空空如也，船底上有一個大洞，個個都大吃一驚。

他們把眼前看到的情況尋思了一會兒，就一齊使勁大喊了兩三次，想叫他們的同伴聽見。可是毫無結果。接著他們又圍成一圈，放了一排槍。這片槍聲我們當然聽見了，而且槍聲的回聲把樹林都震響了。可是結果還是一樣。那些關在洞裡的，自然聽不見；那些被我們看守著的，雖然聽得很清楚，卻不敢作任何反應。

這事大大出乎他的意料，使他萬分驚訝。事後他們告訴我們，他們當時決定回到大船上去，告訴船上的人說，那批人都給殺光了，長艇也給鑿沉了。於是，他們馬上把小船推到水裡，一齊上了船。

看到他們的這一舉動，船長非常吃驚，簡直不知怎麼辦好了。他相信，他們一定會回到大船上去，把船開走，因爲他們一定認爲他們的夥伴都已沒命了。那樣的話，他原來想收復大船的希望就落空了。可是，不久，他看到那批人又有了新的舉動，又一次使他惶恐不安起來。

他們把船划出不遠，我們看到他們又一齊重新回到岸上。這次行動他們採取了新的措施。看來，他們剛才已商量好了。那就是，留三個人在小船上，其餘的人一齊上岸，深入小島去尋找他們的伙伴。

這使我們大失所望，簡直不知怎麼辦才好。因爲如果我們讓小船開跑，即使我們把岸上的七個人通通抓住，那也毫無用處。那三個人必然會把小船划回大船，大船上的任何人必然會起錨揚帆而去，那我們收復大船的希望同樣會落空。

可是我們除了靜候事情的發展別無良策。那七個人上岸了，三個留在船上的人把船划得離岸遠遠的，然後下錨停泊等岸上的人。這樣一來我們也無法向小船發動攻擊。

那批上岸的人緊緊走在一起，向那小山頭前進。而那小山下，就是我的住所。我們可以把他們看得清清楚楚，但他們根本看不到我們。他們若索性走遠點也好，這樣我們可以到外面去。

在小山頂上，他們可以看見那些山谷和森林遠遠地向東北延伸，那是島上地勢最低的地方。他們一上山頂，就一個勁地齊聲大喊大叫，一直喊得喊不動為止。看來他們不想遠離海岸，深入小島腹地冒險，也不願彼此分散。於是，他們就坐在一棵樹下考慮辦法。如果他們也像前一批人那樣，決定先睡一覺，那倒成全了我們的好事。可是，他們卻非常擔心危險，不敢睡覺，儘管他們自己也不知道究竟有什麼危險。

他們正在那裡聚在一起商量的時候，船長向我提出了一個建議；這建議確實合情合理。那就是，他們或許還會開一排槍，目的是想讓他們的伙伴聽見。我們應趁他們剛開完槍，就一擁而上。那時他們只好束手就擒，我們就可以不流一滴血把他們制伏。我對這個建議很滿意。但是，我們必須儘量接近他們，在他們來不及裝上彈藥前就衝上去。

可是，他們並沒有開槍。我們悄悄地在那裡埋伏了很久，不知怎麼辦才好。最後，我告訴他們，在我看來，天黑之前，我們不能採取任何行動。但到了晚上，如果他們不回到小船上去，我們也許可以想出什麼辦法包抄到他們和海岸中間，用什麼策略對付那幾個小船上的人，引他們上岸。

我們又等了很久，心裡忐忑不安，巴不得他們離開，只見他們商議了半天，忽然一齊跳起來，向海邊走去。這下子我們心裡真有點慌了。看來，他們很害怕這裡真有什麼危險，並認為他們那些伙伴都已完蛋了，所以決定不再尋找他們，回大船上去繼續他們原定的航行計劃。

我一見他們向海邊走去，馬上猜到他們已經放棄搜尋，準備回去了。事實也確實如此。我把我的想法告訴了船長，他也為此十分擔憂，心情沈重極了。可是，我很快想出了一個辦法把他們引回來，後來也眞的達到了我的目的。

我命令星期五和那位大副越過小河往西走，一直走到那批野人押著星期五登陸的地方，並叫他們在半英里外的那片高地上儘量大聲叫喊，一直喊到讓那些水手聽見爲止。我又交待他們，在聽到那些水手回答之後，再回叫幾聲，然後不要讓他們看見，兜上一個大圈子，一面叫著，一面應著，盡可能把他們引往小島深處。然後，再按照我指定的路線迂迴到我這邊來。

那些人剛要上小船，星期五和大副就大聲喊叫起來。他們聽見了，就一面回答，一面沿海岸往西跑。他們朝著喊話的方向跑去。跑了一陣，他們就被小河擋住了去路。當時小河正值漲水，他們沒法過河，只好把那艘小船叫過來，渡他們過去。一切都在我的意料之中。

他們渡過河後，我發現小船已向上游駛了一段路程，進入了一個好像內河港口的地方。他們從船上叫下一個人來跟他們一塊走，所以現在船上只留下兩個人了，小船就拴在一根小樹樁上。

這一切正合我的心願。我讓星期五和大副繼續幹他們的事，自己馬上帶其餘的人偷偷渡過小河，出其不意地向那兩個人撲過去。當時，一個人正躺在岸上，一個人還在船裡待著。那岸上的人半睡半醒，正想爬起來，走在前頭的船長一下衝到他跟前，把他打倒在地。然後，船長又向船上的人大喝一聲，叫他趕快投降，否則就要他的命。

當一個人看到五個人向他撲來，而他的同伴又已被打倒，叫他投降是用不著多費什麼口舌的。而且，他又是被迫參加叛亂的三個水手之一，所以，他不但一下子就被我們降服了，而且後來還忠心耿耿地參加到我們這邊來。

與此同時，星期五和大副也把對付其餘幾個人的任務完成得很出色。他們一邊喊，一邊應，把他們從一座小山引向另一座小山，從一片樹林引向另一片樹林，不但把那批人搞得筋疲力竭，而且把他們引得很遠很遠，不到天黑，他們是絕不可能回到小船上來的。不用說，就是星期五他們自己，回來時也已勞累不堪了。

我們現在已無事可做，只有在暗中監視他們，準備隨時向他們進攻把他們打敗。

星期五他們回來好幾小時後，那批人才回到了他們小船停泊的地方。我們老遠就能聽到走在前頭的幾個向掉在後面的幾個大聲呼喚著，要他們快點跟上。又聽到那後面的幾個人一面答應著，一面叫苦不迭，說他們又累腳又痛，實在走不快了。這對於我們確實是一個好消息。

最後，他們總算走到了小船跟前。當時潮水已退，小船擱淺在小河裡，那兩個人又不知去向，他們那種驚慌失措的樣子，簡直無法形容。我們聽見他們互相你呼我喚，聲音十分淒慘。他們都說是上了一個魔島，島上不是有人，就是有妖怪。如果有人，他們必然會被殺得一個不剩；如果有妖怪，他們也必然會被妖怪抓走，吃個精光。

他們又開始大聲呼喚，不斷地喊著他們那兩個夥伴的名字，可是毫無回音。又過了一會兒，我們從傍晚暗淡的光線下看見他們惶惶然地跑來跑去，雙手扭來扭去，一副絕望的樣子。他們一會兒跑到小船上坐下來休息，一會兒又跑到岸上，奔來奔去。如此上上下下，反覆不停。

這時，我手下的人恨不得我允許他們趁著夜色立即向他們撲上去。可是我想找一個更有利的機會向他們進攻，給他們留一條生路，盡可能少殺死幾個。我尤其不願意自己人有傷亡，因為我知道對方也都是全副武裝的。我決定等待著，看看他們是否會散開。因此，為了更有把握制伏他們，我命令手下人再向前推進埋伏起來，並讓星期五和船長盡可能貼著地面匍匐前進，儘量隱蔽，並在他們動手開槍之前，爬得離他們越近越好。

他們向前爬了不多一會兒，那水手長就帶著另外兩個水手朝他走來。這水手長是這次叛亂的主要頭目，現在比其他人更垂頭喪氣。船長急不可耐，不等他走近看清楚，就同星期五一起跳起來向他們開了槍。他們只是憑對方的聲音行動的。

那水手長當場給打死了。另一個身上中彈受傷，倒在水手長身旁，過了兩小時也死了。第三個人拔腿就跑。

我一聽見槍響，立即帶領全軍前進。我這支軍隊現在一共有八個人，那就是：我，總司令；星期五，我的副司令。另外是船長和他的兩個部下。還有三個我們信得過的俘虜，我們也發給了他們槍。

趁著夜色漆黑，我們向他們發動了猛攻。他們根本看不清我們究竟有多少人。那個被他們留在小船上的人，現在已是我們的人了。我命令他喊那些水手的名字，看看能否促使他們和我們談判，強迫他們投降。結果我們如願以償。因爲不難理解，他們處在當前的情況下是十分願意投降的。於是，他儘量提高嗓門，喊出他們中間一個人的名字：「湯姆．史密斯！湯姆．史密斯！」湯姆．史密斯似乎聽出了他的聲音，立即回答說：「是魯賓遜嗎？」那個人恰好也叫魯賓遜。他回答說：「是啊，是我！看在上帝份上，湯姆．史密斯，快放下武器投降吧！要不然你們馬上都沒命了。」

「我們向誰投降？他們在哪兒？」史密斯問。「他們都在這兒，」他說。「我們船長就在這兒，帶了五十個人，已經搜尋你們兩小時了。水手長已給打死了。維爾．佛萊也已受傷。我被俘虜了。你們不投降就完蛋了。」

「我們投降？」史密斯說，「他們肯饒我們命嗎？」

「你們肯投降，我就去問問看。」魯賓遜說。他就問船長。這時，船長親自出來喊話了。「喂，史密斯，你聽得出，這是我的聲音。只要你們放下武器投降，我就饒你們的命，只有威爾·阿金斯除外。」

聽到這話，威爾·阿金斯叫喊起來：「看在上帝份上，船長，饒了我吧！我做了什麼呢？他們都和我一樣壞。」但事實並非像他說的。因爲，從當時情況來看，在他這次發動叛亂的時候，正是這個威爾·阿金斯首先把船長抓起來，對船長的態度十分蠻橫；他把船長的兩隻手綁起來，又用惡毒的語言護罵船長。這時，船長告訴他，他必須首先放下武器，然後聽候總督處理。所謂總督，指的就是我，因爲現在他們都叫我總督。

簡而言之，他們都放下了武器，請求饒命。於是，我派那個和他們談判的人以及另外兩個水手，把他們通通綁起來。然後，我那五十人的大軍——其實，加上他三人，我們總共才只八個人——便上去把他和他們的小船一起扣起來。我和另一個人因身分關係，暫不露面。

我們下一步工作就是把那鑿破的小船修好，並設法把大船奪回來。而船長這時也有時間與他們談判了。他向他們講了一番大道理，指出他們對待他的態度如何惡劣，他們的居心如何邪惡，並告訴他們，他們的所作所爲，最後一定給自己帶來不幸和災難，甚至會把他們送上絞刑架。

他們一個個表示悔罪，苦苦哀求饒命。船長告訴他們，他們不是他的俘虜，而是島上主管長官的俘虜。他說，他們本來以爲把他送到了一個杳無人煙的荒島上，但上帝要他們把他送到有人居住的島上，而且島上還有一位英國總督。他說，如果總督認為有必要，就可以把他們通通在島上吊死。但現在他決定饒恕他們，大概要把他送回英國，秉公治罪。但阿金斯除外。總督下令，要阿金斯準備受死，明天早晨就要把他吊死。

這些話雖然都是船長杜撰出來的，然而卻達到了預期的效果。阿金斯跪下來哀求船長向總督求情，饒他一命。其餘的人也一齊向船長哀求，要他看在上帝份上，不要把他們送回英國。

這時我忽然想到，我們獲救的時刻到了。現在把這些人爭取過來，讓他們全心全意去奪取那艘大船，已非難事。於是我在夜色中離開了他們，免得他們看見我是怎樣的一個總督。然後，我把船長叫到身邊。當我叫他的時候，因為已有相當的距離，就派了一個人去傳說話，對船長說：「船長，司令叫你。」船長馬上回答說：「回去告訴閣下，我就來。」這樣一來，就使他們更加深信不疑了。他們都相信，司令和他手下的五十名士兵就在附近。船長一到，我就把奪船的計畫告訴他。船長認為計畫非常周密，就決定第二天早晨付諸實施。

但是，為了把計畫執行得更巧妙，更有成功的把握，我對船長說，我們必須把俘虜分開處理。首先，他應去把阿金斯和另外兩個最壞的傢伙綁起來，送到我們拘留另外幾個人的那個石洞裡去。這件事我們交給星期五和那兩個跟船長一齊上岸的人去辦了。

星期五等人把俘虜押解到石洞裡，好像把他們投入監牢一樣。事實上，那地方也確實夠淒涼的，尤其是對於他們這種處境的人，更是陰森可怕。

我又命令把其餘的俘虜送到我的鄉間別墅裡去。關於這別墅，我前面已作過詳盡的敘述。那邊本來就有圍牆，他們又都被捆綁著，所以把他們關在那裡相當可靠。再說，他們也知道，他們的前途決定於他們自己的表現，因此誰都不敢輕舉妄動。

到了早晨，我便派船長去同他們談判，目的是要他去摸摸他們的底，然後回來向我匯報，看看派他們一起去奪回大船是否可靠。船長跟他們談到他們對他的傷害以及他們目前的處境。他又對他們說，雖然現在總督已饒了他們的命，可是，如果把他們送回英國，他們還是會給當局用鐵鏈吊死的。不過，如果他們肯參加奪回大船的正義行動，他一定請求總督同意赦免他們。

任何人都不難想像，處在他們的境況下，對於這個建議眞是求之不得。他們一齊跪在船長面前，苦苦哀求，答應對他誓死效忠，並且說，他們將永遠感激他救命之恩，甘願跟他走遍天涯海角，還要畢生把他當作父親一樣看待。

「好吧，」船長說，「我現在回去向總督匯報，盡力勸他同意赦免你們。」於是，他回來把他們當前的想法原原本本地向我作了匯報，並且說他完全相信他們是會效忠的。

話雖如此，爲了保險起見，我叫船長再回去一趟，從他們七個人中挑出五個人來。我要他告訴那些人，總督現在並不缺少人手，現在只要挑選五個人做他助手，他要把其餘兩個人以及那三個已經押送到城堡裡去的俘虜留下來作人質，以保證參加行動的那五個人的忠誠。如果他們在執行任務過程中有任何不忠誠的表現，留在島上的五個人質就要在岸上用鐵鏈活活吊死。

這個辦法看起來相當嚴厲，使他們相信總督辦事很認眞，他們除了乖乖接受外，別無辦法。結果，那幾個俘虜反而和船長一樣認眞，勸告參加行動的五個人盡力盡責。

我們出征的兵力是這樣的：一，船長、大副、旅客；二，第二批俘虜中的兩個水手。我從船長口裡了解了他們的品行，早已恢復了他們的自由，並發給了他們武器；三，另外兩個水手。這兩個人直到現在還被捆綁著關在我的別墅裡，現經船長建議，也把他們釋放了；四，那五個最後挑選出來的人。因此，參加行動的一共是十三人。留在島上的人質是七個人，五個關在城堡的石洞裡，兩個沒有關起來。

我問船長，他是否願意冒險帶領這些人去收復大船。我認爲我和星期五不宜出動，因爲島上還有七個俘虜，而且他們又都被分散看守著，還得供給他們飲食，也夠我們忙的了。

我決定牢牢看守好關在洞裡的那五個人。我讓星期五一天去兩次，給他們送些食品去。我要其他兩個人先把東西送到一個指定的地點，然後再由星期五送去。

當我在那兩個人質面前露面時，我是和船長一起去的。船長向他們介紹，我是由總督派來監視他們的。總督的命令是，沒有我的指示，他們不得亂跑。如果亂跑，就把他們抓起來送到城堡裡去，用鐵鏈子鎖起來。這樣，爲了不讓他們知道我就是總督，我現在是以另一個人的身分出現，並不時地向他們談到總督、駐軍和城堡等問題。

船長現在只要把兩艘小船裝備好，把留在沙灘上的那艘小船的洞補好，再分派人員上去，就沒有什麼困難了。他指定他的旅客作一艘小船的船長，帶上另外四名水手。他自己、大副和另外五名水手，上了另一艘小船。他們的事情進行得很順利。到了半夜，他們已到了大船旁。當他們划到能夠向大船喊話時，船長就命令那個叫魯賓遜的水手同他們招呼，告訴他們人和船都已回來了，他們是花了好多時間才把人和船找回來的。他們一面用這些話敷衍著，一面靠攏了大船。當小船一靠上大船，船長和大副首先帶槍上了船。

這時，手下的人表現得很忠誠。在他們的協助下船長和大副一下子就用槍把子把二副和木匠打倒了。緊接著他們又把前後甲板上的其他人全部制伏，並關好艙口，把艙底下的人關在下面。這時，第二艘小船上的人也從船頭的鐵索上爬上來，占領了船頭和通廚房的小艙口，並把在廚房裡碰到的三個人俘虜了起來。

這一切完成後，又肅清了甲板，船長就命令大副帶三個人進攻娓樓甲板室，去抓睡在那裡做了新船長的叛徒。這時，那新船長已聽到了警報，從床上爬起來。他身邊有兩個船員和一個小聽差，每人手裡都有槍。當大副用一根鐵撬杠把門劈開時，那新船長和他手下的人就不顧一切地向他們開火。一顆短槍子彈打傷了大副，把他胳膊打斷了，還打傷了其他兩個人，但沒打死。

大副雖然受了傷，還是一面呼救一面衝進船長室，用手槍朝新船長頭上就是一槍；子彈從他嘴裡進去，從一隻耳朵後面出來，他再也說不出一句話了。其餘的人看到這情形，也都投降了。於是，大船就這樣穩穩當當地奪了過來，再也沒有死一個人。

占領大船後，船長馬上下令連放七槍。這是我和他約定的信號，通知我成功了。不用說，聽到這個信號我是多麼高興。因為我一直坐在岸邊等候這個信號，差不多一直等到半夜兩點鐘。

我聽清了信號，便倒下來睡覺。我整整忙碌了一天，已十分勞累，所以睡得很香。忽然睡夢中聽到一聲槍聲，把我驚醒。我馬上爬起來，聽到有人喊：「總督！總督！」我一聽是船長的聲音，就爬上小山頭，一看果然是他。他指了指大船，把我摟在懷裡。「我親愛的朋友，我的救命恩人，」他說，「這是你的船了，我們這些人和船上的一切也都是你的！」我看了看大船，只見它停泊在離岸不到半英里的地方。原來，船長他們奪回了大船後，看見天氣晴朗，便起了錨，把船一直開到小河口上。這時正好漲潮，船長就把長艇划到我當初卸木排的地方靠岸，也就是正好在城堡門口上岸。

起初，這突如其來的喜事，使我幾乎暈倒在地，因爲我親眼看到我脫險的事已十拿九穩，且一切順利，而且還有一艘大船可以把我送到任何我想去的地方。有好半天，我一句話也答不上來。如果不是船長用手緊緊抱著我，我也緊緊靠在他身上，我早已倒在地上了。他看見我那麼激動，馬上從袋裡取出一個瓶子，把他特地爲我帶來的提神酒給我喝了幾口。喝完之後，我還是坐在地上。雖然這幾口酒使我清醒了過來，可是又過了好半天，才說得出話來。

這時候，船長也和我一樣欣喜若狂，只是不像我那麼激動罷了。於是，他對我說了無數親切溫暖的話，讓我安定下來，清醒過來。但我心中驚喜交加，竟不能自已。最後我失聲大哭，又過了好一會，才能開口說話。

這時我擁抱了船長，把他當作我的救命恩人。我們兩個人都喜不自勝。我告訴他，在我看來，他是上天特意派來救我脫險的；又說這件事的經過簡直是一連串的奇蹟。這類事情證明，有一種天意在冥冥中支配著世界，證明上帝無所不在，並能看清天涯海角發生的一切，只要祂願意，任何時候都可以救助不幸的人。

我也沒忘記衷心感謝上天。在這荒無人煙的小島上，在這樣孤苦伶仃的處境中，我不僅沒有餓死，正是上帝的奇蹟，賜給我飲食；而且，我一次又一次地絕處逢生，逃過大難，也都是上帝對我的恩賜。上蒼如此厚愛其子民，誰能不對祂感到衷心的感激呢？

船長跟我談了一會兒，便告訴我，他給我帶了一點飲料和食物。這些東西，只是暴徒們劫後殘剩下來的，所以只能拿出這麼一點了。說著，他向小船高聲喊了一聲，吩咐他手下人把獻給總督的東西搬上岸來。這實際上是一份豐厚的禮物，初看起來，好像要讓我在島上繼續待下去，不準備把我載走了。

首先，他給我帶來了一箱高級的提神酒，六大瓶馬德拉白葡萄酒[52]，每瓶有兩夸脫，兩磅上等菸，十二塊上好的牛肉脯，六塊豬肉，一袋豆子和大約一百磅餅乾。

另外，他還給我帶來了一箱糖，一箱麵粉，一袋檸檬，兩瓶檸檬汁和許多其他東西。除此之外，對我更有用處的是，他給我帶來了六件新襯衫，六條上等領巾，兩副手套，一雙鞋，一頂帽子，一雙長襪，還有一套他自己穿的西裝，西裝還很新，看來他沒有穿過幾次。總之，他把我從頭到腳都穿戴起來了。

不難想像，對於我這種處境的人，這是一份慷慨而令人喜悅的禮物。可是，我剛把這些衣服穿上身的時候，感到很不自在，因爲既不舒服，又很彆扭。

送禮的儀式完畢，東西也都搬進了我的住所，我們便商議處置俘虜的問題。我們必須考慮是否冒風險把他們帶走。尤其是他們中間有兩個人，我們認爲是絕對無可救藥、頑固不化的暴徒。船長說，他知道他倆都是壞蛋，沒法對他們寬大。即使把他們帶走，也必須把他們像犯人一樣關起來。只要他的船開到任何一個英國殖民地，就把他們送交當局法辦。我感到船長對此事確實也很擔心。

對此，我告訴船長，如果他同意，我可以負責說服那兩個人，讓他們自己提出請求留在島

[52] 馬德拉白葡萄酒，一種烈酒，產於北大西洋馬德拉島。

上。「我很高興你能那樣做，」船長說，「我衷心同意！」

「那很好，」我說，「我現在就把們叫來，替你跟他們談談。」這樣，我吩咐星期五和那兩個人質去執行這一任務。當時，我們早已把那兩個人質釋放了，因爲他們的同夥實踐了他們的諾言。他們就一起到洞室去，把關在那兒的五個人照舊綁著手，帶到了我的鄉間別墅裡；到了後先把他們關押起來，等我去處置。

過了一會，我就穿上新衣服去了。現在，我又以總督的身分出現了。我船長到了那邊，跟我們的人碰了頭，我就叫把那五個人帶到我面前來。我對他們說，關於他們對待船長的罪惡行爲，我已獲得了詳細的報告。我已了解他們怎樣把船奪走，並還準備繼續去幹搶劫勾當。但上帝卻使他們自投羅網，跌進了他們替別人挖掘的陷阱。

我讓他們知道，在我的指揮下，大船已經奪回來了，現在正停泊在海口裡。他們過一會就可以看到，他們的新船長被吊在桅杆頂上示衆，他的罪惡行徑得到了報應。

至於他們，我倒想知道他們還有什麼話可說。事實上，我完全可以把他們以海盜論處。當然，他們大概絕不會懷疑，我完全有權把他們處死。

這時，他們中間有一個人出來代表大家說話了。他說，他們沒有什麼話可說。只是他們被俘時，船長曾答應饒他們不死的。他們現在只有低頭懇求我的寬宥。可是我告訴他們，因爲我自己已決定帶著手下的人離開本島，跟船長一起搭船回英國去，所以我不知道該如何寬宥他們。至於船長，他只能把他們當作囚犯關起來帶回英國，並以謀反和劫船的罪名送交當局審判。其結果他們應該都知道，那必定是上絞架。所以，我實在也爲他們想不出更好的辦法，除非他們決定留在島上，聽任命運的安排。如果他們同意這個辦法，我本人沒意見，因爲我反正要離開本島了。只要他們願意留在島上自謀生計，我可以饒他們不死。

他們對此表示十分感激。他們說他們寧可冒險留在這裡，也不願被帶回英國吊死。所以，我就決定這麼辦了。

然而，船長似乎不太同意這個這個辦法，好像他不敢把他們留在島上。於是我對船長作出生氣的樣子。我對他說他們是我的俘虜，而不是他的俘虜，我既然對他們已許下了這麼多人情，我說的話就應該算數。如果他不同意，我就把他們放掉，只當我沒有把他們抓住過。如果他不願意給他們自由，他自己可以去把他們抓回來，只要他能抓得住。

他們看到這種情況，表示無限感激。於是，我釋放了他們，叫他們退回原來被抓住的樹林裡去，並對他們說，我可以給他們留一些槍支彈藥，並指導他們怎樣在這兒好好過活，如果他們願意接受的話。

解決了俘虜的問題，我就開始作上船的準備了。我對船長說我還得作些準備，所以還得在島上耽擱一個晚上。我吩咐他先回船上，把一切安排好，第二天再放小船到岸上來接我。我特別下令，讓他把那被打死的新船長吊在桅杆頂上示眾。

船長走之後，我派人把那幾個人帶到我房間裡來。我給他們作了一次嚴肅的談話，分析了他們當前的處境。我對他們說，我認爲他們的選擇是正確的。如果讓船長把他們帶走，其結果必然是上絞架吊死。我把那吊在大船桅杆頂上的新船長指給他們看，並告訴他們，他們也沒有別的指望，只能是這下場。

他們一致表示願意留在島上。於是，我就把我這裡生活的情況告訴他們，並教會他們怎樣把生活過好。我談了小島的環境，以及我在這兒生活的經歷。我領他們看了我的城堡，告訴如何做麵包，種莊稼，曬製葡萄乾。一句話，一切能使他們生活過得舒適一點的辦法，我都告訴他們了。我又把十六位西班牙人的事情告訴了他們，並對他們說，不久他們也要來島上。我給那些西班牙人留了一封信，並要他們答應對他們一視同仁。

我把槍支都留給了他們，其中包括五把短槍，三支鳥槍，還加三把刀。我還留下了一桶半火藥。我之所以還有這麼多火藥，是因爲我用得很省。除了剛開始兩年用掉一些外，後來我就一點都不敢浪費。我還把養山羊的方法教給了他們，告訴他們怎樣把羊養肥，怎樣擠羊奶，做奶油，製乳酪。

總之，我把自己的經歷詳詳細細地告訴了他們。我還對他們說，我要勸船長再給他們留下兩桶火藥與一些菜種。我對他們說，菜種一直是我所求之不得的東西。我還把船長送給我的一袋豆子也留給了他們，囑咐他們作種子播下去繁殖起來。

這些事情辦完後，第二天我就離開他們上了大船。我們本來準備立即開船，可是直到晚上都沒有起錨。第二天一大早，那五個人中有兩個人忽然向船邊泅來。他們訴說那三個人怎樣歧視他們，樣子甚爲可憐。他們懇求我們看上帝份上收留他們，不然準會給那三個人殺死。他們哀求船長收留他們，就是馬上把他們吊死也心甘情願。

船長看到這種情形，就假裝自己無權決定，要徵得我的同意才行。後來，經過種種留難，他們也發誓痛改前非，才把他們收容上船。上船後，每人結結實實地挨了一頓鞭子，打完後再用鹽醋擦傷處53。從那以後，他們果然成了安分守己的人了。

過了一會兒，潮水上漲了。我就命令把我答應給那三個人的東西，用小船運到岸上去。我又向船長說情，把他們三人的箱子和衣服一起送去。他們收到後，都千恩萬謝，感激不盡。我又鼓勵他們，如果將來我有機會派船來接他們，我一定不會忘記他們。

離開小島時，我把自己做的那頂羊皮帽、羊皮傘和我的鸚鵡都帶上船，作爲紀念。同時我也沒有忘記把錢拿走。這些錢一共有兩筆，一筆從自己所剩的破船上拿下來的；另一筆是從那條失事的西班牙船上找到的。這情況我在前面已交待過了。這些錢由於一直存放在那裡沒有使用的機會，現在都已生銹了。若不經過一番磨擦和處理，誰也認不出是銀幣。

這樣，根據船上的日曆，我在一六八六年十二月十九日離開了這個海島。我一共在島上住了二十八年兩個月零十九天54。我第二次遇難而獲救的這一天，和我第一次從薩累的摩爾人手裡坐長艇裡逃出來，是同月同日。

我乘這條船航行了半年多，終於在一六八七年七月十一日抵達英國。計算起來，我離國已經三十五年了。

---

53 這種做法，一方面是增加痛苦，另一方面爲防止感染。

54 作者在不少地方日子計算不太精確。魯賓遜是一六五九年上島的，因此應該是二十七年，而不是二十八年。

我回到英國，人人都把我當外國人，好像我從未在英國住過似的。我那位替我保管錢財的恩人和忠實的管家，這時還活著。不過她的遭遇非常不幸。她再嫁之後又成了寡婦，境況十分悲慘。我叫她不要把欠我的錢放在心上，並對她說，我絕不會找她麻煩。相反地，爲了報答她以前對我的關心和忠誠，我又盡我微薄的財力給了她一點接濟。當然，我現在財力有限，不能對她有多少幫助。可是我向她保證，我永遠不會忘記她以前對我的好處，並告訴她，只要我將來有力量幫助她，我絕不會忘記她。這是後話了。

後來，我去了約克郡。我父親已經過世，我母親及全家也成古人。我只找到兩個妹妹和我一位哥哥的兩個孩子。因爲大家都以爲我早已不在世上了，所以沒有留給我一點遺產。一句話，我完全找不到一點接濟和資助，而我身上的一點錢，根本無法幫助我成家立業。

萬萬沒有料到的是，在我這樣的窘迫的時候，卻有人對我感恩圖報。我意外救了船長，也救了他的船和貨物。這時，船長把我怎樣救了全船和船上的人，詳詳細細地報告了那些船主。他們就把我邀請去，和他們以及幾個有關的商人會面。他們對我的行爲大大地讚揚了一番，又送了我兩百英鎊作爲酬謝。

我對自己當前的處境反覆考慮，感到實難安身立命，就決定到里斯本去一趟，看看能不能打聽到我在巴西的種植園和那合夥人的情況。我相信，我那合夥人一定以爲我死了多年了。

抱著這一希望，我搭上了開往里斯本的船，於第二年四月份到達了那裡。當我這樣東奔西跑的時候，我的星期五一直跟著我，誠實可靠，並證明無論何時何地，他都是我最忠實的僕人。

到了里斯本，我幾經打聽，找到了我的老朋友，也就是把我從非洲海面上救起來的那位船長。這眞使我高興極了。船長現在年事已高，早就不再出海了；他讓兒子當了船長，而兒子也已近中年了，仍舊做巴西生意。那老人家已經不認得我了；說實在話，我也一樣認不出他了。但不久我就記起了他的面貌。當我告訴他我是誰之後，他也記起了我的面貌。

老友重逢，交談之際，言詞熱切。不用說，我接著就詢問了我的種植園和合夥人的情況。老人家告訴我，他已有九年沒有去巴西了。但他可以向我保證，當他離開那裡的時候，我的合夥人還在人世。我曾委託他和另外兩位代理人照管我的產業。儘管那兩位代理人已經過世，但他相信，關於我那種植園的收益，我還是不難收到一份種植園這幾十年來發展的詳細報告。因爲，當時人們以爲我出事淹死之後，我的幾位產權代理人就把我在種植園股份內應得的收入，報告給稅務官。稅務官怕我永遠也回不來接受這筆財產，就作了如下的處理：收入的三分之一劃歸國王，三分之二撥給聖奧古斯丁修道院，作爲救濟貧民以及在印第安人中傳播天主教之用。但如果我回來，或有人申請繼承我的遺產，我的財產就能還給我，不過已經分配給慈善事業的歷年收入，是不能發還的。但他向我保證，政府徵收土地稅的官員和修道院的司事，一直在監督著我的合夥人，叫他把每年的收入交出一份可靠的賬目，並把我應得的部分上繳。

我問他是否知道種植園發展的情況？又問他，在他看來，是否還値得經營下去？如果我去巴西，要把我應得的部分收回來，是否會有什麼困難？

他對我說，種植園發展的具體情況，他實在也不清楚。可是他知道，我那合夥人儘管只享有種植園一半的收入，但已成了當地的巨富。他又告訴我，現在回憶起來，他曾聽說，政府僅僅收到我所應得的三分之一，每年就達二百葡萄牙金幣以上；這部分錢好像撥給了另一個修道院或什麼宗教機構去了。要收回這筆財產，應該是不成問題的，因爲我的合夥人還活著，可以證明我的股權，而且，我的名字也在巴西登記名冊。他又告訴我，我那兩位代理人的財產繼承人，都是很公正誠實的人，而且都很富有。他相信，我不僅可以獲得他們的幫助，領到我的財產，而且，還可以從他們那裡拿到一大筆屬於我的現款。那是在他們父親保管期間我每年的收入。據他記憶，把我收入部分繳公，還只是十二年以前的事。

我聽了他的話，心裡感到有些煩惱和不安。我問那老船長，我既然立了遺囑，指定他，這位葡萄牙籍船長，作爲我財產的全權繼承人，那兩位代理人怎麼能這樣處理我的財產呢？

他對我說，他確實是我的繼承人。但是，關於我的死亡一直無法證實。在沒有獲得我死亡的確切消息之前，他不能作爲我遺囑的執行人。而且，還有一層，這遠隔重洋的事，他也不願意干預。但他又說，他確實把我的遺囑向有關部門登記過，而且提出了他的產權要求。如果他能提出我的死亡證明，他早已根據財產委託權，接管了我的糖廠，並派目前在巴西的兒子去經營了。

「可是，」老人家又說，「我還有一件事要告訴你。這事你聽了可能會不太高興。當時，我們都以爲你死了，大家也都這樣認爲，你的合夥人和代理人就把你頭六、七年的收入交給了我，我也都收下了。但當時，種植園正在發展，需擴充設備，建立糖廠，又要買奴隸，所以收入就沒有後來的那麼多。不過，我一定把我的收入及花費開一份可靠的賬單給你。」

我和這位老朋友又連續商談了好幾天，他就把我種植園最初六年的細賬交給了我，上面有我的合夥人和兩位代理人的簽字。當時交出來的都是現貨，像成捆的菸葉，成箱的糖：此外，還有糖廠的一些副產品，像糖蜜酒和糖蜜等東西。從賬目中我可以看到，收入每年都有增加，但正如上面所提到的，由於開頭幾年開支較大，實際收入不大。儘管如此，老人家還是告訴我，他欠我四百七十塊葡萄牙金幣，另外還有六十箱糖和十五大捆菸葉。那些貨物在船隻開往里斯本的航行中因失事而全部損失了。那是我離開巴西十一年以後發生的事。

這位善良的人開始向我訴說他不幸的遭遇，說他萬不得已才拿我的錢去彌補損失，在一艘新船上搭了一股。「不過，我的老朋友，」他說，「如果你要用錢的話，錢倒是有的。等我兒子回來，就可以把錢都還給你。」

說完，他拿出一只陳舊的錢袋，給了我一百六十個葡萄牙金幣，又把他搭在新船上的四分之一股份和他兒子的四分之一股份一起開了一張出讓證交給我，作爲其餘欠款的擔保。那艘船他兒子現在開往巴西去了。

這位可憐的老人，心地這樣正直善良，實在使我深受感動，我眞不忍心聽他講下去了。想到他過去對我的好處，想到他把我從海上救起來，對我一直那麼慷慨大度，特別是看到現在他對我的眞誠善良，聽著他的訴說，我禁不住流下了眼淚。於是，我首先問他，以他目前的經濟狀況，能不能拿出這麼多錢？拿出來後會不會使他手頭拮据？他告訴我說，拮据當然會拮括一些，但那是我的錢，而且，目前我比他更需要這筆錢。

這位善良的老人所說的話，充滿了眞摯的友情。他一邊說，我一邊止不住流淚。一句話，我只拿了他一百葡萄牙金幣，並叫他拿出筆和墨水，寫了一張收據給他，把其餘的錢都退還給了他。我還對他說，只要我能夠收回我的種植園，這一百塊錢我也要還給他。這一點我後來確實也做到了。至於他在他兒子船上的股權出讓證，我是無論如何也不能收的。我說，如果我要用錢，我相信他一定會給我的，因爲我知道他是一個誠實的人。如果我不需要錢，我就再也不會向他要一文錢，因爲，他認爲，我完全有理由收回我所指望的產業。

這些事情辦完後，老人家又問我是不是要他替我想個辦法，把我的種植園收回來。我告訴他，我想親自去巴西走一趟。他說如果我想去也好，不過如果我不想去，也有不少辦法保證我收回自己的產權，並馬上把收入撥給我使用。目前在里斯本的斗羅河[55]，正有一批船要開往巴西。他勸我在官方登記處註冊了我的名字，他自己也寫了一份擔保書，宣誓證明我還活著，並聲明當時在巴西領取土地建立種植園的正是我本人。

我把老人的擔保書按常規作了公證，又附上了一份委託書。然後，老人又替我寫了一封親筆信，連同上述兩份文件，讓我一起寄給了他所熟悉的一位巴西商人。這一切辦完，他建議我住在他家裡靜候回音。

這次委託手續眞是辦得再公正也沒有了。不到七個月，我收到那兩位代理人的財產繼承人寄給我的一個大包裹（應該提一下的是，我正是爲了那兩位代理人才從事這次遇難的航行的）。包裹裡有下述信件和文件：

第一，我種植園收入的流水賬，時間是從他們父親和這位葡萄牙老船長結算的那一年算起，一共是六年，應該給我一千一百七十四個葡萄牙金幣。

---

[55] 斗羅河，在歐洲西南部，源出西班牙東北部，下游流入葡萄牙境內，稱斗羅河；該河在西班牙境內稱塔霍河。

第二，在政府接管之前的賬目，一共四年，這是他們把我作爲失蹤者（他們稱之爲「法律上的死亡」56）保管的產業。由於種植園的收入逐年增加，因此這四年總共結存了三萬八千八百九十二塊葡萄牙銀幣，合三千二百四十一塊葡萄牙金幣。

第三，聖奧古斯丁修道院長的賬單。他已經獲得十四年的收益。他十分誠實，告訴我說，除了醫院方面用去的錢以外，還存八百七十二塊葡萄牙金幣。他現在把這筆錢記在我的賬上。至於國王收去的部分，則不能再償還了。

另外，還有一封合夥人寫給我的信。他祝賀我還活在人世，言詞十分誠摯親切。他向我報告了我們產業發展的情況以及每年的生產情況，並詳細談到了我們的種植園現在一共有多少英畝土地，怎樣種植，有多少奴隸等等。他在信紙上畫了二十二個十字架爲我祝福。他還說他念了無數遍以「萬福瑪莉亞」開頭的禱詞，爲我活在人間感謝聖母瑪莉亞。他熱情地邀請我去巴西收回我的產業。同時，他還要我給他指示，若我不能親自去巴西，他應把我的財產交給什麼人。在信的末尾，他又代表他本人和全家向我表示他們的深厚情誼，又送給我七張精致的豹皮作爲禮物。這些豹皮是他派往非洲的另一艘船給他帶回來的；他們那次航行，看來比我幸運得多了。另外，他還送了我五箱上好的蜜餞，一百枚沒有鑄過的金元，那些金元比葡萄牙金幣略小些。

這一支船隊還運來了我兩位代理人的後代給我的一千二百箱糖，八百箱菸葉；同時，他們還把我賬上所結存的全部財產折合成黃金，也給我一起運來了。

---

56 法律上的死亡，如剝奪公民權終身，失蹤滿一定期限法院依法宣告失蹤人死亡等。

現在，我可以說，我猶如約伯，上帝賜給我的比從前更多了。當我讀到這些信件，特別是當我知道我的全部財富都已安抵里斯本，我內心的激動實在難以言表。那些巴西的船隊，向來是成群結隊而來，同一支船隊給我帶來了信件，也同時運來了我的貨物。當我讀到信件的時候，我的財產也早已安抵里斯本的斗羅河裡了。總之，我臉色蒼白，人感到非常難受。要不是他老人家急忙跑去給我拿了點提神酒來，我相信，這突如其來的驚喜，一定會使我精神失常，當場死去。

不但如此，就是喝了提神酒之後，我仍感到非常難受，一直好幾個小時。最後請來了一位醫生。他問明了病因之後，就給我放了血。這才使我感到舒服了些，以後就慢慢好了。我完全相信，如果我當時激動的情緒不是用這種方法排解的話，也許早就死了。

突然間，我成了擁有五千英鎊現款的富翁，而且在巴西還有一份產業，每年有一千鎊以上的收入，就像在英國的田產一樣可靠㊼。總而言之，我目前的處境，連自己也莫名其妙，更不知道如何安下心來享用這些財富了。

我做的第一件事情，就是報答我最初的恩人，也就是那好心的老船長。當初我遇難時，他待我十分仁慈，此後自始至終對我善良眞誠。我把收到的東西都給他看了。我對他說，我之所以有今天，除了主宰一切的天意外，全靠了他的幫助。現在，我既然有能力報答他，我就要百倍地回報他。我先把他給我的一百葡萄牙金幣退還給他。然後又請來了一位公證人，請他起草了一份字據，把老船長承認欠我的四百七十塊葡萄牙金幣，以最徹底、最可靠的方式全部取消或免除。這

㊼ 魯賓遜的產業，包括現金和土地，相當於十八世紀初期英國小莊園主的產業。

項手續完成之後，我又請他起草了一份委託書，委任老船長作爲我那種植園的年息管理人，並指定我那位合夥人向他報告賬目，把我應得的收入交給那些長年來往於巴西和里斯本的船隊帶給他。委託書的最後一款是，老船長在世之日，每年從我的收入中送給他一百葡萄牙金幣；在他死後，每年送給他兒子五十葡萄牙金幣。這樣，我總算報答了這位老人。

我現在該考慮下一步的行動了，並考慮怎樣處置上天賜給我的這份產業了。說實在話，與荒島上的寂寞生活相比，現在我要操心的事更多了。在島上，除了我所有的，就別無他求；除了我所需要的，也就一無所有。但現在我負有很大的責任，那就是如何保管好自己的財產。我不再有什麼洞穴可以保藏我的錢幣，也沒有什麼地方放錢可以不加鎖；在島上時，你盡可以放在那裡，直到錢幣生鏽發霉也不會有人去動一動。而現在，我卻不知道把錢放在哪裡，也不知道託誰保管好。只有我的恩人老船長，是個誠實可靠的人，也是我唯一可以信託的人。

以另一方面，我在巴西的利益似乎需要我去一趟。可是如果我不把這兒的事料理好，把我的財產交託給可靠的人管理，我怎麼能貿然前往呢？最初，我想到了我的老朋友，就是那位寡婦。我知道她爲人誠實可靠，而且也一定不會虧待我。可是，現在她已上了年紀，又很窮；而且據我所知，還負了債。所以，一句話，我沒有別的辦法，只有帶著我的財產，自己親自回英國了。

然而，過了好幾個月，才把這件事情決定下來。我現在已充分報答了我從前的恩人老船長，他也感到心滿意足。所以，我開始想到那位可憐的寡婦了。她的丈夫是我的第一位恩人，而且她本人在有能力時，一直是我忠實的管家，並盡長輩之責經常開導我。因此，我做的第一件事情是，我讓一位在里斯本的商人寫信給他在倫敦的關係人，除了請他替我把匯票兌成現款外，還請他親自找到她，替我把一百英鎊的現款親自交給她。我還要此人當面和她談一下，因爲她目前非常貧困，境況不佳，所以我要此人好好安慰她，並告訴她，只要我活在人世，以後還會接濟她。另外，我又給我那兩個住在鄉下的妹妹每人寄了一百英鎊。她們雖然並不貧困，但境況也不太好。一個妹妹結了婚，後來成了寡婦；另一個妹妹的丈夫對她很不好。

可是，在我所有的親戚朋友中，我還找不到一個可以完全信託的人，把我的全部財產交付給他保管，這樣我自己可以放心到巴西去，毫無後顧之慮。這件事一直使我十分煩惱。

我一度也曾想到過在巴西安家落戶，因爲我從前入過巴西籍。但是在宗教上我總有一點顧慮，使我不敢貿然作出決定。關於這個問題，我不久再會談到，但當前妨礙我前往的不是宗教問題。從前我在巴西的時候，已毫無顧忌地皈依了他們的宗教，現在當然更無所顧慮了。不過最近我經常會考慮到這個問題，想到我將在他們之間生活和去世，我有點後悔當時我皈依了舊教天主教，並感到自己有點不甘心以舊教徒的身份死去。

但是，我上面已說過，目前妨礙我前往巴西的不是什麼宗教問題，而是我不知道該把我的財產託付給誰代管。所以，我決定帶著我的錢和財產回英國去。到了那裡，我相信一定可以結交一些朋友，或找到什麼忠於我的親戚。這樣，我就決定帶著我的全部財富回英國去。

回國之前，當然先得把一些事情料理一下。開往巴西的船隊馬上要啓航了，所以我決定先寫幾封回信，答覆巴西方面寄給我的那些報告。應該說，他們的報告既忠實，又公正，所以，我的回信也應該寫得十分得體。首先，我給聖奧古斯丁修道院院長寫了一封回信，在信中，我對他們公正無私的辦事態度充滿了感激之情，並把那沒有動用的八百七十二塊葡萄牙金幣全部捐獻了出去，其中五百塊金幣捐給修道院，三百七十二塊金幣隨院長意思捐給貧民，並請他爲我祈禱。

接著，我又給兩位代理人寫了一封感謝信，讚揚他們公正無私、誠實忠信的辦事態度。我本想給他們一些禮物，可是想想他們什麼也不缺，也就作罷了。

最後，我又給我的合夥人寫了一封信，感謝他在發展我們的種植園工作上所付出的辛勤勞勤，以及他在擴大工廠經營中所表現的廉潔精神。在信中，我對今後如何處置我的那部分資產作了指示，請他按我賦予老船長的權力，把我應得的收益寄給老船長。以後辦法如有改變，我將會再詳細通知他。同時我還告訴他，我不僅會親自去巴西看他，還打算住在那裡定居，度過我餘生。另外，我又送了一份豐厚的禮物給他的太太和兩個女兒，因爲老船長告訴我他已有了家室。禮物中包括一些義大利絲綢，兩匹英國細呢，那是我在里斯本市場上所能買到的最好的呢料，五匹黑色粗呢，以及一些價格昂貴的佛蘭德斯花邊。

就這樣，我把該料理的事情都辦了，把貨也賣出去了，又把我的錢財換成可靠的匯票，下一步的難題就是走哪一條路回英國。海路我是走慣了，可是這次不知什麼原因，我就是不想走海路。我不願意從海路回英國，儘管我自己也說不出什麼理由。這種想法越來越強烈，以至有兩三次，我把行李都搬到船上，可是還是臨時改變了主意，重新把行李從船上搬了下來。

我的航海生涯確實非常不幸，這也許是我不想再出海的理由之一。但在這種時候，任何人也不應忽視自己內心這種突然產生的念頭。我曾特別挑選過兩艘船，本來我是決定要搭乘的。其中有一艘，我把行李都搬上去了；另一艘，我也都和船長講定了。可是最後我兩艘船都沒有上。後來那兩艘船果然都出事了。一艘給阿爾及利亞人58擄了去；另一艘在托貝灣的斯塔特岬角59沈了，除了三個人生還，其他人都淹死了。反正不管我上哪艘船，都得倒楣；至於上哪艘船更倒楣，那就很難說了。

我為這事心裡煩透了，就去與老船長商量。他堅決反對我走海路，而勸我最好走陸路到拉科魯尼亞60，渡過比斯開灣61到羅謝爾62，再從羅謝爾走陸路到巴黎，既安全又舒適，然後再從巴黎到加來63和多佛爾64，或先到馬德里，然後由陸路穿過法國。

總之，我不想走海路已成了一種先入為主的想法，怎麼也無法改變了；我唯一願意坐船的一段路，就是從加來到多佛爾這段海路。現在我既不想急於趕路，又不在乎花錢，所以就決定全部走陸路，而且陸上旅行實在也是很愉快的。為了使這次旅行更愉快，我的老船長又給我找了一位英國紳士為伴。此人是在里斯本的一位商人的兒子，他表示願意和我結伴同行。後來我們又找到

---

58 阿爾及利亞人，指當時北非阿爾及利亞一帶的海盜。

59 斯塔特岬角，在英吉利海峽，屬英格蘭德文郡。

60 拉科魯尼亞，西班牙西北部港口。

61 比斯開灣，位於西班牙北岸和法國西岸之間。

62 羅謝爾，法國西部海岸城市。

63 加來，法國北部大港，臨多佛爾海峽，是從法國到英國的要道。

64 多佛爾，在倫敦東南，與法國加來相對，為英國到大陸的要道。

了兩位英國商人和兩位葡萄牙紳士，不過兩位葡萄牙紳士的目的地是巴黎。

這樣，我們現在一共有六個旅伴和五個僕人；那兩位英國商人和兩位葡萄牙紳士爲了節省開支，各共用一個聽差。而我除了星期五之外，又找了一個英國水手當我路上的聽差，因爲星期五在這異鄉客地，難以擔當聽差的職務。

我們就這樣從里斯本出發了。我們都騎馬全副武裝，成一支小小的部隊。大家都很尊敬我，稱我爲隊長，一來是我年紀最大，二來我有兩個聽差。再說，我也是這次旅行的發起人哩！

前面我沒用我的航行日記使讀者生厭；現在我當然也不想用陸上旅行日記使讀者厭煩了。但是這趟旅行既疲勞又艱苦，其間也發生了幾件險事，在這裡不能不提一下。

我們到馬德里之後，因爲大家都是第一次來到西班牙，所以都想逗留幾天參觀一下西班牙皇宮和其他值得觀光的地方。但這時已近夏末秋初，我不得不匆匆重新上路。離開馬德里時，已是十月中旬了。可是，當我們到達納瓦拉[65]邊境時，在沿路的幾個小城鎮裡聽到人們議論紛紛，說在法國境內的山上，已經大雪紛飛。幾個冒險試圖越過山區的旅客，都被迫返回了潘普洛納[66]。

我們到達潘普洛納後，發現情況確實如此。這麼多年來，我一向過慣了熱帶氣候，在那裡連衣服也熱得穿不上，可現在突然遇此嚴寒，實在使我有點受不了。尤其是十天前我們才離開舊卡

---

[65] 納瓦拉，西歐一地，位於西班牙北部和法國西南部，是中世紀封建國家納瓦拉王國的所在地。現爲西班牙一省名。

[66] 潘普洛納，西班牙納瓦拉省省會。

斯蒂利亞[67]；那兒氣候不僅溫暖，甚至很熱。現在從庇里牛斯山[68]上一下子吹來一股寒風，冷得叫人受不了。我們的手腳都凍得麻木了，差點兒把手指頭和腳趾頭都凍掉。這突如其來的變化是出乎我們意料的，令我們非常苦惱。

可憐的星期五，他也一輩子沒見過雪、受過凍。現在忽然看見大雪封山，天寒地凍，簡直把他嚇壞了。

更糟的是，我們到達潘普洛納後，大雪一直下個不停。人們都說，今年冬天來得特別早。這一段路本來就不好走，現在更是無法通行了。有些地方積雪很深，寸步難行；而且這一帶的雪不像北方那樣凍得結結實實的，而是很鬆軟，因此走在上面隨時有被活埋的危險。我們被阻在潘普洛納不下二十天，眼看冬季已到來，天氣沒有轉好的可能，因爲這一年是人們記憶中歐洲最嚴寒的冬天。在此情況下，我提議我們應先到封塔拉比亞[69]，然後再從那兒坐船到波爾多[70]，那段海路不太遠。

正當我們在考慮另尋出路時，忽然來了四位法國紳士。他們曾經在法國境內的山路上被雪所阻，正像我們在這兒西班牙境內的山路上被雪所阻一樣。但是，他們後來找到了一個嚮導，帶他

---

67 舊卡斯蒂利亞，西班牙省名，在西班牙北部。

68 庇里牛斯山，橫斷西班牙和法國的大山。

69 封塔拉比亞，面臨比斯開灣的一個西班牙港口。

70 波爾多，法國西南部的大海港。

們繞過朗格多[71]附近的山區，一路上沒碰到什麼大雪；即使在雪最多的地方，據他們說也凍得很硬，人和馬通行是不成問題的。

我們就把那位嚮導找了來。他對我們說，他願意從原路把我們帶過去，不會遇到大雪的阻礙，但我們必須多帶武器，防備野獸的襲擊，因爲他說大雪過後，經常有些狼在山腳下出沒。由於遍地大雪，牠們找不到食物，已經餓慌了。我們告訴他，我們對狼這一類的野獸已有充分的準備；不過他能否保證我們不會遇到兩條腿的狼，因爲，我們聽說，這一地區十分危險，經常會受到強人的搶劫，尤其是在法國境內。

嚮導對我們說，在我們走的路上，沒有強人襲擊的危險。於是，我們馬上同意跟他走。另外還有十二位紳士和他們的僕人決定和我們一起走。他們之中有法國人，也有西班牙人。我前面提到，這些人曾試圖過境，但因大雪所阻，被迫折回來了。

於是，在十一月十五日，我們一行全體人馬跟著我們的嚮導，從潘普洛納出發了。出乎我意料之外的是，他並不往前走，而是，帶我們倒回頭來，朝我們從馬德里來的那條路上走回去。這樣走了大約大十多英里，然後渡過了兩條河，來到了平原地帶。這兒氣候暖和起來，且風景明媚，看不見一點雪。可是，嚮導突然向左一轉，從另一條路把我們帶進了山區。這一路上盡是崇山峻峒，懸崖峭壁，看起來煞是可怕。可是，嚮導左轉右轉，曲折迂回，居然帶著我們不知不覺地越過了最高的山頭，路上並沒有碰到什麼大雪的困阻。突然他叫我們向遠處看，我們居然看到

---

[71] 朗格多：法國南部一省名。

了風景美麗、物產豐富的朗格多省和加斯科尼省[72]。只見那兒樹木繁茂，一片蔥綠，但距離還相當遠。我們還得走一程崎嶇難行的山路，才能到達那兒。

然而使我們感到不安的是，這時下起了大雪，整整下了一天一夜，簡直沒法走路。嚮導叫我們放心，說我們不久即可通過這一地區。事實上，我們也發現，我們一天天地在下山，而且愈來愈往北走。因此，我們就跟著嚮導，繼續前進。

天黑前兩小時，我們的嚮導遠遠走在我們的前面；當時我們已看不到他的身影了。突然，從左邊密林深處的山坳裡，衝出來三隻凶猛的大狼，後面還跟著一頭熊。有兩條狼直向我們的嚮導撲去。如果他離我們再遠點，就早給狼吞了，我們也來不及救他了。這時，一條狼向他的馬撲去，緊緊咬住了馬；另一條向他本人撲去，使他措手不及，不僅來不及拔出手槍，甚至在慌亂中都沒有想到要拔槍自衛，只是一個勁拼命朝我們大喊大叫。這時，星期五正在我的身旁。我就命令他策馬向前，看看究竟發生了什麼事。星期五一見到嚮導，也像嚮導一樣大叫起來：「主人！主人！」但他畢竟是個勇敢的男子漢，立即催馬衝到嚮導跟前，拿起手槍，對著那條狼的頭上就是一槍，結束了那畜牲的生命。

可憐的嚮導應該說運氣不錯，因爲他碰上了星期五。星期五在他家鄉與野獸打慣了交道，所以一點也不害怕。他能坦然地走到狼的跟前，一槍把牠打死。要是換了別人，就不敢靠得那麼近開槍了。而且從遠距離開槍，不是打不著狼，就是可能打著人。

---

[72] 加斯科尼省，舊時法國南部的一個省。

即使像我這樣膽大的人，見此情景也著實嚇得心驚肉跳。說實在的，我們一行人都嚇得魂不附體，因爲，緊跟著星期五的槍聲，我們就聽見兩邊的狼群發出一片最淒慘的嚎叫，山谷裡又發出陣陣回聲，結果狼嚎和回聲此起彼伏，猶如成千上萬的狼在吼叫。說不定來的狼確實也不止這幾隻，要不，我們也不至如此驚恐萬狀了。

星期五打死了那條狼之後，另一條本來緊咬著馬不放，登時也鬆了嘴逃跑了。幸虧這條狼咬住了馬頭，馬勒頭上的鐵圈剛剛卡住了狼的牙齒，因而馬沒有受什麼傷。可是嚮導的傷可不輕，因爲那隻激怒的野獸一共咬了他兩口，一口咬在肩膀上，一口咬在他膝頭上方。而且，當星期五上前把狼打死時，他那匹受驚的馬幾乎把他摔了下來。

不用說，一聽到星期五的槍聲，我們立即催馬向前。儘管道路很難走，我們還是快馬加鞭，想看看前面到底發生了什麼情況。我們一轉出擋住視線的小樹林，就把情況看得一清二楚，並親眼看到星期五怎麼救了那位可憐的嚮導，但當時我們還看不清楚他打死的究竟是什麼野獸。

緊接著，星期五和那頭大熊之間展開了一場最大膽、最驚人的大戰。這場大戰起初確實使我們膽戰心驚，最後卻使大家開懷大笑。熊的身體笨重，行動蹣跚，跑起來當然沒有狼那樣輕快。因此，牠的行動有兩個特點。第一，對人來說，牠一般不把人當作獵食的對象；當然，像現在這樣大雪遍地，極端飢餓的時候，這笨拙的大傢伙是否也會吃人，那就很難說了。一般來說，要是在樹林裡遇到熊，你不去惹牠，牠也不會來惹你。不過，你得特別小心，要對牠客氣，給牠讓路，因爲牠是一位特別難以取悅的紳士，即使是一位王子走來，牠也不肯讓路。如果你眞的害怕，最好不要看牠，繼續走你的路。如果你停下來，站著正視牠，熊會認爲是對牠的侮辱。如果你向牠丟點什麼東西，打中了牠，哪怕是一根小小的樹枝，只有你手指頭那麼粗，熊也認為是一種侮辱。這時，牠看把一切丟開不管，一心只想報仇，不達目的絕不罷休。這有關牠的榮譽問題，牠一定要把面子掙回來才算滿足。這是熊的第一個特點。第二個特點是，熊一旦受到侮辱，就會不分晝夜地跟著你，一直到報了仇才罷休，哪怕繞上許多路，也要趕上你，抓住你。

星期五救了嚮導的性命。當我們走上去的時候，他正在幫助嚮導下馬，因為嚮導受了傷，又受了驚嚇，而且，看來驚恐甚於傷勢。這時，那頭熊突然從樹林裡出來了。這頭熊身軀異常龐大，是我生平所看到的最大的熊。我們大家一見，都有點恐慌，但星期五見到牠反而喜形於色，顯出精神百倍的神氣。「啊！啊！啊！」他一連叫了三聲，又指著熊對我說，「主人，你允許我吧！我要和牠握握手，我要叫你們樂一樂！」

我看到他如此興高采烈，不免出乎意料。「傻瓜，」我說，「牠要吃你！」

「吃我！」星期五一連說了兩遍，「我還要吃牠哩！我要讓你們樂一樂。你們通通站開。我要讓你們樂一樂！」於是他坐在地上，脫下靴子，換上一雙便鞋。這是一種平底鞋，他衣袋裡正好有一雙。他把馬交給聽差，然後帶著他的槍，一陣風似地飛快跑了過去。

那頭熊只慢條斯理地向前走，看起來不想惹任何人。可是星期五走到牠跟前，向牠打招呼，好像熊能聽懂他的話似的。「你聽著，你聽著，」他說，「我在跟你說話哩！」我們遠遠跟在後面。這時我們已走下了山，進入了山這邊的加斯科尼省。這兒地勢平坦開闊，到處是樹木。我們進入了一片大森林。

星期五追上了那頭熊，撿起一塊大石頭向牠丟去，正好打在熊的頭上。當然，這一點也沒傷著牠，就像打在一座牆上。可是這樣一來，星期五的目的達到了，星期五這傢伙簡直毫無畏懼，他這樣做純粹是挑釁，好惹那頭熊來追他，照他的說法是逗我們「樂一樂」！

那頭熊感覺到有石頭打牠，並看見了星期五，登時轉身向星期五追來。那熊邁開大步，搖搖擺擺，跑得飛快，差不多和馬小跑一樣快。星期五撒腿就跑，彷彿向我們這邊跑來求援似的。於是大家決定向熊開槍，救我的人。但我心裡非常生氣。因爲那熊本來好端端地在走牠的路，並沒有要惹我們，尤其使我生氣的是，他把熊引向我們這兒來，自己卻跑掉了。

於是，我高聲叫道：「你這狗東西，你就這樣讓我們樂一樂嗎？快走開，牽上你的馬，我們要開槍打死這畜牲。」他聽到了我的話，就叫起來：「別打，別打！站著不要動，好戲在後面哪！」星期五生就一雙飛毛腿，他跑兩步，熊才跑一步。突然他一轉身，從我們旁邊跑開，看到那邊有一棵大橡樹正合他的需要，就向我們招手，叫我們跟上去。同時，他跑得更快，把槍放在離樹根大約五、六碼的地上，自己敏捷地爬上了樹。

熊也很快就跑到樹下，我們一行則遠遠地跟在後面。那熊先在槍邊停了下來聞那支槍，沒有去動它，就往樹上爬。雖然那傢伙身子笨重，但爬起樹來像貓一樣靈活。我對星期五的這種愚蠢行爲深爲驚愕，一點也看不出有什麼好笑的地方。我們看到熊已經上了樹，也一齊策馬向前。

當我們來到大樹跟前時，星期五已爬到一根樹枝的枝梢上，那根樹枝長長地向外伸展。這時那熊也上了那樹枝。牠沿著樹枝向外爬，越向外爬，樹枝就越細越軟。「哈，」星期五對我們說，「現在你們看我教熊跳舞。」於是他在那樹枝上大跳大搖，弄得那熊搖搖欲墜，只好站住不動，並開始往後回顧，看看怎樣能爬回去。我們看到這樣子，果然都開懷大笑起來。但星期五玩熊才剛剛開個頭呢。他看那熊站著不動，就又去招呼牠，彷彿相信熊也能講英語似的。「嗨，怎麼啦！你不過來了？請你再朝前走吧！」他不再搖擺樹枝了。那熊也似乎明白他的話似的，又向前爬了幾步。於是，星期五又開始大跳大搖，那熊又站住了。

我們認爲，這時正好可以向熊頭上開一槍，把牠打死。就叫星期五站著別動，我們要打熊了。可是星期五大聲叫著求我們：「喔，請不要開槍，等會兒我會開槍的。」好吧，現在長話短說，星期五又在樹枝上大跳大搖了一陣子，那頭熊爬在上面，東倒西搖，引得我們大家都笑了個夠。可是，我們都不知道星期五玩的是什麼鬼把戲。起初，我們以爲星期五要把熊從樹枝上搖下來，可是，我們看得出，那熊也相當狡猾，不肯上當，牠再也不肯往前多走一步，怕自己被搖下來，只是一個勁地用牠那又寬又大的腳掌緊緊地抓住樹枝。所以，我們不知道這件事將會有什麼結局，也想像不出這場玩笑最後會如何結束。

但星期五很快就解開了我們的疑團。他見熊緊抓樹枝，不肯往前挪動一步，就說：「好吧，好吧，你不走，我走，我走。你不到我這兒來，我到你那兒去。」說完，他爬到樹枝的末梢，那地方只要用他的體重一壓，就會垂下來。他輕輕從樹枝上滑下來，等到他離地不遠時，一下子就跳到地上，飛也似地向他的槍跑過去，把槍拿在手裡，站在那裡一動也不動。

「唔，」我對他說，「星期五，你現在想幹什麼？爲什麼你不開槍打死牠？」

「不打，」星期五說：「還不打。現在不開槍，我不打牠。我待在這兒，再讓你們樂一下。」不久，我們就看到，他眞的這樣幹了。因爲那熊見他的敵人走了，也就從牠站著的樹枝上往後退。退著退著，牠終於退到樹幹上來。然後，牠還是倒著身子，從樹幹上往下爬；牠腳掌緊抓樹幹，一步一步地往下退，依舊是那樣從容。就在那熊的後腿剛要落地，星期五一步趕上去，把槍口塞進牠的耳朵，一槍就把牠打死了。

這時候，星期五這傢伙轉過身來，看看我們有沒有笑。他看到我們都喜形於色，他自己也哈哈大笑起來。「我們那裡就是這樣殺熊的。」星期五說。

「你們眞的是這樣殺的嗎？」我問，「你們沒有槍怎麼殺啊！」

「沒有，」他說，「沒有槍，我們用箭射，很長很長的箭。」

星期五的遊戲對我們來說確實是一場很好的消遣。可是我們現在還在荒山野地裡，嚮導又受了重傷，眞不知怎麼辦才好。剛才狼群的嚎叫聲還一直在我的耳際回響。說實話，除了我有一次在非洲海岸聽到過的那些野獸的吼叫聲之外，還從來沒有聽到過任何聲音使我這樣毛骨悚然。關於非洲海岸的那次經歷，我前面曾敘述過了。

由於上述這些情況，再加上天快黑了，我們便不得不匆匆離開。不然的話，依星期五的意思，我們一定會把那巨熊的皮剝下來，那是很值錢的。可是，我們還要趕九英里的路，嚮導也一直催我們快走，我們只好丟開那頭熊，繼續往前趕路。

地上仍有積雪，不過沒有山裡那麼深，因而走起來也不那麼危險了。後來，我們聽說，那些凶猛的野獸由於餓急了，都從山上下來跑到樹林和平原上來尋找食物。牠們襲擊村莊和居民，咬死許多羊和馬，甚至還傷了一些人。

嚮導對我們說，我們還要經過一個危險的地方。如果這一帶還有狼的話，我們一定會在那裡碰到。那地方是一片小小的平川地，四周都是樹林。要想穿過樹林，就必須走一條又長又窄的林間小道，然後才能到達我們將要宿夜的村莊。

當我們進入第一座樹林時，離太陽落山僅半小時了，到我們進入那片平川，太陽已經下去了。在第一座樹林裡，我們什麼也沒有碰見，只在一塊二百來碼長寬的林間空地上，看見有五條大狼，一條跟著一條，飛快地在路上越過，大概是在追趕一個什麼小動物吧，因爲那小動物就在牠們前面。那些狼沒有注意到我們，不到一會兒，就跑得無影無蹤了。

我們的嚮導本來就是一個膽小如鼠的人。他看到這情景，就囑咐我們早作準備，因爲他相信一定會來更多的狼。

我們手裡緊握著槍，眼睛盯緊四面八方。可是在我們穿過那座一英里多長的樹林，進入平川地以前，再也沒有看見過別的狼。等我們一進入平川，向四下一望，頭一眼就見到一匹死馬。這是一匹被狼群咬死的馬，同時見到至少有十二條狼在那裡大吃特吃；其實，馬肉早就給牠們吃光了，現在正在啃馬骨頭呢！

我們感到不應該去打擾牠們的盛宴，何況牠們也沒有注意我們。星期五本來想向牠們開槍，可是我怎麼也不同意。因爲我覺得我們的麻煩還在後面呢，儘管我們現在還不知道。我們在那片平川地上還沒走上一半的路，就聽到左邊森林裡此起彼落的狼叫聲，令人膽戰心驚。不一會兒，果然看見上百條狼一窩蜂似地向我們撲來。那些狼都排成單行，就像一位有經驗的軍官所帶的部隊一樣整齊。我簡直不知道如何對付牠們。結果，我認爲最好的辦法是我們互相靠攏，排行一行。於是，我們馬上照此行事。爲了不致使我們的火力中斷太久，我下令只許一半人開槍，另一半人作好準備；如果第一排槍響過後，狼群繼續向我們衝來，就開第二排槍；同時在開第二排槍時，那開第一排槍的一半人，不要忙於裝他們的長槍，而是應該抽出手槍，作好準備。因爲我們每人身上都有一支長槍和兩把手槍。用這種辦法，我們可以連續開六排槍，每次有一半人開槍。然而，當時還沒有必要這樣做。放出第一排槍之後，我們的敵人就給槍聲和火光嚇壞了，馬上停止了前進。有四條狼被我們打中頭部，倒了下來；另外有幾條受了傷，鮮血淋淋地跑掉了。

這在雪地上可以看得一清二楚。我發現，狼群停止了攻擊，但沒有後退。這時，我忽然記起有人說過，就是最凶猛的野獸，聽見人的聲音也會害怕。於是，我就叫大家拼命吶喊。這個辦法果然很有效。我們一喊，狼群就開始後退，掉頭跑掉了。我又下令朝牠們背後開了一排槍。這樣一來，牠們才撒腿跑回樹林裡去了。

這時，我們才有時間重新給槍裝上彈藥。同時，我們抓緊間時繼續前進。可是，我們剛裝好槍準備上路時，又從左邊原來的那座樹林裡傳出了可怕的嚎叫聲。這一次狼群離我們較遠，但卻在我們去路的正前方。

黑夜來臨了，光線變得暗淡，這對我們更加不利。叫聲越來越響，我們不難辨別出那是惡狼的嚎叫。突然，出現了兩三群狼。一群在我們左邊，一群在我們後邊，一群在我們前面，看樣子已經把我們包圍起來了。我們見狼群並沒有向我們進攻，就催馬繼續前進。可是路很難走，只能讓馬小跑著。跑著跑著便看見遠處有個森林的進口，我們非得穿過那片樹林，才能走到這片平川的盡頭。當我們走進那林間小道時，只見那路口站著數不勝數的狼。這不禁使我們大吃一驚。

突然，在樹林的另一個入口處，我們聽見一聲槍響。向左邊一看，只見一匹馬從樹林裡衝出來，一陣風似地向前飛奔。馬上的馬勒馬鞍均完好無損。同時，有十六、七條狼，飛快地在後面追著。當然馬要比狼跑得快得多，牠把狼群遠遠地丟在後面。但問題是那匹馬不可能支持太久，最後必然會給狼群追上。

正當此時，我們又看到一幅可怕的景象。當我催馬走近那匹馬奔出來的路口時，見到了一匹馬和兩個人的屍骸，毫無疑問是給狼咬死吃掉的。其中一個人身邊還丟著一支槍，槍是放過的，所以一定是剛才開槍的人。現在，他的頭和上半身都已給狼吃掉了。

看到這副慘狀，我們都不禁心驚肉跳，不知怎麼辦才好。但那群野獸不久就逼得我們不得不採取行動。這時，狼群已把我們包圍，想以我們一行人馬果腹。我相信，一共有三百來隻。值得慶幸的是，在離樹林入口處不遠，正好堆著一大批木料，大概是夏天採伐下來堆在那裡預備運走的。這對我們的行動非常有利。我把我這一小隊人馬開到那堆木料後面。那兒有一根木頭特別長，我就把隊伍在那根長木頭後面一字排開。我讓大家都下馬，把那根長木頭當作胸牆，站成一個三角形或三邊形的陣線，把我們的馬圍在中央。

我們這樣做了，而且也幸虧這樣做了。因為這群餓狼向我們發動了攻擊，其凶猛程度在狼害為患的當地也是罕見的。牠們嚎叫著向我們撲來，竄上了那根長木頭。前面我已提到，我們以此長木頭作為胸牆。

牠們的目的只有一個，就是撲向獵物。從牠們的行動判斷，其目標主要是我們身後的那些馬匹。我命令我的隊伍像上次那樣分兩批開火，一人隔一人放槍。他們都瞄得很準。第一排子彈開出去，就打死了好幾條狼。可是，我們不得不連續開火。這批惡狼猶如惡魔一樣，前仆後繼，不知死活地向前猛衝。

第二排槍放完後，我們以爲狼群暫時停止了進攻，我也希望牠們已經逃走。但一會兒，後面的狼又衝上來了。我們又放了兩排手槍子彈。這樣，我們一共放了四排槍。我相信，至少打死了十七、八條狼，打傷的大約多一倍。可是，牠們還是蜂擁而來。

我不願匆匆放完最後一排槍，就叫來了自己的僕人。我沒有叫星期五，而是叫了我新雇的那個僕人，星期五有更重要的任務要完成。在我們開火的時候，他以驚人的速度給我和他自己的槍裝彈藥。所以我說，我叫的是新雇的僕人。我給了他一盒火藥，命令他沿著那根長木頭把火藥撒下去，撒成一條寬寬長長的火藥線。他照著辦了。他剛轉身回來，狼群就衝了過來，有幾條甚至已衝上了那根長木。我立即抓起一支沒有放過的手槍，貼近火藥線開了一槍，使火藥燃燒起來。衝上木頭的幾條狼給燒傷了；其中有六、七條由於火光的威力和驚恐，竟連跌帶跳地落入我們中間。我們立即把牠們解決了。其他的狼被火光嚇得半死，加上這時天已黑下來，火光看起來就更可怕了，這才使那些狼後退了幾步。

這時，我就下令全體人員用手槍一齊開火，那是我們剩下的最後一批沒有放過的手槍。然後大家齊聲吶喊。這才使那些狼掉轉尾巴逃跑了。於是我們馬上衝到那二十多條受傷狼跟前；牠們已跑不動了，只是在地上掙扎。我們拿起刀亂砍亂殺。正如我們所預期的那樣，這辦法果然很奏效，因爲那些逃跑的狼聽到牠們同伴的慘叫聲，知道事情不妙，就嚇得跑遠了，再也沒有回來。

我們一共打死了六十多條狼。要是在白天，我們也許能殺死更多。掃清了敵人，就繼續前進。我們還要趕三英里的路。在路上，有好幾次，聽到餓狼在森林裡嚎叫咆哮。有時，好像還看到幾條狼的身影，但因雪光耀眼，不敢十分肯定。大約又過了半小時，我們才到了預定要過夜的那個小鎮。

到了那裡，發現全鎮的人個個驚恐萬狀，並全副武裝。原來是昨天晚上，有不少狼和幾頭熊侵入了村子，把人們嚇壞了，只好晝夜巡邏守衛；尤其是夜裡，更要嚴加把守，保護牲畜，更要保衛全體居民。

第二天早晨，嚮導的病勢加重了；他的兩處傷口化膿，因而四肢都腫脹起來，根本無法上路。我們只得僱了一個新嚮導把我們帶到土魯斯[73]。那兒氣候溫和，物產豐富，風景明媚，既沒有雪，也沒有狼或其他猛獸。當我們在土魯斯把我們的經歷告訴那些當地人時，他們對我們說，在山下大森林裡碰到狼是常事，尤其當白雪覆蓋大地，狼便成群出現。他們再三問我們，我們雇了哪個嚮導，竟敢在大雪天帶我們走這條路。他們說我們沒有給狼吃掉，眞是萬幸！我們告訴他們，我們是把馬圍在中間，擺成一個三角形的陣勢打退狼群的。他們聽了後大大責怪了我們一陣子，說我們沒有把命送掉眞是運氣。狼主要是想吃馬。牠們之所以那樣奮不顧身衝上來，是由於看到我們身後的馬。一般來說狼是怕槍的，但當牠們餓瘋時就會不顧危險，只想搶馬吃了。要不是我們連續開槍，並且最後用點燃火藥的辦法把牠們嚇退，我們大概早就給那些餓狼撕成碎片吃掉了。其實只要我們安安穩穩地坐在馬上，像騎兵那樣向狼群開槍，牠們看到馬上有人，就不會把馬看作獵物了。最後他們又說，如果我們緊挨在一起，丟開我們的馬，狼就一心只想吃馬而不會管我們，我們也可平安通過，更何況我們有武器，且人多勢衆。

[73] 土魯斯，法國南部大城市，過去是朗格省的省會。

對我來說，這次遇險，是我一生中最可怕的一次。當時，我看到三百多個惡魔般的畜牲嚎叫著向我們衝來，張開大嘴恨不得一口把我們呑掉，而我們又無處可躲，無處可退，我以爲一定完蛋了。說實在的，從此我再也不想過那些山了。我覺得寧可在海上航行三千海里，那怕一星期遇上一次風暴，也比過那些荒山野嶺強。

在法國的旅程，一路上沒有什麼特別的事情可記；即使有，也不過是許多其他旅行家已記過的事，而且他們肯定比我記得好得多。我從土魯斯到巴黎，一路馬不停蹄，直達加來。隨後，在一月十四日，平安渡過海峽到達多佛爾。這整整一個最嚴寒的冬季，我就在旅行中度過了。

現在我已抵達旅行的終點了。在短短的幾天裡，我兌現了帶來的幾張匯票；我新獲得的財產，也都安全地轉到了我的手上。我的長輩和良師益友，就是那位心地善良的老寡婦。她衷心感激我匯給她的錢；因此，她便不辭勞苦，對我關懷備至，盡心盡力爲我服務。我對她也是一百個放心，把所有的財產都交託給她保管。這位善良的、有教養的女人，確實品德高尙，廉潔無瑕，我對她自始至終都非常滿意。

當時，我打算把我的財產交給這位婦人代管，我自己出發去里斯本，再從那裡去巴西。但這時我有了另一顧慮，那就是宗教問題。早在國外時，尤其是我在荒島上過著那種孤寂的生活時，我對羅馬天主教就產生了懷疑。因此，我若想去巴西，甚至想在那裡定居，在我面前只有兩種選擇：要嘛我決定毫無保留地信奉羅馬天主教，要嘛我決定爲自己的宗教思想獻出生命，作爲殉教者在宗教法庭上被判處死刑。所以，我就決定仍住在本國，而且，如果可能的話，把我在巴西的種植園賣掉。

爲此，我寫了一封信給我在里斯本的那位老朋友。他回信告訴我，他可以很容易地在那兒把我在巴西的種植園賣掉。我若同意委託他經辦此事，他可以以我的名義通知住在巴西的那兩位商人，也就是我兩位代理人的兒子。他們住在當地，一定知道那份產業的價值，而且，我也知道他們很有錢。所以，他相信，他們一定會樂意買下來。他也毫不懷疑，我至少可以多賣四、五千葡萄牙金幣。我同意讓他通知他們。他也照辦了。大約八個月之後，去巴西的那艘船又回到了里斯本。他寫信告訴我，他們接受了我的賣價，並已經匯了三萬三千葡萄牙金幣給他們在里斯本的代理人，囑咐他照付。

我在他們從里斯本寄給我的賣契上簽了字，並把契約寄回給在里斯本的我那位老朋友。他給我寄來了一張三萬二千八百塊葡萄牙金幣的匯票，那是我出賣那份產業所得的錢。我仍然履行了我先前許下的諾言，每年付給這位老人一百塊葡萄牙金幣，直到他逝世；並在他死後，每年付給他兒子五十塊葡萄牙金幣作爲他終身津貼。原先這筆錢是我許諾從種植園的每年收益中支取的。

現在，我敘述完了我一生幸運和冒險經歷的第一部分。我的一生，猶如造物主的傑作，光怪陸離，浮沈不定，變化無常，實乃人間罕見。雖然開始時我顯得愚昧無知，但結局卻比我所期望的要幸運得多。

我現在可謂是福星高照，佳運交集。在這種情況下，任何人都以爲我不會再出去冒險了。如果情況不是像後來發生的那樣，我也確實會在家安享餘年。可是，我現在的情況是，自己已過慣了遊蕩的生活，加上我目前一無家庭牽連，二無多少親戚，而且，我雖富有，卻沒有結交多少朋友。所以，儘管我已經把在巴西的種植園出賣，可是我還常常想念那個地方，很想舊地重訪，再作遠遊。我尤其想到我的島上去看看，了解一下那批可憐的西班牙人是否上了島，我留在島上的那批壞蛋又是怎樣對待他們的。這種出自內心的渴望，十分強烈，使我難以自制。

我忠實的朋友，就是那位寡婦，竭力勸我不要再外出遠遊了。她眞的把我勸住了。整整七年，她都不讓我出遊。在這期間，我領養了我的兩個侄兒，他們都是我一個哥哥的孩子。大侄兒本來有點遺產，我把他培養成了一個有教養的人，並撥給他一點產業，在我死後入他的財產。我把另一個侄兒託付給一位船長。

五年後，我見他已成了一個通情達理、有膽識、有抱負的青年，就替他買了一艘好船，讓他航海去了。後來，正是這位小夥子竟把我這個老頭子拖進了新的冒險事業。

在此期間，我在國內也初步安居下來。

首先，我結了婚。這個婚姻不算太美滿，也不算不美滿。我生了三個孩子：兩個兒子和一個女兒。可是，不久我妻子就過世了。這時，我的侄子又正好從西班牙航海歸來，獲利甚豐。我出洋的欲望又強烈起來。加上我侄兒一再勸說，於是，我就以一個私家客商的身份，搭他的船到東印度群島去——這是一六九四年的事了。

在這次航行中，我回到了我的島上。現在，這座小島已是我的新殖民地了。我看到了我的那些繼承人——就是那批大陸上過去的西班牙人，了解了他們的生活情況以及我留在島上的那幾個惡棍的情況，知道他們起初怎樣侮辱那批可憐的西班牙人，後來又怎樣時而和好，時而不和，時而聯合，時而分開；最後那批西班牙人又是怎樣被迫使用武力對付他們，把他們制伏，以及那批西班牙人怎樣公正地對待他們。

他們的這段經歷如果寫出來，也會像我自己的經歷一樣光怪陸離，變化多端，尤其是他們同加勒比人打仗的故事，更是驚險異常。那些加勒比土人曾三番五次地登上海島。他們也談到了島上生產發展和生活改善情況，以及他們怎樣派了五個人攻到大陸上去，虜來了十一個男人和五個女人。所以，當我這次重訪小島時，那兒已經有了二十來個孩子了。

我在島上逗留了大約二十天，給他們留下了各種日用必需品，特別是槍支彈藥、衣服和工具，以及我從英國帶來的兩個工人——一個是木匠，另一個是鐵匠。

另外，我把全島領土加以劃分後分配給他們，我自己保留全島的主權。我根據他們的要求，把土地一一分給他們。這樣，我替他們解決了土地的歸屬問題，並囑咐他們不要離開小島，我自己就離開了。

從那兒，我到了巴西。在巴西，我買了一艘帆船，又送了一些人到島上去。在那艘船上，除了一些應用物品外，又給他們送了七個婦女去。這七個婦女都是經我親自挑選的，有的適於幹活，有的適於做老婆，只要那邊有人願意娶她們。至於那幾個英國人，只要他們願意在島上勤於耕作，我答應從英國給他們送幾個女人和大批的日用必需品去。這些諾言我後來也都實踐了。這幾個人被制伏後，分到了土地，後來都成了誠實勤勞的人。我還從巴西給他們送去了五條母牛，其中有三條已懷了小牛，另外還有幾隻羊和幾頭豬。後來我再去時，那兒已是牛羊成群了。

除了這些事情外，後來還發生不少驚險的遭遇。三百來個加勒比土著曾入侵海島，破壞了他們的種植園。他們曾兩次與這些野人作戰，起先被野人打敗了，死了三個人。後來，刮起了風暴，摧毀了土著的獨木舟；其餘的野人不是餓死就是被消滅了，這樣才重新收復了種植園，繼續在島上過日子。

所有這些事情，以及我個人後來十多年的驚險遭遇，我可能以後再一一敘述。

〈全書終〉

國家圖書館出版品預行編目資料

魯賓遜漂流記／丹尼爾 · 笛福 著
-- 二版 -- 新北市：新潮社，2021.04
面； 公分
ISBN 978-986-316-793-8（平裝）

873.596 110001049

魯賓遜漂流記

丹尼爾 · 笛福／著

【策　劃】林郁
【發行人】翁天培
【企　劃】天蠍座文創
【出　版】新潮社文化事業有限公司
電話：(02) 8666-5711
傳真：(02) 8666-5833
E-mail：service@xcsbook.com.tw

【總經銷】創智文化有限公司
新北市土城區忠承路 89 號 6F（永寧科技園區）
電話：(02) 2268-3489
傳真：(02) 2269-6560

印前作業　菩薩蠻、東豪印刷事業有限公司

二　　版　2021 年 5 月